ВОЗВРАЩЕНИЕ
ТУРЕЦКОГО

Фридрих
НЕЗНАНСКИЙ

Пробить
камень

ИЗДАТЕЛЬСТВО АСТ ОЛИМП

МОСКВА

УДК 821.161.1-312.4
ББК 84(2Рос=Рус)6-44
    Н44

В романах серии использованы мотивы
телевизионного сериала «Возвращение Турецкого»
(производство ООО «Студия АРТ-Базар», 2007 год)

*Эта книга от начала и до конца придумана автором.
Конечно, в ней использованы некоторые подлинные материалы как из
собственной практики автора, бывшего российского следователя и
адвоката, так и из практики других российских юристов. Однако события,
место действия и персонажи, безусловно, вымышлены. Совпадения имен и
названий с именами и названиями реально существующих лиц и мест могут
быть только случайными.*

ISBN 978-5-17-043031-4 (ООО «Издательство АСТ»)
ISBN 978-5-7390-2035-2 (ООО «Агентство «КРПА «Олимп»)
С.: Возвращение Турецкого.

ISBN 978-5-17-047876-7 (ООО «Издательство АСТ»)
ISBN 978-5-7390-2127-4 (ООО «Агентство «КРПА «Олимп»)
С.: Обл.

ISBN 978-985-16-3360-5
(ООО «Харвест»)
(С.: Возвращение Турецкого)
ISBN 978-985-16-3361-2
(ООО «Харвест»)(С.: Обл.)

Студия «Уорнер» могла купить дюжину хижин по сорок или пятьдесят долларов за штуку. Вместо этого они построили свои собственные, ненастоящие. Это была платформа с одной-единственной стеной, так что, когда вы открывали дверь и выходили из хижины, вы шагали прямо в океан. Когда они строили это, в первый же день приплыл на своей пироге, выдолбленной из целого ствола дерева, рыбак. Он просидел весь день под палящим солнцем, наблюдая, как странные белые люди строят эту странную ненастоящую платформу. На следующий день он вернулся на своей пироге со всей семьей — женой с грудным младенцем, другими детьми и тещей, — и весь день под палящим солнцем они сидели и смотрели на эту дурацкую и непонятную работу. Я был в Новом Орлеане два или три года спустя и слышал, что рыбаки все еще приезжали за много миль, чтобы посмотреть на эту имитацию деревни ловцов креветок, которую белые люди строили и бросили.

«ЖЗЛ», Уильям Фолкнер

Намерение пробивает камень.

Китайская пословица

2006 год

ТУРЕЦКИЙ

Меркулов готовил себя к разговору не столько с Турецким, сколько с его женой. В принципе он это делал регулярно — перед каждым посещением Турецкого, но так же регулярно никакого разговора и не случалось. «Так чего доброго, — думал Константин Дмитриевич, — Саша выздоровеет, а я ничего Ирине и не скажу». То есть, конечно, и слава богу! И скорей бы он поправился! Но все же дружеский долг требовал помимо всего прочего каких-то слов поддержки, но именно они-то при каждой новой встрече неизменно застревали у Меркулова в горле, и выходило так, что, скорее, это Ирина его успокаивала. Удивительная все-таки женщина.

В голове у него была примерно такая фраза: «По-нимаешь, Ирочка... (вопросительный взгляд Ирины) бывают времена, которые просто нужно пережить. Такое случается со всеми. (Сдвинутые брови.) Рано или поздно плохие времена заканчиваются, и ока-зывается, что человек жив, здоров и может оглянуть-ся на них и разобраться, в чем же тогда было дело (улыбка, слезы, улыбка и т. д.)». В общем, такие при-мерно слова.

Меркулов открыл дверь реанимационного бок-са, миновал сестринский пост — кивнул хорошо уже знакомой дежурной — и пошел дальше по коридо-ру, стараясь не оглядываться и не смотреть по сто-ронам. Ему приходилось бывать в реанимации, од-нако сейчас Константин Дмитриевич чувствовал себя в этом месте особенно некомфортно. Одно дело идти допрашивать свидетеля или подозреваемого (что тоже, в общем, в таких условиях происходит без особого восторга), совсем другое — навещать близ-кого друга.

Меркулов вошел в палату, стараясь ступать с пяток на носки — максимально неслышно.

Ирины не было.

Турецкий лежал с закрытыми глазами. В правой руке у него был резиновый мячик. Лицо было бледным, с желтоватым оттенком. Не открывая глаз, Турецкий сказал:

— Здорово, Дмитрич, ну как ты там?

— Я-то ничего, — несколько удивленно ответил Меркулов. — Что мне сделается? А вот ты как?

— Ничего. Садись...

— Привет, Саша. Ты научился видеть с закрытыми глазами?

— Скорее, слышать. Садись же, говорю.

Меркулов взял стул, стоявший у стены, и подвинул его поближе. Сел. Турецкий, на его взгляд, сегодня выглядел неплохо, чтобы не сказать бодро.

— Очень рад, что...

— Я тоже, — перебил Турецкий. — Сигарету дай. Только не говори, что нельзя. Я целыми днями слышу: то нельзя, это нельзя. А что, спрашивается, можно? Мячик давить... — Турецкий вдруг кинул его в стену, мячик отскочил, и Турецкий поймал его — по-прежнему не открывая глаз.

— Как ты это делаешь? — изумился Меркулов.

— Много свободного времени, — доходчиво объяснил Турецкий. — Так ты привез мне сигареты?

— Привез, — вздохнул Меркулов после долгой паузы. — Я же знал, что ты не отстанешь. Только...

— Что — только?

— В машине оставил. Потом принесу.

Турецкий приоткрыл один глаз и оценивающе посмотрел на друга и шефа.

— Не врешь?

— Нет. «Парламент» легкий, две пачки. Смолы...

— Шесть миллиграмм, никотина — полмиллиграмма.

— Точно. Только обещай, что будешь потихоньку. Чтобы Ирина не заметила.

— Ладно.

Меркулов спохватился:

— Ну и доктора, конечно! Хотя, честно говоря, не знаю, как это тебе удастся.

— Черт, да говорю же — ладно! Давай лучше о делах. Что ты думаешь о нашем фигуранте?

— Да ведь никакого фигуранта пока что нет.

— В том-то и дело. Ты должен его найти. Точнее, для начала понять, кто он.

— Легко сказать! — вздохнул Меркулов. — Или, может, у тебя есть готовая кандидатура?

— Кандидатуры нет, но есть кое-какие идеи. Я сегодня размышлял и понял одну простую штуку. Она, собственно, на поверхности лежит, может, потому мы на нее внимание и не обращаем. Производство «живых бомб» ведь минимально затратно: похитили девушку, и через месяц обработки она уже обречена. Стандартный пояс смертницы стоит чуть больше ста долларов. Значит, с деньгами у него все в порядке. Понимаешь?

— Ты это к тому, что он работает не один?

— С девчонками, скорее всего, он сам работает. Но в принципе да, он не один. В этом я уверен.

— Твою уверенность к делу не пришьешь...

Друзья помолчали. Паузу прервал Турецкий:

— Скажи мне, Костя, ты помнишь Плетнева?

Меркулов недоуменно уставился на него:

— Какого Плетнева? Пианиста, что ли? И дирижера?

— Какого, к черту, пианиста?! Бедолагу, который за свою жену мстил.

Меркулов задумался на мгновение:

— А, ну да, конечно помню. Жуткая история. Антон, кажется?

— Антон, верно. Ты можешь найти его? Чего молчишь? Можешь ведь?

— Я много чего могу. А что такое?

— Найди его и покажи ему вот это...

— Мячик?

— При чем тут мячик? — Турецкий разжал вторую руку. На ладони у него лежала фигурка, вырезанная из черного камня, — тот самый амулет, что зацепился за куртку Турецкого во время взрыва, — какой-то языческий божок с жутковатой физиономией. — Плетнев мне рассказывал, что воевал в Анголе в восьмидесятых... Ну, в смысле, консультировал там повстанцев. А это, — Турецкий приподнялся на постели, — боевой амулет как раз из тех краев. Он, скорее всего, принадлежал девочке-террористке. Пусть Плетнев что-нибудь вспомнит из своего боевого прошлого... Может пригодиться.

Меркулов взял у него фигурку, хмыкнул скептически, но ничего не сказал.

Бодрость Турецкого оказалась эфемерна: он обессиленно откинулся на подушку.

— Представляешь, Костя, ноги не ходят... Никогда себя таким беспомощным не чувствовал... Ну, ничего — он посжимал мячик, — я еще на руках ходить буду... Так ты его найдешь?

— Зачем нам Плетнев? Обычно цель террористического нападения — достижение максимального политического эффекта.

— Да, обычно это так, — кивнул Турецкий. — Но стопроцентной гарантии дать нельзя. Сейчас главное — понять, кто проводил эту операцию и почему она была проведена именно таким образом. И я спрашиваю: ты поедешь или нет?

— Я вроде не тороплюсь пока, — притворно обиделся Меркулов.

— Я не о том, — с досадой сказал Турецкий. — Плетнева найдешь?

Меркулов вздохнул:

— Саша, давай смотреть на вещи трезво. Чем нам сможет помочь Плетнев? Насколько помню, его же невменяемым признали, он два года в Институте Сербского провел. Едва ли он сейчас...

— Может, ты и меня считаешь невменяемым? — перебил Турецкий. — Костя, я знаю, о чем говорю! Этот амулет — не случайность, я уверен! А вдруг какая-то секта, помешанная на культах... Всякие там вуду-шмуду. Африканские страсти.

Меркулов хмыкнул:

— Очень интересная теория для представления присяжным. Но ты сам знаешь, что все никогда не удается объяснить. Причем в любом деле. И даже без колдунов. Ничем нам Плетнев не поможет. Он — Джеймс Бонд, а тут Шерлок Холмс нужен. И Эркюль Пауро. То есть ты да два веселых гуся. — Меркулов бодрился искусственно, он вовсе не думал, что Турецкий в его нынешнем состоянии на что-то годится.

Турецкий поморщился:

— Какие там присяжные, какой там суд! Давай сами сначала разберемся. Я уверен, искать надо среди наших бывших головорезов-интернационалистов. А тут Плетнев как раз сумеет нам помочь. — И безо всякого перехода он вдруг сказал: — Как-то китайский император шел по ночному лесу домой. И увидел тигра, который уже готов был прыгнуть на него. Император выстрелил в тигра из лука. И убежал. Но утром он вернулся посмотреть, что с тем тигром стало. Когда он подошел к нему, то понял, что пробил стрелой камень. Какой вывод сделал император?

Меркулов удивленно смотрел на Турецкого — что все это значило?! Что еще за восточные премудрости? Турецкий подмигнул. Тогда Меркулов оглянулся. В дверях стояла Ирина Генриховна и укоризненно качала головой.

Турецкий расплылся в улыбке, хотя чувствовал себя явно не лучшим образом — лоб у него был весь в испарине:

— Ирка, ну, прости, прости! Я злостный нарушитель режима, все про себя знаю! Хочешь — позови сестру, и пусть мне в наказание сделают витаминный укол. Побольнее! Собственно, по-другому они тут и не могут.

— Так какой вывод он сделал? — вдруг с интересом спросила жена.

— Кто?

— Император.

— Намерение пробивает камень! — торжественно заявил Турецкий. И быстро добавил: — Костя, и держи меня все время в курсе, слышишь?!

— В курсе чего? — встрепенулась Ирина Генриховна.

Меркулов лишь вздохнул, правда, отметив про себя, насколько напористый и властный у Турецкого был сегодня тон. Будто не с того света выкарабкивается, — всего лишь прилег отдохнуть человек, просто после обеда. Сиеста. Заслуженный, хотя и необязательный отдых. Обычное дело...

— Ирка, — сказал вдруг Турецкий, — а ты помнишь свой сон? Ну, тот, про шахидку, которая меня взорвала, — помнишь же, рассказывала?

— Что за сон? — удивился Меркулов.

Ирина молчала. Но, судя по выражению ее лица, она определенно вспомнила, о чем речь. Да вряд ли и забывала.

— Еще с год назад ей что-то такое снилось, — ответил за жену Турецкий.

— Ну, — отмахнулся Меркулов, — мало ли что когда кому снилось!

— Там еще какое-то продолжение затейливое было, — не успокаивался Турецкий.

Ирина, однако, тему развивать не пожелала...

Когда они наконец ушли, Александру Борисовичу почти сразу стало плохо: тело охватила сильная слабость, голова кружилась, на лбу выступил холодный пот. Он с отвращением прислушивался к жалобам своего тела. Дурнота все никак не проходила, казалось, что в желудке у него лежит камень, сердце билось быстро и неровно... Эх, только бы уснуть. Турецкий с досадой нажал на кнопку вызова медсестры — укол в самом деле теперь был необходим.

МЕРКУЛОВ

Они были уже во Владимирской области. Проехали населенный пункт Киржач, стоящий на берегу одноименной речки.

Несмотря на все окружавшие признаки жизни и относительной цивилизации, Меркулов остро сознавал, что вокруг стоит мертвенный покой. А взять ту же Москву — в шесть утра она уже бурлит. Нет, все-таки сельский мир напрочь лишен всякого звукового — человеческого и промышленного — резонанса. Что как раз и делает его весьма симпатичным для оздоровительных наездов в наугад арендованный дом или воскресных вылазок, но... решительно непригодным для человеческого существования. Сельские жители, разумеется, думают иначе: дай им волю, они бы выстлали мхом Красную площадь и запустили бы плющ по стенам ГУМа...

Так думал Меркулов, сворачивая с шоссе на проселочную дорогу, и почти сразу же машина остановилась. Ирина вопросительно посмотрела на него.

— Просто я не уверен в траектории нашего движения... — пробормотал Константин Дмитриевич и полез в бардачок за картой.

— Так, может, не стоило отпускать водителя? — спросила Ирина вполне невинным тоном. Эту тему они обсуждали, когда выехали из Москвы, около получаса.

— Что сделано, то сделано. И водитель мой эту местность тоже не знает. Он — по Москве узкий специалист. Сейчас разберемся.

— Понятно, — насмешливо протянула Ирина. — Все вы — узкие специалисты.

— Зато — хорошие, — веско сказал Меркулов и сунул карту обратно. — Все правильно. Лучше вот что мне скажи... Ириш, ну зачем тебе это надо? Тебе сейчас отдыхать нужно не меньше, чем Сашке. Ты столько перенесла за последнее время. А тут еще такие поездки... — Ирина не отвечала. — Вообще не уверен, что мы эту деревню найдем до вечера... Ладно, поехали, — резюмировал Меркулов, поскольку никакого впечатления его слова на спутницу не произвели.

Дорога начала подниматься в гору. Кругом были засеянные поля, к ним отлого спускались еще недавно желтоватые склоны — это была выгоревшая трава. Пашни ползли вверх по откосам. Теперь, когда они забрались выше, ветер сильнее колыхал колосья. Дорога была белая и пыльная, и пыль поднималась из-под колес и повисала в воздухе за машиной.

— Как называется деревня, я забыла, — спросила Ирина, — что-то там про клоунов?..

— Скоморохово.

Она вытащила карту, поизучала ее немного и безапелляционно заявила:

— Во-первых, если мы тут срежем по лесу, то выедем на этот участок... Наверняка это и есть ваше Скоморохово.

— А во-вторых?

— А во-вторых, вам придется смириться с моим присутствием.

Меркулов промолчал. Ирина продолжала теперь другим тоном — гораздо более мягким:

— Константин Дмитриевич, вы же сами видите, как Шурка мучается от бездействия... А я его лучше вас знаю...

— Значит, ты не против, чтобы он работал?

— Конечно нет. Это хорошо, а то превратится в такую собаку в очках.

— Как это? — удивился Меркулов.

— А вы не слышали? Это сейчас модно — собаки в очках. Мне недавно дочка из Англии звонила, рассказывала. У них там собаки в очках ходят.

— Но зачем?!

— В домашних условиях собака живет дольше обычного, и к продленной старости происходит атрофия мышц, контролирующих восприятие солнечного света. Результат — собаки категорически отказываются выходить на улицу. Вот и изобрели для них такие специальные окуляры... И потом, это суть мужской психологии — он сам себя съест и угробит здоровье, которого и так осталась самая малость. Я не могу ему это запретить. Что тогда мне остается? Только помогать. Пусть считает, что не болеет, а действует. К тому же... — Она замолчала.

Хотя Меркулов и ожидал услышать что-то в таком роде, он все же глянул на нее с легким удивлением. Жена Турецкого собирается активно ему помогать разбираться в его бредовых идеях? Это было что-то новенькое!

— К тому же? — напомнил Константин Дмитриевич.

— К тому же вы не слишком-то умеете разговаривать с людьми. Только приказы отдаете.

Тут уж Меркулов не выдержал и возмутился:

— Ну уж это извините!

Ирина сообразила, что перегнула палку.

— Простите... Просто я сейчас не могу по-другому, поймите меня, Константин Дмитриевич!

Некоторое время оба молчали. Меркулов определенно тяготился этим молчанием больше. Он вообще с неудовольствием поймал себя на каком-то ученическом чувстве по отношению к Ирине, можно было подумать, что он нерадивый троечник, а она его классный руководитель. А ведь Ирина моложе его почти на два десятка лет...

— Константин Дмитриевич, я бы очень хотела быть вам полезной, — проникновенно сказала Ирина.

— Это я понимаю, — ворчливо отозвался Меркулов. — Поэтому ты поперлась со мной в эту тьмутаракань и пьешь из меня кровь.

— Да нет, я в широком смысле.

— В широком смысле?! — притворно ужаснулся он. — Что же от меня тогда останется?

— Вот напрасно вы не воспринимаете меня всерьез. Кроме того, что я жена Турецкого, я все-таки еще...

— Музыкальный педагог.

— При чем тут это? Я психолог. Знающие люди находят у меня неплохие профессиональные задатки.

— Правда?

— Да.

Черт его знает, в самом деле, подумал Меркулов. Вдруг посторонний человек с непредвзятым мышлением на что и сгодится?

— Хорошо... Мы, Ирочка, видишь ли, ловим какого-то психа...

— Я уже поняла, к сожалению.

— Не перебивай. Так вот. Сделай мне доклад о природе агрессивности.

Ирина деловито достала блокнот.

— Ну что ты там записываешь? — с досадой отозвался Меркулов на это ее движение. — Я уже все сказал.

— «О при-ро-де... агрес-сивности», — повторила Ирина и закрыла блокнот.

— Только я тебя прошу, не надо всяких научных премудростей, — строго предупредил Меркулов. — Человеческим языком. Коротко и внятно. Понимаешь?

Ирина кивнула и снова достала блокнот.

Меркулов простонал.

Она вдруг хитро глянула на него и неожиданно сказала:

— Если из двух полушарий ведущим является правое полушарие мозга, то у человека преобладает эмоциональная сфера. Если ведущим оказывается левое полушарие, то у человека аналитический склад ума преобладает над эмоциональностью.

— Что? — удивился Меркулов. — К чему это ты?

— Хотите психологический тест, Константин Дмитриевич?

— А я не знаю, какое у меня — большее...

— Вот об этом я и говорю. Давайте разберемся, кто вы такой. Тест как раз и позволит выявить ведущее полушарие. Это является признаком врожденным и, как правило, не меняется до конца жизни Правда, нужно учитывать, что при сильном волнении ведущие полушария могут меняться: левое на правое и наоборот. Вы же сейчас не сильно взволнованы?

— Я совсем не взволнован.

— Ну так как же?

— Ладно, — улыбнулся Меркулов.

— Готовы?

— Валяйте.

— Вопрос номер один. Переплетите пальцы рук и...

— Что — и?

— Вы заметите, что сверху всегда оказывается один и тот же палец, если левый — вы человек эмоциональный, правый — у вас преобладает аналитический склад ума.

Меркулов переплел пальцы и отчитался:

— Правый у меня. Значит, аналитический, верно?

— Вопрос номер два, — проигнорировала его комментарий Ирина. — Попробуйте прицелиться,

выбрав себе мишень и глядя на нее через своеобраз-
ную мушку — карандаш или ручку...

Меркулов попробовал.

— Ну, какой у вас глаз ведущий?

— Левый, — сказал он после нескольких зажму-
риваний.

— Ясно. Правый ведущий глаз говорит о твердом,
настойчивом, более агрессивном характере, левый —
о мягком и уступчивом.

— Что за ерунда, — рассердился Меркулов, — как
это у заместителя генерального прокурора характер
может быть мягкий и уступчивый?!

— Чего в жизни не случается! Не отвлекайтесь,
пожалуйста. Вопрос номер три. Если при перепле-
тении рук на груди наверху оказывается левая рука,
вы способны к кокетству...

— Правая у меня сверху, — сказал Меркулов и тут
же схватился за руль, потому что машина сильно
скакнула на кочке.

— ...Если правая — вы склонны к простоте и про-
стодушию. Вопрос номер четыре. Какой рукой вам
удобнее хлопать по коленке?

Меркулов похлопал обеими руками и сообщил:

— Правой.

— Если удобнее хлопать правой рукой, можно
говорить о решительном характере, левой — вы часто колеблетесь, прежде чем принять решение.

— Вот так-то! — оживился Меркулов. — Характер решительный и... нордический. Хм... — он не-

много смутился собственной реакции. — Поздно мне уже, Ириш, в такие игрушки играть.

— Хочется выглядеть решительным и аналитичным? — сочувственно спросила Ирина.

Меркулов немного подумал и честно сказал:

— Хочется им быть.

За поворотом дороги неожиданно открылась зеленая долина, по которой протекал ручей. Направо и налево от ручья раскинулась деревня. Перед въездом в нее — сломанный мост, сразу за ним, на правой стороне, — разрушенная церковь.

— Мы приехали?

— Похоже на то.

— Ура!

По деревенской улочке шла женщина с бидоном. Меркулов притормозил рядом с ней и сказал максимально приветливым голосом:

— Добрый день.

— Здрасте! — Голос у женщины был визгливый и в то же время усталый, какой бывает у женщин, потративших значительную часть жизни на мелочную борьбу с повседневными невзгодами.

— Не подскажете, где здесь дом Плетнева?

Женщина посмотрела на Меркулова настороженно:

— Это... какого такого Плетнева?

Меркулов вспомнил начало своего разговора с Турецким и чуть было не сказал «пианиста и дирижера».

— Антона. Антона Плетнева.

Женщина попятилась, убыстрила шаг и скрылась в одном из ближайших домов.

Меркулов с досадой глянул на Ирину и поехал дальше.

— Вот видите? — не удержалась она.

— Ничего я не вижу. Пустая улица. Чокнутая тетка. Богом забытая деревня.

— Я не о том.

— А о чем?

— О том, как вы с людьми говорите, — напомнила она максимально мягким голосом. — Мне она чокнутой не показалась.

— Чего же она тогда сбежала от меня?

— О чем и речь!

— Ну, знаешь! — возмутился было Меркулов, но все-таки заставил себя замолчать и медленно поехал дальше по деревенской улице.

«Черт-те что в самом деле, — думал Константин Дмитриевич, — ведь она же права. Права! Что это такое со мной последнее время творится? Со всеми спорю и ругаюсь. Отдохнуть, наверное, стоит... С другой стороны, вон тот же хулиган Турецкий всю жизнь так себя ведет — и ничего... Хм, как это ничего?! Было б ничего, не лежал бы сейчас в больнице... Ох, Турецкий, Турецкий, со своими фантазиями на мою голову... Ну, посмотрим, что из них выйдет».

Следующий, кого они увидели на улице, был пошатывающийся дед, тащивший за собой велосипед.

Вполне возможно, что велосипед его как-то поддерживал.

— Ах ты брыкаться?! — заорал вдруг дед, по всей видимости обращаясь к велосипеду.

Ирина вздрогнула от неожиданности.

Меркулов невольно улыбнулся. Все же она просто женщина. Хоть и музыкант, и психолог, и прочая, и прочая... Просто женщина. Не стоит забывать.

— Здорово, дед.

Дед, не оборачиваясь, буркнул:

— Здоровей видали...

Меркулов подъехал так, чтобы дед остался чуть позади и чтобы можно было видеть его лицо. Лицо у деда оказалось не лицом, а картой пересеченной местности. Дед тоже остановился и уставился на машину. Меркулов начал издалека:

— Мы тут ищем кое-кого...

— Режиссэра, что ли? — Он говорил именно так, через «э».

— Какого еще режиссера?!

— А он у нас один! — гордо заявил дед. — Плотников!

Эта фамилия показалась Меркулову смутно знакомой. Ирина же оказалась более сведущей.

— Артем Плотников? — спросила она с нескрываемым любопытством. — Он в самом деле здесь живет?

— А то! Почетный житель деревни. Он, правда, нечасто тут появляется, но... Хороший мужик, в общем. Знаменитый стал, а не загордился. Часто приезжает — отдохнуть от суеты вашей московской.

— Ясно, — сказал Меркулов. — Ваша щедрая земля дала миру немало знаменитых людей. И среди них... А где тут дом Плетнева, отец? Антона Плетнева?

Дед подозрительно посмотрел сначала на Меркулова, потом перевел взгляд на Ирину, потом снова на Меркулова.

— А ты ему кто?

— Знакомый, — коротко ответил Меркулов.

Дед вдруг широко улыбнулся:

— Оно и понятно! Опять из милиции?

— Я просто знакомый, — повторил Меркулов.

Эффекта, однако, не было.

— Ага, — ухмыльнулся дед. — Небось знакомые на таких машинах к деревенским алкашам не ездят...

Наконец подключилась, не выдержала Ирина.

— Дедушка, родненький, я сестра его двоюродная, мы семь лет не виделись! Уже вечер скоро, а нам еще триста километров обратно ехать.

Удивительно, но факт — дед поверил моментально.

— Так бы сразу и сказамши. Вон его дом, последний, за прудом... Только вы поаккуратней. Сколько у вас там натикало?

— Шесть часов почти.

— Тогда он спит сейчас. — Дед подумал. — А может, и не спит... Только обязательно сначала голос подайте... А то... — Он не договорил, только покачал головой.

— А то что?

— Да вон Мишка, сосед, зашел к нему за водкой... без стука. Ну и до сих пор в больничке валяется. Мишка в смысле, не Антон.

Улыбка сползла с лица Ирины.

— Что с ним случилось?!

— Да что случилось... Ребра сломаны да сотрясение этого самого. — Дед постучал себя по голове.

Меркулов кивком поблагодарил старика и поехал к указанному дому.

— Голос, говорю, подайте! — крикнул дед еще раз. — Так, чтобы он наверняка понял — свои приехамши!

У дома Плетнева Меркулов притормозил. Посмотрел на Ирину. Он все больше жалел, что уступил и взял ее с собой. Теперь было такое чувство, что у него не одна спина, а две — нужно постоянно думать не только о деле, но еще и о ее безопасности. Открывая дверь машины, он сказал:

— Вот что, двоюродная сестра... Подожди меня здесь пока, ладно?

Против ожидания, она смиренно кивнула.

Меркулов вышел из машины. Постучал в дверь. Подождал. Прислушался. Никакого шевеления в доме не уловил. Потянул ручку двери на себя. Дверь была заперта. Постучал еще раз.

— Антон?

Безрезультатно.

Меркулов покосился на машину. Ирина сидела на месте и никаких попыток выйти не предпринимала, только дверцу открыла.

Он обошел дом кругом.

Вишню загубила плесень. Веранда, построенная из необработанных досок, почти сгнила.

Меркулов постоял возле окна.

Ага! Слабо, но все же он уловил звуки работающего радиоприемника. Стучать в окно не стал — прошел дальше. В следующем окне, на террасе, была открыта форточка. Константин Дмитриевич огляделся. Вокруг не было ни души. С другой стороны, ну, работает радио, ну и что с того? Если тут кто и живет, то об этом ничего не свидетельствует. Хаос и запустение.

Меркулов, кряхтя, забрался на карниз.

И тут в кармане задергался телефон. Хорошо хоть звонок он с утра выключил — телефон стоял на виброрежиме. Но и так Меркулов почувствовал себя совершенно идиотски — застывшим на карнизе с прыгающим в кармане телефоном. Ладно, потом.

Меркулов кое-как открыл окно — не без скрипа, но и без особого шума. Вздохнул. Черт знает чем заниматься приходится... Спрыгнув на пол, он оказался в пустой комнате. Раздвинул занавес на окне. Сразу же обратил внимание на толстый слой пыли. Может быть, действительно в доме никого нет? Из пустых бутылок в углу комнаты была затейливо выстроена пирамида.

— Антон! — еще раз позвал Меркулов, стоя уже посреди комнаты.

Никакой реакции. Никто не появился, никто не отозвался. Меркулов вынул телефон и посмотрел на дисплей. Это было сообщение от Турецкого:

«Ну что, ты нашел Плетнева?»

Меркулов выругался про себя и выключил телефон совсем.

Дзинь. В жестяное ведро со звоном упала монетка.

Меркулов резко обернулся. Но все же недостаточно быстро: подсечка — и он даже охнуть не успел, как кто-то ловким приемом свалил его на пол. Дальше, впрочем, ничего не последовало. Оглушенный Меркулов приподнялся. Сел на полу.

В паре метров от него в дверном проеме стоял Плетнев. Он был неряшливо одет, небрит и, кажется, прилично пьян.

— Что за фарс, Антон? Ты разве не узнал меня?

Плетнев хмыкнул:

— А я никого не узнаю. Я же не в себе... — и добавил издевательским тоном: — Константин Дмитриевич.

Меркулов покачал головой. Сделал вид, что с интересом осматривает комнату.

— Уютно у тебя, ничего не скажешь...

— Не жалуюсь, — вполне серьезно кивнул Плетнев.

Меркулов поднялся на ноги.

— Ты когда в последний раз мылся, майор спецназа?

— На днях. В пруду... И вообще, может, я на задании!

— Вот как?

— Тсс!

— Военная тайна? — ехидно уточнил Меркулов.

— А, собственно, в чем дело? Вы приехали мне замечания делать, гражданин прокурор? Или за моральным обликом следить? — Плетнев вытащил деньги из кармана джинсов. — На вот лучше... в сельпо сходи. — Щелкнул пальцем по горлу. — А то они последние два дня дверь запирают, когда меня видят. А я как раз пенсию вчера получил. Отпразднуем?

— Шут гороховый, — вздохнул Меркулов.

Эта реплика на Плетнева не подействовала.

— Как ты мог до такого состояния опуститься, Антон?! Это ж ниже плинтуса. Ты... — Тут Константин Дмитриевич вдруг понял, что он как раз таки наезжает на моральный облик Плетнева. Стоило в самом деле сменить пластинку. — Ты когда сына в последний раз видел?

Это оказался удар под дых. Плетнев моментально изменился в лице и схватил Меркулова за лацканы пиджака. На этот раз Меркулов был готов и перехватил его за кисти рук.

— Это ты мне говоришь?! — зарычал Плетнев. — Ты мне это говоришь?!

Несколько секунд они стояли, вцепившись друг в друга. И оба вздрогнули, когда раздался стук в дверь.

— Кто там? — закричал Плетнев.

— Это, наверно, Ирина, — сказал Меркулов с угрозой. — Она со мной приехала. Молодая женщина. Не вздумай ее испугать, слышишь?!

— Сейчас поглядим, какая такая Ирина.

Плетнев наконец разжал руки и, пошатываясь, пошел к двери. Открыл. На пороге действительно стояла Ирина.

— Здравствуйте, барышня, — сказал Плетнев с кривой улыбкой. — Вы из собеса? Пришли забрать пенсию назад?

— Здравствуйте, — приветливо сказала Ирина. — Меня зовут Ирина Генриховна. Я не из собеса. Я с Константином Дмитриевичем.

Плетнев несколько секунд молча смотрел на нее.

— Антон... Извините за вид. Проходите. Садитесь... где-нибудь тут... где найдете.

Ирина вошла в дом, внимательно осматриваясь. Из-за того что дом почти совсем не получал солнца, мох и еще какая-то неизвестная растительность захватили уже немало его поверхности.

Плетнев в свою очередь мутным взглядом смотрел на Меркулова, как будто видел его впервые. Откашлявшись, он сказал:

— Позвольте вам представить, Ирина Генриховна, — Меркулов Константин Дмитриевич... — И добавил, с таинственным видом поднимая палец: — Прокурор... Очень большой начальник... Проявил к вашему покорному слуге много участия... Оказывал посильную помощь в том... — Не выдержав шутовского тона, искривив лицо, яростно выкрикнул Меркулову: — Жизнь вы мне сломали, суки!

— Мы тебя из тюрьмы вытащили, — напомнил Меркулов. — От срока спасли, между прочим. Как у тебя язык поворачивается?

— Как, как! — закричал Плетнев. — Вы у меня сына отняли!!! Вот как!

— Антон, не кричите, пожалуйста, — попросила Ирина. — Мы и так все на взводе.

Не то выдохнувшись, не то в самом деле успокоившись, Плетнев махнул рукой и сел на колченогий табурет. Отвернулся к окну, говорил тихо, себе под нос, но все равно было слышно каждое слово:

— Меня родительских прав лишили. Через неделю, как из дурдома выпустили. Псих же не может быть отцом? Не может. Не должен! А я ведь псих? Правда, гражданин прокурор?.. Решение суда не подлежит обжалованию. Вот и получается, что Васька при живом отце в детдоме живет... А теперь... Теперь ему, наверно, вообще фамилию сменят... и из города увезут... Я его никогда не увижу... Вы с Турецким мне всю жизнь разрушили... — Ирина вздрогнула от этих слов. — Лучше бы я сел... Ну, пять лет... Ну, восемь... Но сына бы вернули... А так...

— Я не знал, — ошарашенно сказал Меркулов. — Антон... Я же ничего не знал! Но, черт тебя возьми, почему ты к нам не обратился?!

— До вас достучишься, как же...

Ирина вообще ничего не понимала, но молчала, только вопросительно смотрела на Меркулова.

Возникшую паузу нарушил сам Плетнев. Внезапно жалобно он сказал:

— Слушай, ну, будь человеком, сходи в магазин, а?

Меркулов не обижался на эти перепады с «вы» на «ты». Он только вздохнул. Деваться в самом деле было некуда.

— Не надо в магазин. У меня есть с собой.

Он сходил к машине и вернулся с бутылкой армянского коньяка, поставил ее на табурет, огляделся в поисках посуды. Ирина стояла у окна, в реанимационном процессе участия не принимала. Плетнев схватил бутылку и стал пить большими глотками прямо из горлышка.

Меркулов скептически покачал головой, Ирина по-прежнему молчала, никаких эмоций на лице у нее не было, ни осуждающих, ни сочувственных.

Коньяк на Плетнева подействовал положительно. Он поставил бутылку. Вытер губы и сказал Ирине:

— Простите... Неудобная ситуация... Извините меня, правда.

Меркулов понял, что тянуть больше нельзя, сейчас — самое время.

— Я хотел тебе кое-что показать... — Он достал фигурку, полученную от Турецкого. — Знаешь, что это такое?

— А... Так и думал, что надо чего-то... — сказал Плетнев, мельком глянув на фигурку, и снова приложился к коньяку.

— И не стыдно так опускаться? — не выдержала Ирина.

— Истина в вине, — провозгласил Плетнев.

— Будто бы?

Вместо ответа Плетнев рассказал историю:

— Галилей послал своему знакомому в подарок спиртовой термометр с запиской, в которой объяснил, как он действует. Записка в дороге потерялась, и приятель Галилея, выпив спирт, написал ему в ответ: «Дорогой друг, вино было отличное. Пришли, пожалуйста, еще такой же прибор».

Меркулов против своей воли засмеялся.

Как ни странно, Плетнев трезвел на глазах, по крайней мере, такое складывалось впечатление.

Перехватив взгляд Ирины, Меркулов посерьезнел и спросил его:

— Так почему ты решил, что нам от тебя что-то нужно?

— Да потому что, блин, такие, как вы, никогда не приходят просто так! Или вы считаете, что я вам что-то должен? — Он кивнул на бутылку коньяка, но понимать эти слова следовало, конечно, шире.

Меркулов промолчал, только пожал плечами, что тоже можно было трактовать как угодно. И оказался прав, потому что Плетнев продолжил:

— В первый раз вижу... А даже если бы и знал, ничего бы не сказал.

— Это почему, позвольте спросить? — подала голос Ирина.

— Военная тайна, — объяснил Плетнев.

Меркулов наконец не стерпел:

— Хватит паясничать, Плетнев! Давай поговорим о...

Ирина перебила его:

— Извините, Антон... Я, наверное, неправильно представилась. Меня зовут Ирина Турецкая, я жена Александра Борисовича Турецкого. Сейчас он находится в реанимации...

— Сочувствую, — равнодушно обронил Плетнев.

— Дело даже не в этом, — продолжала Ирина. — То есть, конечно, и в этом, но... Понимаете, кто-то хотел взорвать детский дом. Этого чудом удалось избежать. Саша чуть не погиб. Погибли другие хорошие люди. Но кто даст гарантию, что подобное не повторится?

— Эту фигурку нашли на месте взрыва, — вставил Меркулов. — И это наша единственная зацепка. — И тут же замолчал, потому что Ирина сделала ему знак.

— Да, вы не видите сына, — продолжала она. — Но вы знаете, что он жив, Антон! Это ведь уже немало, верно? Но как вы можете позволить, чтобы детям угрожала смертельная опасность?! А вдруг в следующем детском доме, который они захотят взорвать, будет ваш сын?

«Грубовато работает, — подумал Меркулов, — но кто знает, может, она действительно лучше меня расставляет акценты».

Плетнев молча смотрел на Ирину.

Меркулов на всякий случай добавил:

— С сыном-то мы тебе поможем в любом случае...

Плетнев перевел взгляд на Меркулова:

— Только не надо меня ребенком шантажировать.

— Я же сказал — в любом случае, вне зависимости от твоего решения.

Плетнев ухмыльнулся:

— Да все я понимаю! Все же ясно как день... Меня опять вербуют. Только более изощренно, чем прежде. Я сделаю вам дело, а потом вы скажете, как все остальные: «Извини, Антон, это не в нашей власти, Вася твой теперь принадлежит государству и вообще, ты — псих, Антон». Так будет, да? Впрочем, ничего вы не скажете... Я просто до ваших кабинетов не дойду... Благодарю за угощение... Проваливайте.

Ирина и Меркулов одновременно вздохнули. Это было полное и безоговорочное поражение. Меркулов другого и не ждал с самого начала, он считал, что затея Турецкого обречена. Он вышел молча, а Ирина задержалась на пороге:

— Спасибо, Антон, всего вам доброго. Извините, что потревожили. Берегите себя, хотя бы ради сына...

Через минуту они молча садились в машину. Меркулов не выдержал:

— Зря только коньяк перевели, я его генеральному презентовать собирался.

— Я вижу, вас совсем не шокирует, во что этот человек превращается?

Меркулов неопределенно пожал плечами: видал, дескать, и не такое. Обычная история. Каскад жизненных неурядиц — и покатился человек по наклонной.

Ирина будто подслушала его мысли.

— Кто это придумал, что пьянство у нас традиционно? — риторически вопросила она. — И деды, мол, пили, и прадеды — и ничего. Так ли это? Пить-то пили, да только считалось это во все времена и у всех народов большим злом. И всегда с ним боролись, а в давние времена и довольно жестокими мерами. Да и как пили древние? Греки, к примеру, сухое, как мы сейчас его называем, вино давали рабам, а знаменитая Петровская водка была крепостью менее, чем нынешние портвейны. В Древнем Риме даже существовала должность сенатора, в обязанности которого входило напиваться до поросячьего визга и демонстрировать на улицах прохожим, сколь неприятен пьяный человек. Никакой почвы не имеет под собой миф о том, что со стародавних времен пристрастны к пьянству русские.

— Это что-то новенькое!

— Старенькое, наоборот. Вы хорошо знаете историю?

— Не жалуюсь.

— Сейчас проверим. В одиннадцатом веке всячески чернили языческую Русь, доказывая достоинства христианства, хотя до него наши предки выпивали только по трем поводам: при рождении ребенка, одержании победы над врагом и похоронах. Всяческие «теоретики алкоголизма» ссылаются на исконность хмельных застолий. А ведь Россия впервые получила водку от генуэзцев всего пять столетий назад!

— Ну, уж это не вчера, прямо скажем!

— Но ведь и не со времен Адама и Евы... Кстати, — спохватилась Ирина, — а почему мы не едем?

Не успел Меркулов завести мотор, как из дома показался Плетнев. На твердых ногах подошел к машине. Сказал, не глядя на Меркулова:

— Их было семь штук.

— Кого? — не понял Константин Дмитриевич.

— Амулетов. Мы получили эти игрушки от вождя племени мбунду, в котором формировали отряд из местных. Амулеты, по местному поверью, давались воинам для защиты от плохой смерти... Их было семь штук.

— От какой смерти? — невольно переспросил Меркулов, хотя прекрасно слышал, что сказал Плетнев.

— Плохой. Неправильной. Мы в это дело не поверили, но взяли из уважения, тем более что фигурки красивые... — Он достал из-за пазухи амулет на шнурке.

— И где они? — спросила Ирина.

— Амулеты? — спросил Плетнев.

— Люди! — зло сказал Меркулов.

— Не знаю. Погибли. Хорошей смертью...

— Правильной, что ли?

— Можно и так сказать.

— Точно все погибли?

— Трудно сказать наверняка.

— Ладно. Садись в машину. Поедешь с нами.

— Размечтались. Сначала я хочу увидеть ордер на арест, — насмешливо бросил Плетнев и повернулся к дому.

Меркулов со злостью стукнул по рулю и случайно попал по клаксону.

Плетнев даже не вздрогнул от резкого автомобильного сигнала, он был уже на пороге.

— В каком детдоме ваш ребенок? — крикнула Ирина ему вслед.

Плетнев застыл на месте.

2005 год

ТУРЕЦКИЙ

— Распространено мнение, — сказал Турецкий, потягивая холодное пиво, — что нужно разрешить два-три гипервопроса, додумать до конца три-четыре большие отвлеченные мысли, и будет нам всем счастье. Ответственно заявляю, что это опасная иллюзия, черт побери! Доказательством тому и семнадцатый год, и девяносто первый: мыслили тогда размашисто, но окончательно все запутали. Напротив, надо срочно выметать «отвлеченное большое» поганой метлой, ибо гипервопросы навязаны позавчерашней повесткой дня. Ближе к телу! Мельчить! Будут тогда и новые, по-настоящему актуальные вопросы, и новые их постановки.

— Ты о чем? — осторожно спросил Меркулов. Он пиво не пил, зато активно хрустел орешками, которые принесли Турецкому.

— О нашей работе, о чем же еще?! А если уж быть совсем точным, то о моей. Тебе хорошо, ты сидишь у себя в кабинете, бумажки перекладываешь да приказы отдаешь, а я ношусь по всему городу, ищу этого шибздика. А кто сказал, что он вообще в городе?! Может, его увезли куда-нибудь на Камчатку, там расчленили и разослали по просторам нашей необъятной...

— Типун тебе на язык! — испугался Меркулов.

Друзья сидели в уютной кафешке «Кофе-Бин» на Покровке. Это были вечерние часы, формально уже нерабочие, но никто из них на этот счет не обольщался — их жизнь ведь как раз и состояла из исключений, а не из правил.

Только вчера Турецкому было поручено громкое дело. В Москве был похищен знаменитый американский кинорежиссер, приехавший в Россию с каким-то там визитом, — Стивен Дж. Мэдисон. Фигура уровня Спилберга, даром что они были тезками. Мэдисон являлся главой школы так называемых нью-йоркских независимых режиссеров. И хотя его визит не носил какого-то особо официального статуса, а имел сугубо рабочие и практические цели (лекции в Институте кинематографии, деловые контакты с Федеральным агентством по кинематографии, съемка нескольких эпизодов собственной кинокартины на «Мосфильме»), все равно это был скандал. Это был удар по престижу принимающей стороны, то есть российских киношников в частности (имя которым — легион, между прочим, ничего себе частность!) и Российской Федерации в целом. Культурный мир был взбудоражен этим экстраординарным событием. Съемки остановились, и утечка информации уже произошла. Хотя похитители (если таковые были) до сих пор никаких требований не выдвигали и никак своего существования не обнаруживали.

Смысл же пафосной речи Александра Борисовича сводился к тому, что текущее расследование сулит ему основательное погружение в кинематографическую среду.

Впрочем, подобное происходило далеко не первый раз. Вот, например, хотя бы дело Баткина. С чего тогда все началось? В Шереметьево-2 потерпел аварию пассажирский самолет, а под обломками Ту-154 был найден контейнер с опасным вирусом, способным вызвать тотальную эпидемию смертельной болезни в кратчайшие сроки. Что это было — преступная халатность, роковое совпадение или преступный умысел? Турецкий пытался разобраться в обстоятельствах катастрофы и, отрабатывая разные версии, пришел к выводу, что прямое отношение к трагедии имеет загадочное исчезновение ученого-биолога и нобелевского лауреата Баткина. Чтобы разобраться и свести все концы воедино, Александру Борисовичу тогда пришлось с головой зарыться в НИИ молекулярной биологии, едва ли не поселиться там... Об этих научных нюансах он до сих пор вспоминал с содроганием. А биологию с химией от всей души ненавидел еще со средней школы.

Впрочем, сейчас профессиональная материя была все же понятней (кто у нас не разбирается в кино?! Ну и еще, конечно, в футболе и воспитании детей), а главное, гораздо интересней простому обывателю, коим не без доли лукавства Турецкий себя именовал.

...По Покровке шла пара — наверно, отец с дочкой. Или дядя с племянницей. Турецкий невольно засмотрелся на них. Девушка-подросток в камуфляжных брюках и крепкий мужчина лет сорока. Он слегка приобнимал ее за плечи, а она доверчиво прижималась к нему. Была в этих жестах доверительность и какая-то общая тайна, какая бывает только у очень близких людей.

— О чем задумался? — спросил Меркулов.

— Надо больше времени проводить с дочкой, — вздохнул Турецкий.

— Давай-ка, Саша, к делу, — попросил Меркулов.

Турецкий выразительно постучал пальцем по циферблату часов, напоминая все о том же — отдыхаем, мол, рабочее время вышло.

Меркулов в ответ выразительно скривился, так же безмолвно отвечая: когда это нас останавливало?

Турецкий попросил еще пива (оно в «Кофе-Бине» явно было белой вороной — большинство посетителей составляла молодежь, которая пила разнообразный кофе, которым и славилось это заведение, со столь же разнообразными штруделями и пирогами) и отчитался о событиях двух минувших дней, потраченных на сбор первичной информации.

История исчезновения была такова. Находясь в павильоне «Мосфильма», во время съемок сцены собственной картины, Мэдисон, недовольный игрой актера, изображающего американского ученого, похищаемого русскими бандитами, показал ему, как необходимо играть этот эпизод. Исполнительское мастерство режиссера вызвало восхищение, все присутствующие разразились аплодисментами. На этом месте творческий процесс был прерван, поскольку господин Мэдисон с фельдъегерской почтой получил письмо из Министерства культуры, частично финансировавшего его фильм, в котором было сказано, что оно (министерство) от своих обязательств отказывается ввиду форс-мажорных обстоятельств. Взбешенный Мэдисон курьера не отпустил, запрыгнул в его машину и отправился в министерство выяснять отношения. Больше его никто не видел.

Приступив к расследованию, Турецкий посетил:

— главу киношного департамента Минкульта;

— директора кинохранилища «Белые столбы»;

— директора киноконцерна «Мосфильм»;

— несколько московских ресторанов, которые полюбились Мэдисону.

Перечислив все это, Турецкий закурил сигарету «Давидофф».

— Когда-нибудь ты просто вспыхнешь от такого количества курева, — заметил Меркулов.

— Скорее меня самого кто-нибудь подорвет, — философски заметил Турецкий.

— Типун тебе на язык. Ну, так что поведали эти культурные деятели?

Чем-то хоть помогли? Что-то подсказали?

— Черта с два. Каждый, разумеется, беспокоился о престиже своего ведомства. Особенно жалко выглядел директор «Мосфильма», что и неудивительно, — на его же территории произошло все это безобразие. Кстати, выяснилась одна любопытная вещь. — Турецкий артистично взял паузу и сделал глоток.

— Ну?

— Этот Мэдисон — на самом деле Медовников.

— Как это? — не понял Меркулов.

— А вот так, представь себе. Он русский по происхождению. Родился-то в Штатах, но отец из России. Так что Медовников — его настоящая фамилия.

Меркулов засмеялся:

— Занятно! Я не знал... Действительно интересно. И знаешь, Саша, может оказаться небесполезно... Или это тебе уже как-то помогло?

— Пока нет.

— Мэдисон говорит по-русски? У него есть здесь какие-то некиношные контакты? Деловые? Просто друзья-приятели?

— По-русски говорит. Насчет контактов ничего не известно. Похоже, он в России первый раз, по крайней мере, о предыдущих его визитах никто слыхом не слыхивал. И... как бы не последний.

— Типун тебе на язык! — повторил Меркулов.

— Да ведь сам посуди, Костя. Никаких требований о выкупе, ничего! Какое же это, к черту, похищение? Загулял где-нибудь мужик, а его взяли и шлепнули. С иностранцами у нас и не такое случается. Одного туриста, я слышал, по ошибке в армию забрили. Так он успел курс молодого бойца пройти, прежде чем отцы-командиры разобрались, что к чему.

— Надо подождать, — сказал Меркулов. — Еще слишком мало времени прошло. Если это похищение, то, может, они просто ждут, чтобы поднялся ажиотаж посильнее. Цену набивают.

— Не знаю я насчет выкупа, — хмуро сказал Турецкий. — Сомневаюсь. Если только тут не дилетанты действуют. Тогда, конечно, можно ждать любых сюрпризов. Но этот Мэдисон по американским меркам просто нищий. Ни миллионных гонораров, ни богатых родственников, ни недвижимости. А живет вообще в трейлере.

— Серьезно?!

— Ага. Он, конечно, знаменитость, но фильмы у него копеечные. И гонорары такие же. Он из бывших хиппи. Цветы, любовь и все такое. На бабки чихать хотел, короче говоря. Хотя в Голливуд его звали много раз.

— А откуда ты это все знаешь?

— На «Мосфильме» потусовался. Там сплетников хватает.

— Понятно. Еще что-то интересное нашел?

— Пока нет. Всего лишь составил перечень лиц, которые с ним общались. Полторы сотни человек, — пожаловался Турецкий.

— Понятно, — улыбнулся Меркулов. — Что дальше думаешь делать?

— Думать. Кино смотреть.

— Кино?

— Мэдисона.

— Везет же некоторым, — вздохнул Меркулов. — Вечно тебе всю жизнь все на халяву достается.

— Да? — язвительно переспросил Турецкий. — Ты хоть один его фильм видел? Я вот вчера начал и прекратил через десять минут. Та-акая мутотень! Поговори с генеральным насчет молока за вредность. А лучше...

— Понятно-понятно. Теперь давай конкретику. Что говорят в Министерстве культуры насчет письма о прекращении финансирования?

— Категорически отрицают. Не было такого письма — и точка.

— Вот видишь! Значит, похищение.

— Ничего я не вижу, — уперся Турецкий. — Он это мог просто придумать, чтобы со съемочной площадки свинтить. Подцепил какую-нибудь старлетку и закатился с ней... не знаю... ну в Архангельское, например.

— В Архангельское? — засомневался Меркулов. — Ты же говорил, он весь из себя нонконформист.

— Ну или в Питер куда-нибудь.

— Ладно. А что по машине?

— Представительский лимузин. Их в Москве немного, всего пятьдесят штук.

— Это ты называешь немного?!

— Это называю немного, — подтвердил Турецкий. — А ты, например, знаешь, сколько в Москве «мерседесов»? Больше полумиллиона!

Меркулов округлил глаза. Почесал затылок.

— Нет, правда, Саша? Признаться... не то чтобы ты меня удивил... но...

Турецкий довольно засмеялся:

— Эту цифру я только что сочинил. Но «меринов» все равно до фига.

— Ну ты и прохиндей, — засмеялся Меркулов. — В общем, эта машина пока что твоя единственная зацепка?

Турецкий кивнул и допил пиво. Подумал и уточнил:

— Только не зацепка, а, скорее, мозоль.

— Кстати, забыл спросить, — сказал Меркулов, вставая. — Ты этого Мэдисона еще случайно не нашел?

— Нет.

— Это я так, на всякий случай. А то с тебя станется...

— Я тебя умоляю, Костя! На девяносто процентов уверен, что никто его не похищал, а просто мужик решил на все забить и оттянуться где-нибудь по полной программе. А мы сейчас развернемся на всю катушку, потом сами же идиотами выглядеть будем.

— Совершенно исключать твою гипотезу нельзя, но ведь мы имеем свидетельство о машине «из Министерства культуры», от которой упомянутое министерство категорически отказывается.

— Представительский лимузин, — напомнил Турецкий. — Мосфильмовские курьеры на таких тачках не рассекают.

— Это я уже понял. Так кто же тогда за ним приезжал на «Мосфильм»?

— Да, — сказал Турецкий после паузы. — Это, конечно, свидетельство в пользу похищения. Хотя и косвенное. Если только он и машину не сам себе организовал. Режиссер, понимаешь...

Через полчаса Турецкий был дома. Тут все было как обычно. Дочь трещала по телефону, жена сосредоточенно читала газету.

— Что там? — механически спросил Турецкий, снимая пиджак.

— Статья о психиатрических диспансерах, — сказала Ирина. — О девочках-подростках. Каково им приходится, бедняжкам.

Турецкий скривился. Последнее время Ирина проявляла недюжинный интерес ко всему, что было связано с психологией.

— Отложить тебе? — она махнула газетой. — Почитаешь потом?

— Нет уж, благодарю покорно. Лучше ужин разогрей.

Через пять минут Турецкий отодвинул тарелку, положил голову на скрещенные руки и сам не заметил, как заснул...

Проснулся от ощущения того, что кто-то ходит по комнате. Поднял голову, сердце стучало. Какой-то муторный сон приснился, ничего конкретного он не помнил, но чувство было такое, будто камнем разбивают окно...

Ирина смотрела на него как-то странно.

— Саш, ты чего это вдруг — за столом?

— День тяжелый, набегался.

— Ну, так иди, приляг на диван.

Он продолжал сидеть, встряхивая головой, как бы отгоняя дурной сон.

Ирина что-то почувствовала и сказала:

— Мне тоже сегодня ерунда какая-то снилась...

— Какая?

— Не скажу.

— Нет уж, — усмехнулся он, — будь добра!

Кое-как Турецкий выдавил из жены, что приснилась ей жуткая фантасмагория: будто его, Турецкого, подорвала какая-то шахидка и она, Ирина, вместе с Меркуловым ползали и собирали его кусочки, надеясь собрать из них пазл, в результате чего Турецкий и оживет.

Турецкий засмеялся:

— Ну, ты даешь, Ирка! При чем тут шахиды? Им-то я чем не угодил?!

— А я почем знаю? — улыбнулась Ирина, но глаза у нее были на мокром месте.

Шутки шутками, но Турецкому стало немного не по себе. Пусть и в шутку, но двое близких людей дважды за один день говорили, что он взорвался или взорвется... Да нет, глупости, конечно! Каких можно ждать взрывов от киношников? Бутафорских разве что.

Утром Турецкий выделил из общего списка людей, с которыми Мэдисон общался лично-конфиденциально и многократно в течение последних двух дней перед своим исчезновением.

1. Русский сопродюсер фильма Иван Казаков.
2. Каскадер и постановщик трюков Олег Буцаев.
3. Оператор Энтони Фицпатрик.
4. Проректор ВГИКа Виктор Коломиец.

Сюда еще стоило добавить режиссера и в некотором роде приятеля Мэдисона Артема Плотникова: последнее время они общались нечасто, но Плотников, как и Мэдисон, был величина. Он мог что-то знать.

КОЛОМИЕЦ

Первым попался Коломиец. Это был сравнительно молодой человек, активно тусовавшийся в коридорах Министерства культуры. Как подсказали Турецкому знающие люди, ему светила большая карьера. В Министерстве культуры Турецкий его и нашел.

Коломиец производил впечатление человека крайне занятого и все время куда-то опаздывающего. Слава богу, оказалось, что у его секретарши были захронометрированы абсолютно все телодвижения Мэдисона в Институте кинематографии. К вечеру Коломиец обещал их прислать. А еще он снабдил Александра Борисовича мобильным телефоном продюсера Казакова. Казаков, правда, как и Плотников, преподавал во ВГИКе, но по мобильному его отыскать было гораздо проще. Буцаев, кстати, тоже преподавал в киноинституте — загадочную дисциплину под названием «Сценический бой». А Казаков читал там лекции будущим продюсерам.

Сам Коломиец ничего существенного про Мэдисона сообщить не смог. Да, эксцентричен. Да, говорит по-русски. Да, во ВГИКе прошел вечер, ему посвященный и с его участием. Да, его возили в общежитие. Да, для съемок своего фильма он устраивал в институте кастинг. Да, с удовольствием общался со студентами. Список этих самых студентов? Да, его можно составить. Нет, ничего необычного вокруг Мэдисона, на взгляд Коломийца, не происходило и никого подозрительного рядом с ним не было.

КАЗАКОВ

К двум часам дня удалось дозвониться до Казакова. Он предложил приехать к нему домой. Турецкий не возражал.

Продюсер жил на Кутузовском проспекте в двух пятикомнатных квартирах, расположенных одна над другой, то есть, по сути, в одной двухэтажной. Казаков походил на киношного гангстера, у него была серебристая шевелюра и вальяжные телодвижения.

— Позавтракаете со мной? — спросил он Турецкого, скорее утверждая этот факт, чем на самом деле интересуясь мнением гостя.

Примечательно было, что этот тип вовсе не стеснялся факта завтрака в такое время.

— Ну, если вы настаиваете, — пробормотал Турецкий, уже попав в столовую комнату.

На буфете рядами поблескивали супницы, содержащие, в добавление к естественным образом ожидаемым бекону, яйцам, сосискам, грибам и помидорам, три великих столпа традиционного английского завтрака. А по всей длине обеденного стола пунктирной линией тянулись тарелки с джемом, чайники и кофейники, серебряные подставки для гренков и графины, налитые до хрустальных краев апельсиновым и грейпфрутовым соком.

— Вот это да...

— Красиво, верно? Главное в жизни — правильно выстроить мизансцену. Итак, присаживайтесь, закусим. А после я готов ответить на любые ваши вопросы.

После завтрака Казаков предложил отведать пятидесятилетнего коньяка, и Турецкий, насилуя себя, отказался. Перед толстой «гаваной», правда, не устоял. Они уселись в кресла, задымили, и Казаков спросил:

— Что же именно вас интересует? — Он коротко хохотнул: — Можете обыскать мою квартиру, американца тут нет.

Турецкий не стал поддерживать эту несерьезную тональность.

— Когда вы видели Мэдисона последний раз?

— Дайте подумать... Примерно за полчаса до его исчезновения. Я был на съемочной площадке, а потом отъехал перекусить.

— Свидетели у вас есть?

— Есть, — усмехнулся Казаков. — Хотя какое это имеет значение? Если бы я захотел его украсть, неужели, вы думаете, я бы делал это собственноручно?

— Мэдисон связывался с вами с тех пор?

— Не ловите меня, Александр Борисович. Нет, не связывался. Я бы сообщил куда следует. Я законопослушный гражданин и честный налогоплательщик.

— Вы не получали о нем никаких известий ни прямо, ни косвенно?

Казаков покачал головой.

— У Мэдисона были здесь финансовые проблемы? В России, я имею в виду? Что-нибудь, связанное со съемками?

— Нет, — сказал Казаков. — То есть мне об этом ничего неизвестно. А я, заметьте, сопродюсер его картины.

— То есть если бы у него возникли какие-то трудности с деньгами, вы бы знали?

— Вот именно. Хотя я вообще не представляю, что для него — трудности с деньгами. Знаете, какие он сигареты курил? «Приму».

— Шутите? Откуда в Америке «Прима»?

— Там, возможно, он курил что-то соответствующее, но в России ему полюбилась «Прима». Просто торчал человек, как от травки, я сам видел. Вот вам уровень его материальных притязаний.

— Ладно, это понятно. Теперь объясните, зачем он вообще снимал в России?

— Тут никакого внятного объяснения быть не может, — категорично заявил Казаков. — Захотелось — стал снимать.

— Как это?

— Да очень просто, — объяснил Казаков с едва уловимой ноткой презрения. — Художник, что с него взять? Я вам так скажу. Кино — это наркотик. Вон режиссер «Маленькой Веры»... Помните такой фильм?

Турецкий кивнул.

— Я отлично помню, как он проклинал все на свете, говорил, что в следующий раз возьмет двух актеров в голой комнате и все. И что же? Потом он стал снимать «Золотого теленка», в котором герои носятся по всей стране: экспедиция в Среднюю Азию, пробеги на старинных автомобилях. Спрашивается, зачем ему это надо было? Нормальной логике такое действие не поддается. А Мэдисон вообще сумасшедший на полную голову... Впрочем, насчет России...

— А может — ностальгия по корням? Я слышал, он русский по происхождению.

— По-русски он говорит, это верно. Ностальгия? Сомневаюсь. Ничего такого от него не слышал. Зато я помню, он часто говорил, что главное в профессии — не быть зависимым от голливудских студий, выдающих на-гора блокбастеры, которые забываешь еще во время просмотра... Россия ему в этом плане казалась вполне подходящим полигоном.

— Как вы думаете, кто мог желать его похищения? Устранения?

Тут Казаков неожиданно хохотнул:

— В широком смысле — кто-нибудь из собратьев по ремеслу!

— Например, тот же Плотников?

— Ну, знаете!.. Я этого не говорил.

— Что вы думаете о Коломийце?

— Хм. Тот еще шельмец. Далеко пойдет. Еще министром будет, помяните мои слова.

— О Буцаеве?

— Классный каскадер. Блестящий специалист. У нас таких больше нет. На Западе работал, кстати.

— Он там познакомился с Мэдисоном?

Казаков задумался:

— Насколько я знаю, нет... Да вы у него самого спросите.

— Непременно. Спасибо за угощение. — Уже уходя, Турецкий уточнил: — Вы шутили, когда говорили о собратьях по ремеслу?

— Нисколько, — вполне серьезно ответил Казаков. — Они очень ревнивы. Картину Мэдисона, хоть она еще и не снята, уже ждут в будущем году на Венецианском фестивале. Он всегда в числе главных фаворитов. Вы думаете, когда режиссеры распинаются в любви друг к другу, они говорят искренне? Черта с два. Это же самый настоящий спорт, и тут для устранения конкурентов все средства хороши.

— Тогда вы можете мне сказать, кто в данном случае считается его конкурентом?

— В Венеции?

— Это вам виднее где.

Казаков немного пожевал сигару:

— Через пару дней, если вы не против.

ФИЦПАТРИК

Насчет оператора у Турецкого были серьезные сомнения. А ну как оператор ввиду остановки съемок на неопределенный срок плюнул на все и рванул из России куда подальше? Что ему тут делать, в конце концов?!

Однако Турецкому подфартило. Оказалось, Фицпатрик время даром не терял. Как сообщили на «Мосфильме», он принялся активно снимать рекламные ролики. Именно на киностудии Турецкий его и нашел. Правда, не в съемочном павильоне, а в ресторане, сконструированном из кинодекораций, стилизующих его — одновременно — под немецкую пивную, русский трактир и французский ресторан, — все зависело от того, под какой стеной сидишь. Фицпатрик закусывал в компании огненноволосой молодой американки. Вместе они смотрелись: Фицпатрик был в оранжевой рубашке.

— Ши кэн транслэйт, — кивнул Фицпатрик на свою приятельницу.

— Ай эм спик, — сказал Турецкий и всем своим видом показал, что разговор желательно вести вдвоем.

Фицпатрик сделал едва уловимое движение бровями, и оранжевая женщина исчезла. Как оказалось, Турецкий не прогадал. У оператора было мало времени, и отпираться он не стал. Он сразу сказал, что очень сожалеет о случившемся, но изменить уже ничего не может, а главное, не хочет.

У Турецкого едва челюсть не отвисла. Неужели сейчас Фицпатрик отведет его к какой-нибудь кладовке и покажет задушенного Мэдисона?!

Но все оказалось гораздо проще. Фицпатрик признался в том, что увел у своего режиссера подружку. Эту вот самую оранжевую. Тогда она, правда, была сине-зеленая.

— Как это?! — спросил огорошенный Турецкий.

Оказалось, барышня выкрашивается в цвета любимого мужчины. Нет, у Мэдисона не сине-зеленые волосы, но у него есть такой вот примечательный пиджак. Как это случилось? Очень просто. Мэдисон сперва называл ее музой, а потом перестал обращать внимание. Весь роман продлился не больше трех недель. Зато вот у него, у Фицпатрика, большое человеческое чувство. У оранжевой женщины, кстати, тоже. И значит, впереди у них — долгая счастливая жизнь.

— Хм, — сказал опытный семьянин Турецкий. — А как он перенес измену любимой женщины?

— Вообще-то он менял их как перчатки, — сказал Фицпатрик. — Так что я не уверен, что он через неделю вспомнит о ней.

— Когда это случилось? Когда он обо всем узнал?

— В день до своего похищения.

Мог бы и соврать, подумал Турецкий, сказать, что это было гораздо раньше. А так выставляет себя в невыгодном свете. Или наоборот, это такое изощренное алиби? Вот он я, дескать, весь на ладони вместе со своими грехами...

— Вы давно работаете вместе с Мэдисоном?

— Это была наша первая картина. — Фицпатрик вздохнул. — Жаль, что все так вышло. Мэдисон — гений, я всегда мечтал снимать для него.

— Как давно вы знакомы?

— Несколько лет, пожалуй. На каком-то фестивале выпивали вместе. Не то в Монреале, не то где-то в Гонолулу...

— В Гонолулу есть фестивали?

— Для знающего человека фестивали есть везде, — веско сказал Фицпатрик.

— Очень интересно. А мог Мэдисон плюнуть на все и поехать куда-нибудь вот так тусоваться, «фестивалить»?

— Да вообще-то запросто, но...

— Но вы думаете, что его похитили?

— Но я же видел это своими глазами!

— Расскажите, пожалуйста.

Фицпатрик рассказал. Ничего нового для себя Турецкий не услышал. Приметы курьера из Министерства культуры были столь расплывчатыми, что не опровергали предыдущих сведений и не добавляли ничего интересного. Фицпатрик заметил, что хотя у него профессиональная память, но он больше был занят съемочной площадкой — там никак не могли правильно установить свет.

ПЛОТНИКОВ

С Плотниковым тоже повезло необычайно. Как заранее пояснил Коломиец, несмотря на то что Плотников — настоящий патриот и все такое прочее, а в числе этого самого прочего даже преподаватель ВГИКа, в России, точнее, в Москве он проводит в году едва ли один месяц, поэтому шансы застать его равняются... дайте-ка подумать... совершенно верно, один к двенадцати! Как это вы так быстро сосчитали?

Однако режиссер как раз был в Москве. Более того, несколько дней подряд появлялся в Институте кинематографии, где вел мастерскую, что, по различным свидетельствам, было ситуацией уникальной. Турецкий решил ею воспользоваться.

Артем Александрович Плотников обращал на себя внимание не только своей элегантностью, но, прежде всего, необычайно привлекательной внешностью: удлиненное женственное лицо, шелковистые светлые усы над чувственными губами, мягкие, волнистые каштановые волосы с кудрявой прядью, падавшей на белый лоб, бархатные глаза — все в нем было красиво какой-то мягкой, вкрадчивой красотой. Держался он предупредительно и любезно, но без всякой нарочитости и жеманства. Он предложил Турецкому обосноваться на кафедре художественного фильма.

В ответ на прямой вопрос, знает ли он, кто и с какой целью похитил Мэдисона, он покачал головой:

— Понимаете, Александр Борисович, какая штука... Большинство людей не отличаются богатым воображением. То, что происходит где-то далеко, не задевает их чувств, едва их трогает. Но стоит даже ничтожному происшествию произойти у них на глазах, ощутимо близко, как разгораются страсти. В таких случаях люди как бы возмещают обычное свое равнодушие необузданной и излишней горячностью.

— Иными словами, вы считаете, что никто его не похищал?

— Это вам решать. В принципе при желании мотив можно найти. Например, у него, как я слышал, были неважные отношения с продюсером, с Иваном Казаковым.

Вот, значит, как, подумал Турецкий. Эти кино-шники, похоже, просто обожают друг друга.

— Однако вы все же не думаете, что его похитили?

— Я склонен полагать обратное. Вы уже, наверно, наслышаны про эксцентричность Стивена?

Турецкий кивнул.

— Разумеется, — продолжал Плотников, — никаких фактов у меня нет. Считайте это интуицией. Съемки фильма напоминают поездку в дилижансе на Диком Западе. Сначала надеешься на легкое путешествие, но потом только и думаешь, как бы дотянуть до конца. Я думаю, ему просто надоел собственный фильм, и он решил...

— Соскочить?

— Необязательно. Может быть, просто отдохнуть. Потом вернуться и посмотреть на все свежим взглядом.

— Почему же не предупредить кого-нибудь?

— А зачем ему думать о ком-нибудь, кроме себя? — пожал плечами Плотников.

— Может, у него какой-нибудь роман?

— Насколько я видел, он приехал сюда с женщиной.

Про то, что Фицпатрик отбил девчонку у Мэдисона, он, похоже, не знает, сделал вывод Турецкий.

— В таком случае подскажите, где же отдыхают режиссеры?

— Это у каждого личное, — улыбнулся Плотников. — Я вам и про себя-то этого бы не сказал, а про

Мэдисона просто не знаю. Может, в Непале где-нибудь...

— Или в Гонолулу. Только он не вылетал из Москвы.

— Тогда, может, в Урюпинске... Ну что вы так смотрите? Хорошо, я сознаюсь, у меня есть дом во Владимирской области, в деревне Скоморохово. Там я и отдыхаю.

— Я с вами со всеми с ума сойду, — вздохнул Турецкий и подумал: а что, если Плотников прав? Вдруг Мэдисон все-таки поперся разыскивать свои русские корни в какой-нибудь Урюпинск?

— Ага, понятно, — удовлетворенно кивнул режиссер. — Вы уже общались с нашим братом киношником. Что же, понимаю ваши затруднения. Но, увы, в самом деле не знаю, чем помочь. Я бы на вашем месте просто набрался терпения. Стивен появится, помяните мое слово.

— Когда?

Плотников снова с улыбкой пожал плечами.

— Скажите, Мэдисон хороший режиссер?

— Интересный, — сказал Плотников после паузы, в течение которой обозревал портреты классиков отечественного киноискусства, в изобилии развешенные по стенам кабинета.

— Что вы вкладываете в это слово?

— Когда я начинал свою кинокарьеру, считалось, что стать режиссером настолько сложно, что лучше вообще за это не браться. У меня уже тогда было подозрение, что так специально говорят те, кто обладает властью в кинематографе, исключительно с целью эту власть удержать. Но развитие новых технологий — Интернета, телевидения — само разрешило этот спор. Режиссером может теперь быть обезьяна средних способностей.

Возникла неловкая пауза.

— Это... вы... о Мэдисоне? — наконец спросил Турецкий.

Черт возьми, надо же было как-то разобраться в иерархии этих гениев!

— Что вы, Мэдисон — всемирно признанная величина, — с едва уловимой иронией сказал Плотников.

— Вы много с ним общались за время его визита в Москву?

— Я видел его только однажды, здесь, в институте. Был вечер, на котором он выступал, а потом небольшое застолье... — Плотников разглядывал свои ногти. — Мы оба довольно занятые люди... Впрочем, он проводил потом кастинг для своей картины. Этого захватывающего мероприятия я, правда, не видел, но вот мои студенты наобщались с ним от души. Поговорите с ними.

— Непременно. Сколько человек он отобрал из ваших студентов? Назовите фамилии, пожалуйста.

Плотников в ответ только засмеялся.

— Что, ни одного?!

— Вот именно.

— А зачем же тогда кастинг?

— Когда найдете его, обязательно спросите. А когда он ответит, дайте знать, что именно. Мне и самому чрезвычайно интересно.

Турецкий пожал режиссеру руку и вышел в коридор. Хлопнул себя по лбу и вернулся.

— Что-нибудь еще? — удивился Плотников, глядя на неловко застывшего в дверях следователя: из солидного чиновника тот вдруг превратился в... В кого же?

— Жена меня убьет, — сознался Александр Борисович. — Автограф, если можно...

— С удовольствием, — серьезно сказал Плотников, задумался на мгновение, снял с полки ди-ви-ди с фильмом «Камнепад» и подписал.

От Плотникова Турецкий отправился прямиком на кафедру киноведения. Там было заперто. Рядом, правда, помещался деканат сценарно-киноведческого факультета. Дородная секретарша Зоя Федоровна сообщила, что по интересующему Турецкого вопросу нет нужды теребить заслуженных деятелей культуры. Есть студенты, которых вполне можно напрячь.

— А они это самое... — засомневался Турецкий, — в смысле, копенгаген?

— Еще как, — уверенно ответила секретарша. — Рекомендую — вот!

Она кивнула в сторону. Тут только Турецкий заметил двух студиозусов, сидевших прямо на полу у огромного шкафа с журналами и о чем-то тихо сп−ривших.

— Демократично у вас, — пробормотал Александр Борисович.

— Да уж, — сказала она со странной смесью гордости и осуждения.

Худенький и совсем юный мальчик был киноведом, а толстяк лет двадцати пяти — из режиссерской мастерской Плотникова, его звали Вениамин. Он метнул на секретаршу тяжелый взгляд, но покорился. Впрочем, узнав суть вопроса, Вениамин просиял.

— Нет ничего проще, — сказал он. — Конечно, Мэдисон — русский по происхождению. Но в России прежде никогда не был. А вот предки его отсюда. Он же Медовников!

— Это я уже знаю, — прервал Турецкий. — Откуда именно его предки, можете подсказать?

— С Дальнего Востока, — сказал толстяк. — Не то из Хабаровска, не то из Уссурийска.

— Ниоткуда, — вмешался вдруг второй студент, Костя. — Его отец был американец.

— Костя, не пори чушь, — возразил Вениамин. — Он русский.

— Сам не пори.

— Скажешь, он не Медовников?

— Медовников. Но только это фамилия отчима, а не отца.

— Чего?!

— Что слышал, Веня. Может, снова поспорим? — ехидно предложил Костя и протянул руку.

Видимо, у этого вопроса была какая-то подоплека, потому что толстяк, несмотря на всю свою уверенность и запальчивость, заключать пари не спешил и смотрел на приятеля с подозрением. Про Турецкого спорщики забыли напрочь.

Александр Борисович вздохнул и достал корочку Генеральной прокуратуры.

— Ну вот что, господа студенты, запишите мне свои телефоны и давайте побеседуем в удобное для всех время.

— Зачем это? — слегка побледнел толстяк Веня. Секретарша злорадно хихикнула.

— А поговорим за искусство, молодые люди.

— Так чего тянуть? — сказал Костя. — Давайте прямо сейчас.

— Сейчас мне нужно найти Буцаева. Кстати, не знаете, где он может быть?

— В столовой, — сказал Веня.

— В спортзале, — возразил Костя.

Видимо, они спорили по любому поводу.

— А где спортзал и столовая?

— На первом этаже, — ответили они синхронно. — А мы... можем быть свободны?

— Вечером заеду к вам в общежитие, — грозно посулил Турецкий.

БУЦАЕВ

Каскадер Буцаев был приземистым, коренастым парнем в довольно убогой одежде. Впрочем, возможно, это была рабочая амуниция. Турецкий разыскал его в спортивном зале — прав оказался Костя.

Буцаев дрался с тремя противниками-студентами. Это был учебный бой. Ударов никто не наносил: студенты — потому что он не давал им такой возможности, Буцаев — чтобы не покалечить. Турецкий засмотрелся: было в этом что-то неправдоподобно оперное, но зрелище, нельзя не признать, завораживало. Забавно было, что все происходило под громкую музыку какой-то попсовой песенки из «Фабрики звезд».

Буцаев уложил всех троих на маты, поймал на себе взгляд Турецкого и сразу подошел к нему.

— Меня Коломиец предупредил, что вы приедете.

На первый взгляд Турецкий дал ему лет двадцать шесть — двадцать восемь, но в ходе общения менял это мнение, постепенно прибавляя по три-четыре года, пока не остановился в районе сорока пяти.

Из-за громкой музыки говорить было трудно, и Турецкий показал на уши: нельзя ли, мол, приглушить? Приглушили.

— Когда я был моложе, — сказал Буцаев, — то любил более сложную, так сказать, серьезную музыку. Но чем больше я погружался в кинематографическую работу, тем больше скатывался к низким жанрам.

— Почему же это?

— Дело в том, что как раз вот такие простенькие, стопроцентно попсовые мелодии чаще всего служат источником грубого вдохновения. Очень трудно вдохновиться сложной, утонченной музыкой. Когда я работаю, я слушаю попсу. А настоящая музыка требует совсем другого состояния. Вот и студентов так же учу.

— Понятно. Расскажите, как вам работалось с Мэдисоном.

— Непросто.

— Почему?

— Потому что главный его принцип — никаких звезд.

— А вы, значит, считаете себя звездой?

Это было любопытно, до сих пор Турецкий не слышал, чтобы каскадеры играли в кино приоритетную роль. Он почувствовал тут возможную лазейку для своего расследования.

— Я всего лишь требую к себе адекватного отношения, — уклончиво высказался Буцаев.

— Так почему Мэдисон не любит звезд? Потому что у его фильмов денег мало?

— Деньги ни при чем. Мэдисон считает: нельзя, чтобы актер затмил собой все. Звезды, мол, хороши для триллеров. А у него особое кино. И нельзя, чтобы люди приходили на фильм с уже готовым мнением. Они должны увидеть просто доктора или сантехника, а не Де Ниро в этой роли.

Похоже, лазейки никакой не было, просто перед Турецким стоял еще один киноманьяк. Ничего нового о дне исчезновения Мэдисона Буцаев не сообщил.

— Кстати, как вы с ним познакомились?

— Он увидел меня в одном американском фильме.

Турецкий кивнул, чтобы скрыть свое невежество, и отправился ужинать в институтскую столовую. После чего поехал в общежитие. Там, помимо киноведа Кости и режиссера Вени, он несколько часов кряду проговорил с еще несколькими студентами:

— режиссером Мартой Юркевич,

— сценаристкой Таней Михолап,

— оператором Юрцом (именно так он просил его называть) Клементьевым,

— актером Шумахером,

— еще одним режиссером, Ильей Ермиловым.

Все это была общая компания молодых энтузиастов своего будущего дела. Студенты объясняли Турецкому, как делается кино, спорили о достоинствах Мэдисона и Плотникова и, кажется, знали обо всем на свете. Ермилов показался Турецкому наиболее примечательным из всех. Этот парень был очень себе на уме и что-то знал про себя и про остальных. С ним безусловно стоило продолжить общение.

ПЛОТНИКОВ

Когда Турецкий уже садился в машину, припаркованную у общежития, у него зазвонил мобильный.

— Александр Борисович, надо поговорить.

— А это кто?

— Казаков.

Теперь Турецкий узнал голос продюсера, прозвучавший с некоторой досадой. Ага, значит, тщеславия не чужды не только режиссеры.

— Ну, говорите, я слушаю.

— Не по телефону.

— Тогда приезжайте завтра на Большую Дмитровку.

— А что у нас на Дмитровке?

— Генпрокуратура.

— Еще хуже. Не хочу, чтобы меня у вас видели.

— Так где же тогда? — стал терять терпение Турецкий. — На «Мосфильме», что ли? Или у вас, на Кутузовском?

— Давайте во ВГИКе. Прямо сейчас. У меня занятия с заочниками, скоро закончатся. Подъезжайте. — И Казаков дал отбой.

Однако наглец, подумал Турецкий. Но ничего не поделаешь, информация была нужна, и пришлось ехать, тем более не смертельно — совсем недалеко.

Через полчаса с небольшим Турецкий подкараулил Казакова во вгиковском коридоре. Продюсер поздоровался и сказал без обиняков:

— Я был не прав. У Плотникова есть мотив. Я подумал, что это, не исключено, важно и срочно.

— В прошлый раз вы решительно отвергли эту идею.

— А теперь кое-что случайно узнал.

— Ну-ка, ну-ка? — заинтересовался Турецкий.

— Мэдисон перешел ему дорогу. Совсем недавно.

— Конкретней.

— Конкретней не могу. Поверьте на слово.

— Я — юрист, — напомнил Турецкий. — Я не могу верить на слово.

— А я — продюсер. Я вообще не обязан говорить правду. И обязан хранить профессиональные отношения в тайне. В этом суть моей профессии. Постарайтесь дальше разузнать все сами.

— Ладно, спасибо и на том. Хм... Что же это может быть? Не женщину же он у него отбил?.. Работу, что ли, не поделили?

— Как вы догадались?! — оторопел Казаков.

— А что остается? Оба на своем кино повернуты. Ну ладно, сказали «а», говорите и «б». В чем тут дело?

— Это между нами? — обреченно вздохнул Казаков.

— Свои источники не выдаю, — сухо ответил Турецкий.

— У Плотникова на американца зуб. Плотников должен был снимать фильм в Японии. Дело было на мази, контракт подписан. И тут Мэдисон прислал япошкам свой сценарий, который им так понравился, что они Плотникова бортанули.

— И что, это большой секрет?

— Чтобы соблюсти лицо, Плотников преподнес это дело так, будто отказался сам. Поймите меня правильно, Александр Борисович, я сотрудничаю с ними обоими.

ТУРЕЦКИЙ

— Саша, знаешь, ты бредил, — сказала утром Ирина с явной тревогой.

— Что? — удивился Турецкий.

— Ты постоянно говорил во сне. Такого раньше не было... Я записала.

— Серьезно?!

Она молча протянула ему лист бумаги. Турецкий прочитал:

«Переменное фокусным расстоянием. Панорамирование. Прерывистый монтаж. Синхронизация. Фокусировка... Дубляж... Инерция зрительного восприятия».

Турецкий расхохотался:

— Ирка, ради бога, оставь в покое мои сны!

Он глотнул кофе, принял душ и уселся завтракать. Зазвонил телефон.

— Ты спишь там, что ли?! — раздался разгневанный голос Меркулова.

— Я работаю, — сказал Турецкий, просматривая «Спорт-экспресс».

— Твое место работы — в Генеральной прокуратуре!

— Костя, ты чего такой злой? Когда это тебя волновало, за каким столом я над бумажками сижу?

— Получено требование о выкупе.

— А кем получено?

— Тобой.

— Как это?! — изумился Турецкий.

— Вот так! И мной тоже. Заглянул в почтовый ящик, а там — такой сюрприз. А в строке «копия» твой адрес указан. Нам обоим послали сегодня ночью.

— Откуда они знают про меня? — механически спросил Турецкий.

— Сам подумай, голова садовая, с каким количеством людей ты успел переговорить за эти несколько дней! Похитители среди них.

— Так они что же, хотят, чтобы прокуратура платила?! Наивные люди.

— Они хотят, чтобы мы сообщили заинтересованным лицам — американцам и нашим.

— Разумно... Информация от нас будет выглядеть серьезно... И сколько требуют?

— Сто тысяч.

— Так мало? — удивился Турецкий. — А куда прислать?

— Открой почтовый ящик и прочитай сам!

Турецкий так и сделал.

Культурное достояние человечества — Стивен Дж. Мэдисон — находится в полной безопасности, но в столь же полной изоляции и бездействии, пока за него не будет выплачен выкуп в 90 000 долларов. Деньги следует положить в контейнер на крыше дома № 6 по улице Сергея Эйзенштейна завтра в 8 часов утра. Если выкуп заплачен не будет, Мэдисон не снимет больше ни одного кадра.

Меркулов снова позвонил.

— Ты прочитал наконец?

— Да.

— Как тебе это любовное послание? И как последняя фраза? Что это значит, а? Его убьют?

— Необязательно. Может, выколют глаза. А ты хочешь проверить?

— Не болтай. Скажи лучше, что думаешь насчет этого места — крыша дома, контейнер?

— Да ничего не думаю. Обследуем все, посадим спецназ и сцапаем гадов. Сами же нам задачу упрощают. Туда и деньги-то класть не обязательно.

— Хм, хм... — сказал Меркулов.

— Что такое?

— Я, видишь ли, сообщил уже в Министерство культуры и американской стороне. И если наши, как водится, в полном ступоре, то американцы... точнее, один американец настаивает на том, чтобы заплатить.

— Что за американец? — поинтересовался Турецкий.

— Продюсер Мэдисона. Он боится потерять своего драгоценного режиссера. У него с ним заключен контракт на три картины впрок, и он ему нужен позарез.

— Ну и черт с ним, пусть дает деньги, и пусть они их забирают! Проследим и возьмем вместе с Мэдисоном.

— Так и сделаем, — решил Меркулов. — А для верности «маячок» прицепим. Кстати, Саша, что у тебя нового?

— Да так, ничего особенного. Выяснил вот, что один из сотрудников Мэдисона сидел за ограбление банка.

— Ничего себе! Киношник?!

— Ну да.

— Кто же это?

— Каскадер.

— Что же ты молчал?! Давно узнал?

— Только что, когда почту просматривал.

— Планируешь какие-то мероприятия в отношении его?

— Сначала соберу информацию поподробней.

— И где же ты ее будешь собирать?

— О, — хохотнул Турецкий, — теперь у меня знакомых киношников навалом!

2006 год

ПЛЕТНЕВ

На скамейке возле ворот детского дома дремал пожилой охранник в очках, скрепленных на переносице скотчем. В будке у него звонил телефон, но охранник не реагировал — только поправил во сне съехавшие очки.

Раздался автомобильный гудок. Один. Другой. Третий.

Охранник наконец проснулся, помотал головой и заковылял к воротам. За воротами стояла черная «Волга» с проблесковыми маячками. Перед ней, у ворот, курил молодой мужчина в костюме и белой рубашке, но без галстука.

— Ну и чего надо? — спросил охранник.

Мужчина молча показал ему удостоверение.

Брови охранника вместе с очками поползли вверх.

— Ну?

— Понял, не дурак, — засуетился охранник, — был бы дурак — не понял бы...

Мужчина выбросил сигарету и сел за руль. Машина въехала во двор и остановилась у центрального входа. И сразу же по ступенькам сбежала взъерошенная заведующая. Из окон во двор уже выглядывали дети — с любопытством и робкой надеждой.

Из машины вышел Меркулов, протянул заведующей какую-то бумагу. Заведующая, не читая ее, мелко закивала и побежала обратно, по ступенькам.

Меркулов тем временем вернулся к машине и открыл дверцу. На заднем сиденье сидел Плетнев. Он был гладко выбрит, в цветастой рубашке навыпуск и голубых джинсах. Под глазами были синяки.

— Неплохо выглядишь, — заметил Меркулов, улыбаясь. — В сравнении со вчерашним, конечно. Ну что, пойдем?

Плетнев не шевельнулся, он смотрел прямо перед собой и, казалось, Меркулова даже не слышал.

— Нервничаешь? Вставай давай, а то людям на службу через час.

Плетнев разлепил губы:

— Константин Дмитриевич, если честно, то я ничего не понимаю...

— И не поймешь. Давай живее из машины, а то другой кто-нибудь усыновит.

Плетнев вышел из машины и уставился на детский дом.

Через мгновение с крыльца спустилась заведующая. Она вела за руку девятилетнего мальчугана с рюкзаком за спиной. Мальчик озирался, нервничал и, кажется, тоже не понимал, что происходит.

Плетнев стоял, не шелохнувшись, завороженно глядя на него.

— Иди уже к нему, — сказал Меркулов. — Ну?

Мальчик остановился, поневоле остановилась и заведующая. Мальчик смотрел на Плетнева очень серьезно, не улыбался, но и не хмурился. Заведующая что-то ему шепнула. Мальчик сказал неуверенно:

— Папа... это ты?

— Васька...

Плетнев сделал несколько шагов вперед.

Вася подошел к нему вплотную. Оглядел его критически.

— Папа, а почему ты без формы?

— Я... я в отставке, Васька, — сказал Плетнев слегка подрагивающим голосом.

— Ага, ага. То есть ты больше не на работе? — сделал вывод Вася. — Это хорошо... Значит, ты теперь все время будешь со мной? Если только ты правда меня забираешь...

Меркулов пихнул Плетнева локтем, и тот наконец очнулся — схватил сына, оторвал его от земли, прижал к себе.

— Васька...

Меркулов посмотрел на часы. У Турецкого как раз сейчас было «приемное время» — пару раз в сутки ему давали телефон, но ненадолго, иначе он забывал обо всем.

— Привет, пес в очках! — сказал Меркулов.

— Не понял.

— Это я шучу. Дела идут на лад. Плетнев будет сотрудничать.

— И это все?

— Пока все.

— Шевелитесь быстрее, — проворчал Турецкий и отключился.

— И тебе жениха хорошего, — сказал Меркулов уже в пустую трубку.

ЩЕТКИН

Петр Щеткин сидел в пустом библиотечном зале и сосредоточенно просматривал подшивку старых газет. Периодически он что-то отмечал и записывал себе в блокнот. На столе перед ним стоял термос-кружка с холодным чаем. Щеткин, не глядя, отработанным движением протянул к нему руку, открыл, налил, выпил, закрыл — все так же, не глядя.

По залу развязной походкой прошел человек. Он остановился за спиной у Щеткина и с интересом посмотрел через его плечо.

Щеткин почувствовал себя некомфортно и обернулся. Он увидел мужчину лет тридцати пяти. Взгляд его был каким-то скользким, но в нем читалась жестокость, даже беспощадность. Сразу же становилось ясно: такой человек не может внушить ни доверия к себе, ни симпатии.

— Что пишут? — дружелюбно спросил мужчина. — Инфляция? Голод в Африке? Похитители тел из космоса?

Щеткин посмотрел на него с недоумением. Мужчина показался ему знакомым. Кажется, где-то он его уже видел... Или просто совпадение?

— Извините?

Мужчина отогнул лист газеты.

— Газетка-то старье! Я в восьмой класс пошел, когда ее напечатали... — И он прочитал вслух: — «...И несмотря на так называемую эпоху гласности, до сих пор замалчивается факт участия Советского Союза в гражданской войне в Анголе и столкновениях ее с Южно-Африканской Республикой...» Занимательно. Очень занимательно, Щеткин... Историей увлекаешься?

Мужчина присел рядом со Щеткиным.

Щеткин спросил с раздражением:

— Что вам, собственно, нужно? Откуда вы знаете мою фамилию? И почему вы мне тыкаете?!

Мужчина ответил только на один вопрос — сказал весело:

— Мне-то ничего не нужно. А вот тебе явно адвокат понадобится. Я здесь, чтобы сообщить, что ты арестован, Щеткин.

Щеткин невольно поднялся. Мужчина продолжал сидеть. Щеткин чувствовал противный холодок, который прополз между лопаток. Да что же это такое, черт побери?!

— Представься, придурок! — сказал Щеткин, побагровев от злости.

— Капитан Цветков, Министерство внутренних дел, — сказал мужчина. И почему-то непоследовательно перешел на «вы». — Это вы невежливо сказали, гражданин Щеткин, очень невежливо. Зря. — Он встал, вынул из внутреннего кармана «корочку» и... локтем этой же руки резко ударил Щеткина в подбородок.

Щеткин согнулся от боли.

Цветков улыбался все шире, определенно у него было хорошее настроение. Он помахал корочкой перед искривившимся лицом Щеткина:

— Смотри-ка, ты умудрился оказать сопротивление работнику милиции... — Цветков крикнул в сторону двери: — Ребята, забирайте его!

В зале тотчас появились двое дюжих молодцов с короткоствольными автоматами.

ПЛЕТНЕВ

Плетнев склонился над компьютером в кабинете Меркулова. Он смотрел то в монитор, где мелькали фотографии с места взрыва, то на спящего в глубоком кресле сына.

Меркулов стоял у окна и попеременно пил кофе и сосал валидол.

Они работали уже пятый час кряду и немного устали.

Плетнев покосился на Васю и сказал:

— Лучше бы нам все-таки домой поехать. А, Константин Дмитрич? — Его отношение к Меркулову претерпело коренное изменение за последние два дня — стало почтительно-уважительным.

— Имей терпение. Там сейчас порядок наводят. Еще пара недель косметического ремонта. Тебе самому разве не стыдно сына в такой свинарник приводить?

Плетнев вздохнул, покивал:

— Свинья я, конечно, это вы верно сказали. Свинья и есть.

— Не говори ерунды, — рассердился Меркулов. — Рассказывай лучше, что к чему.

Плетнев в очередной раз покосился на Васю:

— Константин Дмитриевич, а я вас ведь даже не поблагодарил за сына... Константин Дмитриевич! Вы даже не представляете, что вы за человек...

— Так, хватит! — грубовато оборвал Меркулов. — Давай-ка отойдем от комплиментарности. Лесть не меньше хамства затрудняет восприятие. К делу, я сказал!

Плетнев кивнул с облегчением:

— Это было в восемьдесят седьмом. В самый разгар боев с ЮАР... Мы даже называли город Куиту-Куанавале ангольским Сталинградом. Там сплошная каша была... А советское правительство отрицало даже само наше присутствие в Африке, притом что наши чуть не сотнями в плен попадали... Помню, ребята песню сложили такую дурацкую: «Нас тут быть не могло», что-то в этом роде... — Плетнев помолчал. — Для меня Ангола — это было только начало. Я, правда, на вертолетах не летал, мы в джунглях сидели, на реке Кубанти... — Он усмехнулся. — Мы ее Кубань называли...

— Что вы там делали?

— Набирали диверсионные отряды из местных племен. База у нас была — человек двадцать. По фамилиям мы друг друга не знали. Такие правила. Только имена и позывные.

Меркулов спросил:

— По фотографиям сможешь их опознать?

— Кого? — не понял Плетнев.

— Тех своих друзей, у кого были амулеты.

— Я-то смогу. Но, собственно, откуда вы возьмете эти фото? Мы же там нелегально были.

— Не твоя забота.

— Ну а все-таки?

— Я сделал запрос в ФСБ, — признался Меркулов. — Должны прийти личные дела всех, кто так или иначе имел отношение к тем вашим подвигам в Африке.

— Вряд ли они вам что-то дадут.

— Почему ты так считаешь?

— Потому что они никогда ничем не делятся.

— Посмотрим, — неопределенно ответил Меркулов. — В принципе я предусмотрел такую возможность.

— Не дадут, — повторил Плетнев. — Но все равно интересно...

— Что именно?

— Всегда хотелось посмотреть свое досье. Дадите взглянуть?

— И не мечтай. Маленький, что ли? Это, знаешь ли, закрытая информация. — Меркулов прищурился. — А вот так, навскидку, можешь сказать, кто из твоих сослуживцев мог бы заняться подобными вещами?

— Чем именно?

— Ну, там, специалисты по взрывам, например?

— Да какие специалисты? — пожал плечами Плетнев. — Тоже мне сложная работа... Любой мог! И я могу. Изготовить бомбу при наличии армейского пластида — час работы.

Меркулов посмотрел на него испытующе:

— Так сколько все же осталось в живых из вас семерых?

— Не меньше пятерых, я думаю, вместе со мной. Потом бог знает, куда они после Африки подевались.

Нашли, наверно, что-нибудь себе по душе. Для псов войны на нашей маленькой планете всегда найдется работа. Может, кто-то до сих пор воюет... А может, в офисе сидит, медитирует, пиво пьет, на амулет пялится.

— Хм... А ты сам почему его носишь? Столько времени все же прошло.

Плетнев пожал плечами:

— Просто привычка.

— И только?

Плетнев замялся:

— Ну, вообще-то... Ладно, расскажу, какое это сейчас уже имеет значение? Нелепая история, конечно, если на словах... Дело было так. Мы как-то в засаду попали, под перекрестный огонь. Пятеро погибло, а у нас семерых — ни царапины. У тех, что с амулетами, — уточнил Плетнев, хотя Меркулов и так уже понял, но все-таки переспросил:

— Серьезно?

— Абсолютно. А вот один из наших... — Плетнев запнулся, искоса глянув на Меркулова, видно, хотел назвать фамилию, но не стал и продолжил: — Не важно кто, как-то на кон свой амулет поставил и проиграл. Его через три дня нашли. В джунглях, с перерезанным горлом... Попробуй тут не начни верить во всякую чертовщину.

И Плетнев снова уставился в монитор. Фотографии опять замелькали на экране.

Меркулов решил, что стоит сменить тему.

— Послушай, Антон, ты как-то социализироваться не хочешь?

Не отрываясь от компьютера, Плетнев спросил:

— В смысле работать пойти?

— Ну да.

— Куда это? В Генпрокуратуру, что ли? — поинтересовался Плетнев не без издевки.

— Я бы мог тебя пока что в «Глорию» сосватать. Это частное детективное агентство, где работают мои друзья. Его возглавлял Денис Грязнов, он при этом взрыве погиб. Ты человек с опытом, и я уверен, ребята против не будут.

— Хм...

— Подумай, подумай. Ну не охранником же в банк!

— А почему нет?

— Подумай, говорю! Служебную квартиру я тебе организую, а пока... — Меркулов оглянулся на спящего мальчика. — Васю в санаторий можно отправить на месяцок...

Мальчик вдруг пошевелился в кресле и сказал сонным голосом:

— Я буду работать с папой. Я никуда не поеду...

Меркулов с Плетневым уставились на него.

— Вот это слух, — пробормотал Меркулов. — С папой он, видите ли, работать будет!

— А то, — кивнул Плетнев и снова повернулся к экрану.

Васька в кресле повернулся на другой бок и снова засопел.

Плетнев внезапно застыл перед экраном.

— Где это?!

— Что именно? О чем ты говоришь?

— Вот эта фотография... Где это было снято?

Меркулов заглянул в монитор.

— Это предполагаемое место парковки машины террористов. Оттуда прямая видимость до того окна детского дома, около которого произошел взрыв. Дистанционка-то была на короткой волне. Почему ты спрашиваешь?

Плетнев встал. Посмотрел на спящего сына.

— Надо туда съездить.

— Ты увидел что-то интересное? Что именно?

— Надо срочно туда поехать, — упрямо повторил Плетнев.

Меркулов нажал кнопку вызова на телефоне и коротко сказал:

— Машину.

Мальчик тем временем снова проснулся. Сел в кресле.

— Едем ловить бандитов?

— Ты опять подслушивал? — спросил отец.

— Я не виноват. Мне просто снилось, как вы разговариваете, а что я слышал на самом деле и что было во сне, я и не помню. Так мы едем ловить бандитов? На машине?

— На машине, — кивнул Плетнев.

Мальчик соскочил на пол.

— Я с тобой! Спецназ жив?

— Живее всех живых, — усмехнулся Плетнев.

— Может, хочешь чаю с пончиками? — спросил Меркулов у мальчика. — Перекусить на дорожку, а?

— Дело — в первую очередь, — отрезал тот.

Когда они выходили из здания, Плетнев выдохнул тихонько, так чтобы сын его не услышал:

— Выпить бы сейчас...

— И думать не смей! — испугался Меркулов.

— Да что я, не понимаю, что ли...

Меркулов смягчился и, чтобы сгладить ситуацию, рассказал забавную историю:

— В Англии есть такой городок, Норидж. Знаешь, чем он интересен?

— Откуда?

— Городок совсем маленький, но там ровно триста шестьдесят пять пабов. Это означает, что человек может в течение года каждый вечер напиваться в новом баре.

По мечтательному выражению, мелькнувшему на лице Плетнева, Меркулов понял, что он не против жить в таком уютном местечке.

Через полчаса машина Меркулова остановилась возле бетонной стены на площадке, за оградой детского дома. Первым из машины вышел Плетнев. Рефлекторно оглянувшись, он посмотрел на фотографию, на которой было изображено это самое место — бетонная стена с многочисленными граффити, да еще пара машин, которых сейчас, конечно, не было.

Плетнев пошел вдоль стены, рассматривая рисунки и надписи на ней. Остановился. В промежутке между какими-то надписями, сделанными готическими буквами, он увидел небольшой замысловатый рисунок — что-то вроде солнца с изогнутыми лучами. Плетнев провел рукой по рисунку.

— Ну вот этого-то я и боялся, — пробормотал он.

ГЕОРГИЙ

В однокомнатной квартире, в большой комнате с голыми стенами, в которой было только два дивана, стол и колченогий табурет, стояла Аня. Она сосредоточенно раскладывала на диване пояс шахида. Второй диван был пуст. Георгий сидел за столом и что-то писал, никак на нее не реагируя.

Аня подсоединила провода, потом закрепила контакты. Сняла с себя рубашку, натянула на голое тело черную обтягивающую футболку. Нажала кнопку лежащего на столе секундомера.

Раз... Два... Три...

Быстрыми, отработанными движениями она надела пояс шахида. Потом нацепила куртку, застегнула молнию. Снова нажала на секундомер.

— Готово, — сказала она, не скрывая своего удовольствия. — На одну и шесть быстрее, дядя Юра! Просто класс, правда?

Георгий отложил ручку и, улыбаясь, посмотрел на нее. Девушка стояла перед ним, ожидая реакции, точнее, похвалы. Почему бы не похвалить, в самом деле?

— Молодец, Анечка, умница.

Она просияла.

— А сейчас подними правую руку. Теперь левую. А теперь быстро присядь несколько раз...

Она выполнила все команды.

— Очень хорошо. Ничего не болтается, не мешает, не колет?

— Нет.

— Отлично. А теперь подойди ко мне.

Аня приблизилась вплотную. Георгий расстегнул на ней куртку.

— Видишь, контакты все-таки отошли... Здесь... И здесь тоже... Надо ослабить... Запас оставить. Ты же не будешь стоять, как «Рабочий и колхозница»?..

Аня тихо засмеялась. Георгий же по-прежнему был совершенно серьезен.

— И под мышками не затягивай... Руки сведет... Ты делаешь все хорошо, только не торопись, поняла?

— Когда я слышу твой голос, я всегда знаю, что делать. Только как я буду там без тебя?

Он погладил ее по щеке:

— Не волнуйся, я буду рядом.

— Рядом? — переспросила Аня.

— Конечно, — кивнул он. — И все время буду говорить с тобой. Ты никогда не будешь одна.

Она счастливо улыбнулась.

Глядя на эту ее улыбку, Георгий подумал: все-таки убийство — это акт страсти, как бы долго человек к нему ни готовился. Ты можешь страстно желать избавиться от кого-то, можешь строить планы в своем воображении; ты уверен, что это так, не всерьез, и тебе нравится представлять, чем бы ты его убил, при каких обстоятельствах, как бы создал себе алиби и так далее. При этом, сам того не замечая, ты протягиваешь бикфордов шнур из своего воображения в реальную действительность. И вот наступает момент, когда ты видишь, что шнур подожжен, по нему ползет искорка, и ты уже не в состоянии остановить взрыв. Ты *обречен* совершить то, что совсем недавно казалось тебе только фантазией...

Он почувствовал редкую вообще-то потребность поделиться с девушкой тем, что было у него внутри.

— Когда-то давно старый вождь племени рассказал своему внуку одну жизненную истину: «Внутри каждого человека идет борьба, очень похожая на борьбу двух волков. Один волк представляет зло — зависть, ревность, сожаление, эгоизм, амбиции, ложь; другой волк представляет добро — мир, любовь, надежду, истину, доброту, верность».

Маленький индеец, тронутый до глубины души словами деда, на несколько мгновений задумался, а потом спросил:

«А какой волк в конце побеждает?»

Лицо старого индейца тронула едва заметная улыбка, и он ответил:

«Всегда побеждает тот волк, которого ты кормишь».

Аня молчала с непроницаемым видом, и Георгий вынужден был спросить:

— Поняла, о чем я?

— Нет, — ответила Аня с серьезным выражением лица.

— Ну и слава богу, — засмеялся Георгий. — Незачем себе голову забивать.

2004—2005 годы

БУЦАЕВ

На каскадерском счету Олега Буцаева было 49 кинокартин. В юбилейной Буцаев поучаствовать не успел, потому что сел в тюрьму. Вот как это случилось.

Буцаев некогда был перспективным боксером, но неизменно оставался на вторых-третьих ролях в сборной, а значит, на крупные международные соревнования не попадал. В то же время, в середине 70-х годов, он несколько раз снялся в спортивных фильмах, где играл не эпизодические даже, а микророли на несколько секунд, скажем, молотил боксерскую грушу в тренировочном зале в правом нижнем углу экрана. Один раз, правда, он изображал противника главного героя. Но поскольку эта сцена была в той части картины, где главный герой не подхватил еще звездную болезнь и не прислушивался к советам наставников, которые советы еще и не давали, то Буцаева уложили нокаутом в первом же раунде, после чего последовала реплика тренера победителя: «Жаль, бой не получился...»

Но в кино Буцаеву понравилось, и он рассмотрел там для себя уникальную лазейку. Во-первых, сообразил, что на съемках жанровых фильмов часто нужны люди, подменяющие актеров в радикальных сценах. Может, Олег Янковский и рискнет из поезда на ходу сигануть, но не придется ли тогда съемки откладывать на непредвиденный срок? Собственно, каскадеры существовали всегда. По большому счету, любая массовка в фильме — это каскадеры, ведь кто знает, что там в толпе у Эйзенштейна случалось — хоть в «Стачке», хоть в «Броненосце «Потемкине», хоть в «Александре Невском»? А во-вторых, Буцаев не мог этого выразить словами — с их запасом и комбинациями у него всегда были проблемы, он смутно чувствовал, что миссия кино заключается в том, чтобы увековечить трюк. Ведь трюк — это же экстремальное происшествие, и сам по себе он живет считанные секунды, ну, в особых случаях — пару минут. А трюкач ведь не может, как оперная прима, выходить к рампе и вечер за вечером петь одинаково, да и прима этого, наверно, не может.

Знакомый кинооператор посоветовал Буцаеву почитать мемуары одного из первых режиссеров отечественного кино Льва Кулешова. Кулешов предстал перед начинающим каскадером эдаким режиссером-физруком. Его актеры всегда находились во впечатляющей физической форме. Но помимо этого в учебную программу, которую режиссер-педагог для них разработал, входили: бокс, акробатика, гимнастика, плавание, специальные профессиональные силовые упражнения, борьба и драка! А также управление автомобилем, хотя этот курс и оставался теоретическим из-за недостатка средств. И еще Буцаев почувствовал, что его личная миссия заключается в том, чтобы объяснить миру, в чем заключается миссия кино: именно в том, чтобы увековечить трюк. Но сперва кто-то должен был открыть глаза этим снобам-киношникам. Иначе они так и будут до скончания века снимать всякую муру о смысле жизни, где актеры лясы точат и ходят из одной комнаты в другую, а там — ни споткнуться по-человечески, ни взрыв какой-нибудь устроить, ни в окно выпасть — только выползти, потому что цокольный этаж. А каскадеры тем временем стареют и теряют форму.

И Буцаев резво взялся за дело. Он занялся фехтованием, акробатикой, конным спортом, сделал тысячу прыжков с парашютом за год и еле отвертелся от выступления на чемпионате Европы по парашютному спорту. Теперь его звали в сборную, но она его не волновала. Самой же главной составной частью системы Буцаева, взращивающего в себе каскадера-профессионала нового поколения, был отказ от кино — он его больше не смотрел, он запретил себе прикасаться к запретному плоду, пока не созреет сам.

В 70-х же годах в страну пришло увлечение кара́те, за которым последовали и иные восточные единоборства. Но Буцаев был человек основательный, он не верил, что заезжие выскочки могут ему что-то дать, и уехал в Монголию. Просто перешел границу в горах Бурятии и вышел в район озера Хубсугул. Один год он провел в Монголии, но затем так же пешком перешел в Китай. Через монгольский Алтай — к китайской части Тянь-Шаня. Почему это ему удавалось, позже задавался вопросом кто угодно, но только не он сам.

Там, в китайских горах, на высоте четырех тысяч метров, он нашел прилепленный под острым углом к зеленой скале буддистский монастырь Гуань Инь-цзы (что перевести буквально нельзя, но можно уподобить словам «Страж заставы»), о котором в партийном комитете города Синин, административного и промышленного центра провинции Цинхай, на чьей территории монастырь и находился, перестали рассказывать исторические анекдоты аж со времен «культурной революции», да и тогда никто не верил в его существование. Монахи сказали Буцаеву, что живут в Гуань Инь-цзы последние две тысячи лет и даже больше, ровно с тех пор, как Лао-цзы повстречал Конфуция, который был моложе его на пятьдесят пять лет и который перевернул учение отца-основателя буддизма с головы на ноги, то есть превратил в совершенно противоестественное для них, монахов-буддистов, состояние.

Буцаев позволил себе только один бестактный вопрос: как же благородные мужи в таком случае размножаются, неужели наскальным почкованием? Вместо ответа лысый и безбородый отшельник, возраст которого свободно колебался от пятнадцати до семидесяти пяти, посмотрел вниз. У подножия гряды была деревня, в которой легенда о драконе, уносящем самых здоровых (а отнюдь не красивых) невест в горы, давно приобрела черты суровой и неизбежной реальности. Невесты, однако, через несколько лет исправно возвращались, совершенно обалдевшие и почти разучившиеся говорить.

В монастыре Буцаев прожил семь лет и по-прежнему не видел ни одного фильма. Это было его воздержание. Впрочем, в Гуань Инь-цзы пренебрежением к кино удивить никого было нельзя, монахи и не догадывались о его существовании.

Через семь лет, снова перейдя две границы, Буцаев вернулся уже в другое государство. Мечта о кино нового качества за время, проведенное в ином воздухе и на иной высоте, превратилась в божественную грезу, которую нужно было всячески оберегать от грубой действительности. Буцаев поразил прежних знакомых своей отрешенностью, да и формой тоже поразил, — никто не давал ему больше тридцати. Он возобновил старые киношные контакты, и это дало свои плоды, по крайней мере, на жизнь он всегда мог заработать. Шел как раз период, когда снималось много, и вся страна с мазохизмом лицезрела то, что довольно быстро сама же и нарекла чернухой. А в редкой чернухе, как известно, не дрались, не грабили или не убивали.

Но Буцаев ждал иной работы.

И в начале 90-х годов он сыграл первую и единственную свою самостоятельную роль в кино. Он никого не подменял при съемках трюков, его лицо не прятали в тени широкополой шляпы и спутанных волос. Он исполнил роль Камо. Легендарный кавказский революционер-налетчик уже бывал мишенью кинематографа, но тут получилась принципиально новая версия. Тайна гибели Камо покрыта мраком. Вроде бы в 1922 году в Тифлисе он, едучи на велосипеде, угодил под колеса автомобиля. Но вроде бы спустя семьдесят лет историки засомневались как в случайности того дорожно-транспортного происшествия, так и в том, что оно реально происходило. Чтобы оказаться сбитым одной из десяти тифлисских машин, надо было гоняться за ними по всему городу. Но миф есть миф. Был Камо, доступными ему способами собирал деньги для дедушки Ленина, помогал делать революцию, а потом сел в седло велосипеда — и поминай как звали. Звали его, кстати, на самом деле Симон Аршакович Тер-Петросян.

Камо прославился денежными «экспроприациями». А что такое экспроприация, и заинтересовался Буцаев, никогда не слышавший о Камо. Когда его сверстники шастали в кино, он отрабатывал хуки и апперкоты и изредка входил в клинч. Экспроприация, объяснил Буцаеву автор сценария, происходит от средневекового латинского слова exprorgiatio, что означает «лишение собственности». В понимании большевиков — изымание необходимых средств любыми способами. Грабеж, попросту говоря. Камо грабил банки и почтовые отделения. Самая знаменитая акция случилась летом 1907 года в том же Тифлисе: дерзкий налет на почтовую карету в центре города принес большевикам четверть миллиона рублей.

Героем фильма «Камо-грядущий» был внук Камо. Правда, это выяснялось только по ходу сюжета, чем сильна была его экзистенциальная суть. Но важна стала даже не столько фамильная, физиологическая связь, сколько то, что молодой человек оказывался в результате и духовным наследником Камо. На этом и строился сюжет.

В 60-е годы в Армении живет юноша по фамилии Тер-Петросян, и зовут его, как и Камо, — Симон. Он влюбляется в красивую девушку, а она — в него, бывает такое. Но когда Симон совсем уже хочет на ней жениться (первую половину фильма, впрочем, тоже хочет, но недостаточно), его отец, глава парторганизации местного отделения сбербанка, противится браку по той естественной причине, что потенциальная невеста происходит из крайне скромной семьи, которая не сможет обеспечить приличествующее случаю приданое. Короче, мезальянс получается, и папа принимает идею сватовства сына в штыки. Вот пусть Симон съездит в Ереван, поработает там годик-другой-третий-четвертый в семейном бизнесе — в ЦК комсомола республики, повзрослеет немного, а тогда можно и о женитьбе задуматься. Тут Симон вспоминает, что он — Симон, и неожиданно, не без помощи бабушки, выясняет, что к тому же и потомок Камо. Далее следует биографическая справка о подвигах Камо в виде оживших воспоминаний бабушки и фантазий Симона-младшего. После этого озарения в Симоне просыпаются гены, и он готовит ограбление века в отдельно взятой Армении. Он собирается ограбить банк родного отца, чтобы достать деньги на приданое для собственной невесты. Ограбление проходит без сучка без задоринки, и Симон с мешком советских ассигнаций, перебравшись в соседнее здание, прыгает с крыши. Камо мог бы гордиться своим внуком. Все продумал экспроприатор-шестидесятник, не учел только прогноза погоды. К вечеру знаменитое армянское радио обещало дождь. И не обмануло, как ни удивительно. Камо-внук, поскользнувшись, угодил под колеса автомобиля. Зловещее авто немилосердно-стремительно проносилось мимо. Конец фильма.

Но те, кто догадывался потом, на домашних видеомагнитофонах, нажать на стоп-кадр, обнаруживали в водителе отца Симона.

Кино имело некоторый резонанс, причем в заграничном прокате даже больший, чем в российском или армянском. Дело в том, что в дубляже голос Буцаева воспринимался гораздо лучше, все-таки он был непрофессиональный актер. А во Франции, например, его сравнивали с ранним Бельмондо, писали о незаурядной актерской пластике Буцаева. Как ни странно, наибольший успех фильм имел в Восточно-Азиатском регионе, и особенно в Гонконге. Что позднее сыграло свою роль в судьбе Буцаева.

Еще до съемок «Камо-грядущего» Буцаева много и долго отговаривали от этой работы. Делали это в основном приятели-каскадеры. Одно дело, говорили они, за кого-то подставляться, падая с крыши и не имея к этому персонажу никакого касательства, и совсем другое — действительно играть растяпу, сгинувшего в дорожно-транспортном происшествии. Не к лицу. Видимо, это были скрытые предупреждения, потому что после выхода фильма в прокат профсоюз каскадеров исключил Олега Буцаева из своих сплоченных рядов «за фиглярское поведение, не совместимое с высоким званием российского каскадера». Буцаев только пожал плечами: нет смуты большей, чем печаль о милосердии и справедливости, — она возмущает сердце благородного мужа.

Полгода спустя после выхода фильма Буцаев совершил ограбление и в самом деле — «взял» отделение Сбербанка на проспекте маршала Жукова. Он это сделал из любви к искусству — система Станиславского дала сбой: актер вжился в образ и выходить из него не пожелал. Буцаева нашли, арестовали и осудили, с учетом открытых писем кинематографической общественности и личным заступничеством Михалкова (суду так и не удалось выяснить, какого именно, поскольку телеграмма пришла без инициалов), на семь лет с отбыванием в колонии строгого режима и с конфискацией имущества. Через четыре года благодаря амнистии и примерному поведению Буцаев вышел на свободу. Ходили слухи, что в колонии он пользовался заслуженным уважением и даже авторитетом. С одной стороны, болтали, что он давал сотрудникам колонии уроки по рукопашному бою, с другой — излагал заключенным теоретические возможности побега из непроницаемого и запертого помещения.

Осенью 2001 года из Бутырки бежали трое заключенных, и это был первый побег за всю историю Бутырок, если не считать аналогичного трюка иллюзиониста Гарри Гудини, который он исполнил в начале XX века по личной просьбе начальника московской тюрьмы: будучи закованным в кандалы и запертым в железный ящик, он, в свою очередь, был внесен в одиночную камеру. У начальника тюрьмы был потом нервный срыв. Так вот, двое из троих современных беглецов сидели в одной колонии с Буцаевым. Что само по себе, конечно, еще ничего не доказывает.

А Буцаев тихо-мирно работал во ВГИКе, преподавал актерам сценический бой, иной раз привозил им для лекции какого-нибудь изощренного восточного мастера. Для такого случая заказывался большой просмотровый зал на четвертом этаже, и весь институт сбегался смотреть, как столетний сэнсэй небрежным усилием воли постепенно убирает звук в фильме «Титаник», причем только в тех местах, где рот открывает Леонардо Ди Каприо. Этот новаторский ход открывал совершенно иное прочтение фильма, и грандиозные прокатные сборы и снегопад «оскаров» не представлялись больше уж варварским лицемерием. Во ВГИКе многие плакали.

Молва же о криминальных связях Буцаева все нарастала, болтали даже, что московские «авторитеты», посовещавшись, сделали его «кассиром» — хранителем так называемого свободного общака, поскольку решили, что выйдет безопасней, чем если деньги будут лежать от Буцаева на расстоянии. Найдет еще, изымет без шума и пыли и отдаст на какую-нибудь идиотскую благотворительность. Или фильм снимет стомиллионный про посещение Борисом Гребенщиковым далай-ламы и его восьмичасовой цветной сон по этому поводу, озвученный в системе долби-сарраунд (потому что именно в таком звучании Борис Борисович свои сны и видит).

Возможно, подобные слухи рано или поздно нашли бы свое подтверждение, не появись предложение от Джона Ху. И в 1999 году в карьере боксера, каскадера, монаха и просто благородного мужа вышел самый примечательный случай, хотя он, возможно, со своим буддистским равнодушием так и не считает. В качестве консультанта комбинированных съемок Буцаев был приглашен на съемки сиквела, то есть продолжения, фильма «Миссия необратима-2», которое делал знаменитый гонконгский постановщик Джон Ху. Джон Ху, китаец по происхождению, оказывается, был влюблен в Буцаева со времен фильма «Камо-грядущий».

Еще на подготовительном этапе Джон Ху заметил, что Брайан Локвенц, командовавший каскадерами, работавшими на проекте, немного сторонится Олега Буцаева, своего подчиненного, и даже словно его побаивается. Между тем Буцаев со всеми вел себя мирно, ровно и доброжелательно. Он выполнял в основном чисто теоретические функции: обосновывал возможность или невозможность очередного трюка, иногда показывая его сам, главная звезда фильма Том Робертс неизменно приглашал Буцаева выпить по бокалу пива. В баре обычно немногословный Буцаев рассказывал Робертсу, что в его стране в разные времена были популярны телепрограммы и рубрики в различных изданиях под общим названием «Сделай сам». Буцаев не вдавался в детали, а поскольку Робертс слышал эти слова от профессионального каскадера, то и интерпретировал их соответственно. Но однажды осторожно спросил:

«Если я тебя правильно понял, ты говоришь, что артист способен сделать путь великим, но великим артиста делает не путь...»

«Модернизированный Конфуций, — усмехнулся Буцаев. — Это верно — о благородном муже, а не об актере. Ты сейчас думаешь, в чем же между ними разница? Земля и велика и широка, а человек пользуется ей только в размере своей стопы. Какой у тебя размер ноги?»

Робертс застенчиво убрал ноги под стойку, у него был несерьезный размер, почти женский.

«Теперь задумайся, полезна ли благородному мужу земля, когда рядом с его стопою ему же копают могилу?»

«Бесполезна», — подумав, решил рассудительный Робертс.

«В таком случае, — сказал Буцаев, — становится ясной и польза бесполезного».

Последствия этого разговора оказались необратимы.

Скандал разразился на следующий же день, перед съемкой самой ответственной в техническом плане сцены. Робертс решительно отправил своих дублеров в отставку. Его герой без ничего взбирался вверх по ужасающему отвесному утесу и висел на краю обрыва, уцепившись за него едва ли не ногтями. Отговорить Робертса не работать самостоятельно не удалось. Никаких таких особенных навыков у него не имелось. Да, он был в неплохой физической форме, ничего удивительного для голливудской звезды, еще в юности Робертс занимался борьбой, но и только. Робертс категорически настаивал на том, чтобы самому исполнить трюк, и к тому же забраковал более безопасный утес, сооруженный специальными умельцами на съемочной площадке.

Присутствовавший на площадке его агент сказал, что страховая компания не покроет убытки в случае, в случае... Ничего больше выговорить он не смог и был немедленно уволен. Том Робертс являлся продюсером фильма, и больше ничье мнение, высказанное вслух, не имело смысла. И съемка началась. Брайан Локвенц закрыл глаза. В качестве страховки использовался лишь тонкий спасательный трос. Все так тряслись, что сцена была снята одним молниеносным дублем. Две кинокамеры были установлены на скале, одна на вертолете, еще одна на кране, и еще один человек с камерой висел на тросе в пяти метрах от Робертса — это, кстати, был Буцаев. Но неожиданно возникли трудности с фокусом — перед последним рывком на вершину Робертс перестал быть четким в кадре монитора, поэтому Джону Ху пришлось снимать эпизод снова. И снова как будто все получилось. Но Робертс посмотрел на Буцаева, потом повернулся к Ху и сказал: «Я в порядке, Джон, не волнуйся, но я хочу сделать это еще пару раз».

Джон Ху был взбешен. Он орал, что бросает картину, и переходил на китайский язык, на котором выражал свои чувства более недипломатично. На его беду, Буцаев все понимал и смог достойно ответить режиссеру на языке Председателя Мао и Джеки Чана. Далее, как было написано в пресс-релизе, опубликованном в «Верайети» по поводу этой скандальной съемки, сплетни о которой облетели весь Голливуд,

> «...между режиссером и каскадером состоялся неформальный обмен мнениями, в ходе каковой полемики они выработали совместное решение. В результате чего режиссер удалился в свой трейлер, где и пребывал вплоть до окончания съемок эпизода».

И эту сцену снимали еще четыре раза, поскольку Робертс постоянно был чем-то недоволен. Кто руководил съемкой в отсутствие Джона Ху, в пресс-релизе не указывалось. Известно только, что шеф группы каскадеров Брайан Локвенц (Bryan Lockwents) во время четвертого дубля почувствовал себя плохо и был отправлен в больницу. А заменивший его русский каскадер Олег Буцаев (Oleg Butcaeff) сказал потом корреспонденту «Верайети»: «Надеюсь, в картину войдет шестой дубль, поскольку, начиная со второго, Том выполнял трюк все лучше и лучше». Так в результате и получилось.

Джон Ху завершил съемки, но, видимо, был уже морально сломлен и не смог передать картине обычной доли своей энергетики. Фильм вышел несвязный, разваливающийся на отдельные головокружительные сцены. Спустя еще год Ху все-таки признался: «Я весь покрылся потом и не мог смотреть на монитор, когда мы снимали это». В дальнейшем его карьера в Голливуде не сложилась.

ТУРЕЦКИЙ

Утром следующего дня от радужного настроения Турецкого не осталось и следа.

Подготовка к операции была проведена безупречно. Задолго до восьми часов по всей округе расположились снайперы и наблюдатели. Турецкий наблюдал за происходящим, сидя в машине в сотне метров от дома № 6 и жуя чебуреки. Дом № 6 — это был детский сад.

Без двух минут восемь на крышу в сопровождении спецназовца выполз пресс-атташе по культуре американского посольства. Он положил в контейнер (продолговатый металлический ящичек без острых углов) сверток с деньгами и удалился. Полчаса на крыше никакого движения не было. Затем раздалось жужжание, и контейнер... поднялся в воздух и улетел.

Радиомаяк, прикрепленный к свертку с деньгами, работал около получаса. Точнее, он работал и дальше, но через полчаса он застыл в районе 1-й Тверской-Ямской. Его обнаружили в помещении пункта обмена валюты, в котором за пять минут до этого молодой человек неопределенной наружности поменял девяносто тысяч долларов. Камера видеонаблюдения почему-то прекратила работать, и его внешность осталась неизвестной.

План «Перехват», немедленно введенный по городу, результатов не дал.

Еще только когда контейнер поднялся в воздух, Турецкий понял, что игра проиграна. Он завел двигатель и медленно проехал вдоль оставшейся части улицы Эйзенштейна, свернул направо, проехал еще сотню метров и оказался напротив ВГИКа. Задумчиво постоял и поехал дальше, свернул на Сельскохозяйственной улице, потом на Ярославке, потом на проспекте Мира, потом на Бориса Галушкина. Постоял возле магазина «Микромашина» — напротив общежития ВГИКа. Посмотрел, как студенты не торопясь тянутся в институт, чему-то улыбнулся и поехал на работу.

Меркулов зашел к нему в кабинет, едва Турецкий сел за стол и включил компьютер.

— Что это было? — спросил Константин Дмитриевич.

— Ты о неопознанном летающем объекте?

— Именно.

— Возможно, инопланетяне.

— Он еще шутит! — возмутился Меркулов. — Деньги сперли, Александр! Напоминаю, если ты забыл!

— Не сперли, — возразил Турецкий. — А всего лишь забрали выкуп.

— Да?! А если после этого они распилят американца на мелкие части и отправят по широким просторам его исторической родины?

— Его родина — Соединенные Штаты, — сказал Турецкий. — Он не русский, у него отчим был русский, а не родной отец, отсюда и путаница. Это я достоверно выяснил.

— Да какая теперь разница!

— Подождем. Мне кажется, он жив и здоров.

— И его отпустят? — недоверчиво осведомился Меркулов.

— А почему нет?

— А на хрена им его отпускать?! Ты часто слышал, чтобы похитители отпускали жертву после того, как им было заплачено?

— Я раньше вообще не слышал, чтобы режиссеров похищали. В этом деле все немного необычно. Подождем, Костя, подождем.

— Ищи его лучше, — проворчал Меркулов. — Что это еще за летающие контейнеры? Ты прежде с таким сталкивался?

Турецкий покачал головой.

— Вероятнее всего, это какая-то радиоуправляемая штука. Мы имеем дело с суперпрофессионалами, надеюсь, Саша, ты теперь это наконец понял?

— Или с людьми, которые привлекли такого профессионала, — добавил Турецкий. — У этой чудесной машинки могла быть программа, куда ему нужно лететь.

— В таком случае еще хуже. Вот я тебе и говорю: ищи! Не теряй времени!

Незадавшийся день Турецкий посвятил поискам лимузина и руководил ими, не выходя из офиса. К операции были подключены еще два следователя Генпрокуратуры и полтора десятка оперативников МУРа. Каждые полчаса у Александра Борисовича звонил телефон. К четырем часам набралось тринадцать машин, по описанию и времени проката более-менее подходивших под искомую.

К семи часам у Турецкого был отчет о слежке за Олегом Буцаевым. Первую половину дня он провел на «Мосфильме», где готовил оборудование к трюку для картины Мэдисона. Как сказал Буцаев какому-то приятелю, похищение похищением, а трюки никто не отменял. Прямая связь его с авиамоделью на крыше детского сада исключалась.

Наконец, к девяти вечера помощники Турецкого сфокусировали внимание на прокатной фирме «На крыльях удачи». Лимузин был арендован неизвестным лицом, описанным сотрудником фирмы как молодой человек неопределенной наружности. Насколько молодой? Лет эдак от восемнадцати до тридцати. А почему молодой человек остался не идентифицирован? Потому что он арендовал машину по паспорту Алябьевой Любови Григорьевны, 1945 года рождения. Эту досадную оплошность сотрудники фирмы проглядели, очевидно, потому, что молодой человек заплатил за аренду несколько больше обычной таксы.

Еще некоторое время спустя выяснилось, что Алябьева Любовь Григорьевна, 1945 года рождения, работает нянечкой в детском саду, расположенном по адресу... улица Эйзенштейна, дом № 6. В телефонном разговоре Любовь Григорьевна сообщила, что в пятницу паспорт у нее вдруг куда-то пропал, а потом мистическим образом нашелся.

Турецкий грустно рассмеялся и поехал домой.

Жена обрадовалась, что он в кои-то веки рано вернулся домой и наконец сможет хоть как-то помочь по хозяйству, а именно — подключить новую стиральную машину. Александр Борисович возмутился, но, приняв душ, взялся за дело. Это была американская машинка «Вирпул». Смысл замены ею предыдущей заключался в том, что эта, новая, была с вертикальной загрузкой белья и, следовательно, занимала гораздо меньше места. Что для ванной комнаты Турецких, с точки зрения Ирины Генриховны, было весьма полезным. Турецкий ворчал, ругался, но в конце концов увлекся процессом. Машинка действительно была узенькая. Изящная такая машинка.

Ирина, то и дело забегавшая посмотреть, как идут дела, не в меньшей степени радовалась тому, что Турецкий хоть таким образом переключился со своей проклятой работы на что-то другое. Процесс был не так уж прост и занял часа полтора. За это время жена принесла Турецкому в ванную тарелку с бутербродами и две чашки чая...

Когда она зашла забрать пустую посуду, то увидела странную картину. Турецкий курил, сидя на полу, и, уставившись на «Вирпул», бормотал что-то странное:

— Машинки? Машинка? Или все-таки машинки?

— Саша, ты когда-нибудь, наконец, закончишь? — не выдержала Ирина. — И сколько тебя можно просить не курить в ванной?!

— Вспомнил, — сказал Турецкий. — Не машинки, а микромашины! — Он поднял голову. — Ты о чем это? А! Все уже давно готово, принимай работу.

ЕРМИЛОВ

«Вы закончили физический факультет Новосибирского университета. Это очень хорошо, что вы не боитесь так резко изменить свою жизнь. Мы приветствуем в наших стенах людей с жизненным опытом и иным образованием. Кстати, оно помогло вам на экзаменах?»

«Вряд ли».

«Итак, Илья Ермилов, на предыдущих экзаменах вы набрали столь значительную сумму оценок, что сейчас, на собеседовании, вам достаточно получить всего один балл, чтобы преодолеть вступительный барьер. Вас это не смущает?»

«Немного».

«А поскольку меньше одного балла поставить все равно нельзя и раз уж вы пришли на собеседование, то можно говорить о чем угодно: о футболе, о женщинах. Давайте просто поболтаем. Расскажите какой-нибудь свежий анекдот».

«Я не люблю анекдоты».

«В жизни не встречал человека, который не любит анекдоты! Удивительно, и даже не знаю, что сказать. Удивительно!.. Ну ладно. Вот скажите: вы знаете, что, если хотя бы один выпускник режиссерской мастерской начинает работать в большом кино, считается, что курс был удачным? Как вы к этому относитесь?»

«Но есть же вторые режиссеры, помощники режиссеров, ассистенты, много и других смежных профессий в кино. Режиссеры монтажа, например. Они же все откуда-то берутся? Разве не из оставшихся девяноста процентов?»

«Совершенно не обязательно. На съемочную площадку люди приходят откуда угодно. Но речь не о том. Это вас устроит, Илья? Только честно. Быть ассистентом, бегать за кофе, сигаретами? Ездить за проспавшими артистами? Бесконечно выслушивать чужие «гениальные» идеи? Делать вид, что так оно и есть? Знаете, сколько бреда выльется на вашу голову? Вы готовы к этому? Вас устроит такая работа? Это действительно то, чего вы хотите?»

«Вообще-то не думаю. Полагаю, что нет. Я сам буду снимать кино. А за сигаретами никого посылать не стану, потому что не курю».

«И какое же кино будете делать сами?»

«Простите, не понимаю».

«Ну, какое кино вы собираетесь снимать? Веселое? Или, может быть, мелодрамы? Триллеры?»

«Я вас не понимаю».

«Что вы не понимаете? Вы поступаете на режиссуру и не знаете, что станете снимать?»

«Можно задать встречный вопрос? Вот у вас бумажник из кармана высовывается. Сколько в нем денег?»

«Это несколько... неожиданно. Не помню, рублей пятьсот. Впрочем, сейчас посмотрю... Вот. Четыреста семьдесят. И мелочью еще десять. Что с того?»

«А сколько денег будет завтра к вечеру?»

«Да как же я могу об этом знать?!»

«Вот видите. А хотите, чтобы я сказал, что сделаю через несколько лет. А моя голова посложнее устроена, чем ваш бумажник, там карманов гораздо больше, не сочтите за нескромность».

...На четвертые сутки поступления, когда приятное возбуждение улеглось, когда малореалистичный поначалу факт приобщенности к альма-матер отечественного кинематографа стал потихоньку элементом повседневного быта, когда уже позвонили с поздравлениями отец из Лондона (он был радиожурналистом на Би-би-си) и мать из Новосибирска (она работала преподавателем физики в университете), Ермилов на рассвете, глядя в потолок, на котором мелькали редкие отсветы проезжающих машин, сочинил сценарий. Выдающийся. Однозначно гениальный. За тринадцать с четвертью минут. И его надо было срочно снимать. Точнее, Ермилов придумал только сюжет, а вот как писать сценарий, он представления не имел. Он, в конце концов, не сценарист, а режиссер. Хоть и будущий. Конечно, такой сценарий больше подошел бы какому-нибудь матёрому режиссеру вроде Вуди Аллена или Стивена Мэдисона, но ведь надо дерзать! Гениальность самой идеи сомнению не подлежала, но он не был уверен, что сможет адекватно переложить ее на бумагу. Надо было с кем-то срочно посоветоваться. С отцом? Но тот увяз на своем английском радио по уши и вряд ли смог бы по достоинству оценить что-нибудь, не касающееся предвыборной борьбы тори и лейбористов. Мать жила в академгородке и, как делается кино, понятия не имела, хотя вкус, нельзя не признать, у нее был недурственный.

Плотников! Ермилов подскочил на постели. Надо позвонить Плотникову, как он сразу не догадался. С кем же еще поговорить о будущем фильме, как не со своим преподавателем, мастером, ведь так во

ВГИКе называют руководителей групп, то бишь мастерских. А уж ему повезло так повезло: Артем Александрович Плотников был человек незаурядный во многих отношениях. Еще вполне молодой, он благодаря своей последней картине «Камнепад» был хорошо известен в Европе, чем в этот момент в России вообще мало кто мог похвастаться.

На вступительных экзаменах, правда, Плотников почти не появлялся, мелькнул на собеседовании, написал на доске два своих телефона, разрешил звонить «в любое время суток, кроме интервала с 11 утра до 9 вечера», предложил задавать вопросы, но тут его попросили на несколько минут зайти в ректорат. После получасового ожидания его помощница Ольга Александровна Боровицкая (второй педагог, на институтском сленге — подмастерье), молодящаяся между седьмым и восьмым десятком дама с вечно незажженной сигаретой между пальцами, унизанными всеми мыслимыми драгметаллами, сказала:

— Ребята, не расстраивайтесь. В эти дни у Артема Александровича очень напряженный график. А тут еще японцы приехали, пытаются уговорить его снимать фильм об императорской семье. Там у них через год-полтора принцесса должна мальчика родить, они вот заранее такие вещи планируют, акция национального значения, понимаете ли.

— Извините за любопытство, — спросил тогда именно Ермилов, — но почему они не доверяют такую процедуру японскому постановщику?

— Просто покойного Куросаву как-то угораздило ляпнуть, что из современных режиссеров ему наиболее близок Плотников, ну и японцы тут же намотали это на свои самурайские усы. Но вряд ли у них что-то получится, потому что Артем Александрович собирается в этом году всецело посвятить себя преподавательской деятельности. А он по гороскопу Весы, и для Весов очень важны их ученики, вы уж мне поверьте. Так что еще наобщаетесь с ним. Ну, до осени. — И, загоняя сигарету в пачку «Житана», Боровицкая покинула аудиторию.

Ермилову редко случалось теребить малознакомых людей, но тут все-таки речь шла о его будущем педагоге и наставнике, о человеке, который совсем скоро должен был стать ему интеллектуально близок. Отрепетировав монолог, Ермилов взялся за трубку.

У одного из телефонов Плотникова неизменно включался автоответчик, но сообщение оставить он при этом не позволял, очевидно, был уже забит, а второй номер оказался мобильным и вообще был заблокирован. Оставалась Боровицкая. Ермилов, правда, не знал, какие фильмы она снимала и снимала ли вообще, но такой человек, как Плотников, не мог иметь случайных помощников. Боровицкая была дома.

— Ольга Александровна, можно с вами посоветоваться?

— А, — сказала Боровицкая, — я, кажется, поняла. Подожди секунду, прикурю... Ну вот. Ты сценарий сочинил, правильно? Пари держу, что гениальный!

Ермилов поперхнулся и что-то соврал. На душе сразу стало муторно и беспокойно. Потом, следующей бессонной ночью, он порвал в виртуальные клочья свой виртуальный сценарий. По причине бездарности и неоригинальности последнего. Так еще до первого курса завершился первый акт вгиковского образования.

Во время своей абитуры Ермилов жил в пустой квартире школьной подружки, та на все лето укатила в Испанию, нанялась в какую-то артель собирать фрукты. Но теперь одноклассница вернулась, набросилась с порога на пельмени, о фруктах даже слышать не могла. И вот он с двумя заплечными сумками загрузился в метро. На «Проспекте Мира», на переходе с кольцевой на радиальную ветку, Ермилова, уже прилично вспотевшего под своей ношей, хлопнул по плечу толстяк со смутно знакомой физиономией:

— В общагу, Илюха? А я только оттуда. Как лето догулял?

— Неплохо. — Ермилов понял, что толстяк — тоже вгиковец, это ясно, помнил его с абитуры, других объяснений тут быть не могло. — А ты? — В таких фразах, конечно, можно обойтись и без имени.

— Класс! Это лето — просто класс. Книжку написал. — Пожалуй, толстяку было лет двадцать пять.

— Книжку?! — Ермилов прикинул, что с окончания абитуры, со дня собеседования, прошло едва ли пять недель. Значит, за пять недель толстяк написал книжку. Умеют люди работать.

— Ну, врать не буду, не совсем книжку, скорее, роман.

Интересно, подумал Ермилов, книжка — это, выходит, какая-то более крупная форма, чем роман. Продуктивно люди время проводят, ничего не скажешь. А вот он, вместо того чтобы книжки писать, валялся с ними, уже с готовыми книжками, в Измайлово. Зато приятно... Про собственный гениальный сценарий в этот момент вспоминать как-то не хотелось.

— Почитать дашь? — сказал Ермилов, просто чтобы что-то сказать.

— Конечно! Будешь первым читателем. Глядишь, кино по ней сделаем, чем черт не шутит? Правда, распечатать надо, у меня пока только рукопись. Ну, увидимся. — И энергичный толстяк умчался в противоположном направлении. Имени его Ермилов так и не узнал...

С проспекта Мира 11-й трамвай неспешно заворачивал на улицу Бориса Галушкина, где вслед за шестнадцатиэтажным общежитием пожарников притаилось и киношное. Три остановки нужно проехать от метро до общаги, и за эти три остановки, пока трамвай классически дребезжал и раскачивался, Ермилова успели оштрафовать. Сделал это здоровенный мужик с целеустремленно выпяченным подбородком. Руки у Ермилова были заняты сумками, не имелось ни талончика, ни проездного, деньги водителю передавать поленился: Москва за последний месяц успела приятно расслабить во многих отношениях, в том числе и в этом. В общем, Ермилов был смущен и безропотно заплатил, что требовалось, тем более что уже пора было выходить и он нервничал, что не успеет. Рядом стояла барышня с мороженым и насмешливо наблюдала эту процедуру. Контролер сказал:

— Спокойно, парень, я выйду с тобой, остановку не пропустишь.

Ермилов успел отдать деньги еще в трамвае, но контролер все равно выскочил за ним. Барышня, кстати, тоже. Через полминуты Ермилов оглянулся: они шли следом. Это казалось странным, но недолго, в общагу зашли все втроем. Контролер с выпяченным подбородком захохотал:

— Ты бы сказал, что свой! — И ушел налево по коридору.

— Это Клементьев, — свободно объяснила барышня, которая вполне годилась Юрцу в дочери. — Он оператор и фанат авиамодельного спорта. А я Кира, фанат себя, любимой. — И добавила безо всякой связи: — У тебя загар хороший.

В коридоре перед кабинетом коменданта стоял рулон обоев, метр в диаметре: жаждавшие ремонта студенты приходили к коменданту за материалами, совместными усилиями рулон клали на пол, и комендант Лев Суренович Богосян разматывал его ногой по всему коридору. Богосян был похож на американского актера Стива Мартина, вот только необыкновенно подвижный и болтливый комик, как известно, совершенно седой, а флегматичный и на редкость невозмутимый Богосян обладал шевелюрой цвета вороньего крыла, — он был негативом Стива Мартина. Негатив Стива Мартина играл в шахматы сам с собой и потому времени на Ермилова тратить не стал, а, заглянув в какой-то журнал, отфутболил студента к дежурной по одиннадцатому этажу, где ему была отведена жилплощадь.

Ермилов отправился к лифту.

На площадке перед лифтами висели три телефона-автомата. На стене между лифтами и телефонами — доска объявлений. Из трех лифтов один, естественно, ремонтировался, а второй просто не работал, так что пока Ермилов ждал третий, успел почитать, о чем студенты-киношники друг другу сообщали.

Продаю кинопленку «кодак», ч/б, просроченную, две катушки, срочно. Блок 812. Марта Юркевич

Марта! Отзовитесь!! Немедленно позвоните в ЗАО «Парк», ситуация катастрофическая, нужно срочно переснимать ролик, мы этим шампунем больше не торгуем!!!

Кто спер на балконе 11-го этажа ящик с виноградом, чтоб он тебе поперек горла стал! Придурки, я собиралась делать домашнее вино... Михолап, 1112

Лифт приехал. Оттуда выскочила маленькая темноволосая девушка и понеслась к выходу. Хорошенькая, едва успел предположить Ермилов, потому что она уже унеслась. На бегу кинула взгляд на доску объявлений, круто развернулась, откуда-то выхватила фломастер, что-то жирно зачеркнула и тут же исчезла. На все про все ушло несколько секунд. Ермилов не поленился посмотреть, что же она зачеркнула, — это было объявление *«Продаю кинопленку «кодак»*. Ну конечно, это и есть Марта, понял Ермилов, — однокурсница. Она еще опоздала на собеседование. Значит, поступила. Значит, еще увидимся. Хотя если она всегда с такой скоростью перемещается, то кто знает...

Каморка дежурной по одиннадцатому этажу дислоцировалась в самом начале коридора, сразу за пустынным помещением, лет десять назад служившим кухней: на стенах кое-где сохранился кафель, на буром линолеуме — светлые квадратные пятна — виртуальные следы газовых плит.

Дежурная по этажу, иначе говоря, «этажерка» — пожилая тетка с застывшим подозрительным взглядом, сообщила Ермилову, что его номер двенадцатый. То есть его поселяют в блок № 1112, к сценаристу-второкурснику Лопатину. Ермилов, волоча сумки по коридору, считал количество блоков: по всему выходило, что двенадцатый — в самом конце. Так и оказалось, прямо напротив мусоропровода, дальше — только выход на балкон и черная лестница. Так вот, значит, где кто-то стащил ящик винограда у кого-то по фамилии (имени, кличке?) Михолап.

Общежитие было блочного типа — двери по обе стороны коридоров вели в крохотные двухкомнатные квартирки, в каждой комнате обитали по два студента, или студент с женой, или студент с женой и ребенком, или студентка с супругом. Или это были не студенты вовсе, — как в каждом уважающем себя общежитии, здесь труднообъяснимых и загадочных личностей хватало.

Дверь открыла невысокого роста девушка в халате, она вытирала руки полотенцем, из комнаты слышался детский визг.

— Макс, молчи! — приказала она. — Слушаю вас.

— Мама, иди сюда!

— Макс, замолчи, я сказала!

Наверно, она и есть Михолап, подумал Ермилов. Это имя или фамилия?

— Я ваш сосед. Лопатина то есть.

— Это рядом. — И она ушла к себе, в правую дверь.

Ермилов постучал в левую. В комнате раздался шум, словно что-то упало со стола, но дверь никто не открыл. Ермилов постучал еще. Безрезультатно. Что делать? Ермилов вышел из блока и снова позвонил.

Девушка в халате появилась из своей комнаты.

— Что вы делаете?!

— Пытаюсь дозвониться. Хотя, боюсь, его нет дома.

— Как же! Пять минут назад в туалет выходил. Не просочился же он в канализацию. Как вас зовут?

— Илья.

— Илья, долбите сильнее, он дома, точно вам говорю.

Ермилов внял совету и несколько минут терпеливо обстукивал дверь Лопатина. Наконец у соседки не выдержали нервы, она выбежала и закричала:

— Сашка, не будь идиотом, открывай! К тебе человека подселяют!

За дверью послышалось движение, и наконец она приоткрылась. Ермилов увидел два глаза и две рыжие брови.

— Вы кто?

Ермилов не нашелся что сказать и помахал перед рыжими бровями бланком, который дала ему заполнить «этажерка». Дверь открылась шире, и Ермилов увидел перед собой Лопатина. Лопатин загораживал собой проход, он был в спортивных трусах советского образца — в синих с красной полосочкой. Ермилов успел заметить, что в комнате мелькнула еще одна фигура, явно мужская.

— Не пущу, — внятно сказал Лопатин и захлопнул дверь.

Макс в соседней комнате немедленно завизжал, Ермилову показалось, что от восторга. Девушка-соседка готовила в коридоре рисовую кашу с черносливом и, похоже, получала от происходящего большое удовольствие.

— Виноград вам не вернули? — сказал Ермилов просто, чтобы что-то сказать.

Михолап посмотрела на него с подозрением, но промолчала.

Комендант по-прежнему играл в шахматы против себя самого и, кажется, выигрывал. При появлении Ермилова Богосян поднял указательный палец правой руки, и было ясно, что в таком задумчивом положении он может сидеть дольше Карпова, Каспарова и Крамника, вместе взятых. Вахтерша пила чай с тульским пряником. Под деревянным почтовым ящиком лежала стопка газет «Экстра-М». В лифт зашел сантехник в резиновых сапогах.

Ситуация представлялась на редкость идиотской. Вернуться на ночь к однокласснице? А что еще делать?! Только надо сперва ей позвонить, а то день больно удачно складывается. Кое-как Ермилов дотащился назад к лифту, к телефонам, сумки уже нереально отяжелели. Принялся обреченно звонить. Трубку не снимали. А ключ от квартиры Ермилов уже вернул, хотя одноклассница и настаивала, чтобы оставил себе, мало ли что. Но ехать наобум было рискованно — она человек малопредсказуемый, из тех, что могут выйти за сигаретами и вернуться через неделю... Вот. влип. Ну и к кому теперь? Куда? Из-за соседнего квартала дугой маячила гостиница «Космос». Кое-какие деньги имелись, но на «Космос» их вряд ли бы хватило. Надо было искать ночлег подешевле.

В трамвай он сесть не успел, потому едва занес ногу на подножку, прямо на него сверху выскочила Кира.

— Как в кино, — пробормотал Ермилов, восстанавливая равновесие.

— На том стою, — засмеялась она. — У нас теперь так и должно быть, — как в кино. А вот у тебя что, это хобби такое, в жару с большими сумками туда-сюда разъезжать? Или вес сгоняешь? — Она критически осмотрела Ермилова. — Нет, не похоже. Или ты жить в этом трамвае собираешься?

— Нет, конечно, я... — замялся Ермилов, проклиная себя за неловкость, за элементарное отсутствие чувства юмора, за неумение вести динамичный диалог, в конце концов. А ведь с самим собой так хорошо получается. — Это долго объяснять. Я просто еду и... все.

— Не вселился, ясно как день, — сообразила Кира. — И куда теперь?

Ермилов не смог сказать, что в гостиницу, и соврал:

— Хочу найти кого-нибудь из друзей. У меня в Москве есть одноклассни...к.

— Как-то ты не сильно уверенно об этом говоришь, — заметила Кира.

— Боюсь, что его дома может не быть...

— Хм. Я собираюсь пошляться по городу. Взять тебя с собой? Можешь пока забросить сумки в мою комнату.

Ермилов посмотрел на нее и подумал: «Сегодня я и ночевать буду в ее комнате» — и тут же выругал себя, сам не понимая за что. Совершенно незнакомы? Ну и что? «Тебе сколько лет, парень?» — эту фразу ему частенько говорил отец, когда Ермилов ставил его в тупик.

Через десять минут они снова вышли на улицу. Уже отчетливо наступил вечер, жара спадала, но все еще было светло.

— Что станем делать?

— Пойдем в кино? — предположил Ермилов.

— Издеваешься? — Кира поддержала разговор в вопросительной интонации. — Ты представляешь себе, сколько нам этого добра предстоит в ближайшие пять лет? Поехали на Арбат.

— Я, конечно, провинциал, — сказал Ермилов, тщательно подбирая слова, — но не до такой же степени. Это, не сочти за обиду, как-то пошловато...

— «Не сочти за обиду»! Еще не встречала во ВГИКе никого, кто бы так разговаривал. Слушай, провинциал, ты откуда взялся?

— Из Лондона... — И он тут же пожалел, что это сказал. — Да нет, из Новосибирска. Я в Новосибирске жил. А отец в Лондоне уже много лет работает. Последние полгода я у него был.

— Я хочу там кое на кого поглазеть — на Арбате. И тебе не вредно будет, провинциал из Лондона-Новосибирска. Ты же режиссер?

— Лет через пять, возможно, стану. — Ермилов с неудовольствием почувствовал, как рот невольно разжимается в улыбке. Как это красивые женщины умеют заставить тебя почувствовать себя самодовольным идиотом?

КИРА

На Арбате был обычный джентльменский набор — уличные художники, музыканты, фотографы с пони и удавами, продавцы чего угодно, гадалки, скупщики драгметаллов и антиквариата — в общем, привычная, мозолящая глаза картина.

Кира, особенно нигде не задерживаясь, шагала целеустремленно, но в то же время и расслабленно, словом, гуляла в некотором направлении. Скоро конечный пункт стал Ермилову ясен. Недалеко от театра Вахтангова приличная толпа окружала нечто любопытное и через определенные интервалы дисциплинированно издавала порции смеха, словно руководимая незримым дирижером. Ермилов с Кирой кое-как протиснулись поближе и разглядели в центре паренька в оранжевой бейсболке, носившегося взад-вперед и выкрикивавшего слова:

— Папа, папа, я больше никогда не пойду с тобой кататься на санках!

Что он сказал дальше, Ермилов не расслышал, потому что толпа покрыла эту фразу слаженным смехом. Парень рассказывал анекдоты, собирая деньги в бейсболку, причем обходил, вернее, оббегал своих слушателей он до того, как рассказывал финал. Ермилов не мог не признать, что вымогательство построено очень грамотно и культурно.

— Полная версия картины Репина: «Иван Грозный убивает своего сына»...

Парень с бейсболкой вдруг подмигнул Кире. Вокруг стояло еще человек десять, но Ермилов как-то сразу понял, что именно ей.

— Ты его знаешь?

— Это Шумахер.

— Он не похож на Шумахера, — подумав, возразил Ермилов.

Снова раздался бурный хохот, и он опять пропустил конец анекдота. Похоже, Шумахер начисто переигрывал театр Вахтангова. Остановился послушать его и прогуливавшийся мимо фотограф с пони. Пони как-то игриво смотрел на Ермилова.

— Шумахер — наш с тобой однокурсник, — сказала Кира, — точнее, мой. Позвал меня сегодня подработать, но, видишь, мы опоздали.

— Идет похоронная процессия, — веселился Шумахер. — Навстречу ей шагает пьяный мужик. Он замечает идущего впереди, узнает, приходит в восторг и подплывает к нему: «Сер-р-рега! Однокласс-нич-ч-чек, сколько лет, сколько зим!» — «Слушай, извини, старик, не вовремя, понимаешь, у меня горе — жена умерла...» — «Ты женился?! Поздрав-ляю!»

Ермилов почувствовал, как кто-то его дергает за рукав, обернулся. Это была молодая женщина в милицейской фуражке. Он уже привык к тому, что в Москве могут потребовать документы на пустом месте, и двухдневная небритость очень этому способствует. Но сегодня-то как раз ее не было.

— Можно вас попросить посмотреть? — приятным грудным голосом сказала женщина.

Ермилов наконец заметил, что, кроме фуражки, на ней сандалии, джинсы и клетчатая рубашка без рукавов — хороший получался «мент»! Оказывается, она просила его приглядеть за лотком, хотела отойти в магазин. Ермилов кивнул, мельком заметив, что на лотке — армейский ассортимент: шинели, фуражки, пилотки, панамы, ремни, воинская бижутерия — значки спортсменов-разрядников, отличников Советской армии, какие-то несерьезные медали.

Он смотрел на Киру, как через непроницаемое стекло, будто выпав из окружающего ее пространства; несколько часов назад он не догадывался о ее существовании, а сейчас не мог отвести глаз, но если бы ему их закрыли и велели сказать хотя бы, во что она одета, — он бы не смог, настолько лицо ее гипнотизировало. Не за этим ли он приперся во

ВГИК, вот в чем вопрос?.. Додумать эту мысль не вышло, потому что Кира, оглянувшись, помахала ему и вдруг закатилась смехом еще больше, если это было возможно, учитывая, что Шумахер только что закончил очередной анекдот. Она что-то показывала Ермилову руками, но он никак не мог взять в толк, зато увидел, что хозяйка лотка идет из магазина с пакетом. Кира тоже увидела это, и теперь на ее лице пополам со смехом отразилось беспокойство. А она, пожалуй, в самом деле актриса, подумал Ермилов, надо же как эмоции раздвоились... Кира пробилась к нему и дернула за плечо. Ермилов повертел головой, оглянулся и только теперь увидел, что пони с упоением дожевывал гвардейскую папаху. Вместе с кокардой.

А хозяйка неумолимо приближалась.

Спина фотографа дрожала от смеха.

— Дернем? — давясь от смеха, шепнула Кира.

И они сбежали. На площади Революции Кира пила ледяную «Балтику», а Ермилов — минеральную воду; на Варварке она отталкивала его; на Малом Москворецком мосту он вдыхал ночную Москву, сначала реку, потом город; на Большом Москворецком она мурлыкала:

А мне сегодня ночью казалось — я живу...
А мне сегодня ночью леталось наяву...

На Ордынке они заглядывали в квартирные окна и корчили рожи, Кира постукивала, Ермилов не ре-

шался. На Пятницкой отдали свои бутылки кругло-
суточной бабульке-собиральщице. В Казанском пе-
реулке она целовала его и не хотела отпускать. Как
это красивые женщины умеют дать почувствовать,
что они одновременно и старше и моложе тебя?

— Можно у тебя сегодня переночевать?

— Нет.

Он почувствовал себя глупо и неуютно, а она
улыбнулась:

— Посмотри на часы, студент. Никто нигде не
будет ночевать. Нам в институт пора.

Это было не совсем так, но зато Ермилов только
теперь рассмотрел, что у нее темно-голубые глаза, и
они светились радостью ребенка, развлекающегося
визитом незнакомых ему взрослых. Было больше
шести, метро уже открылось, и они нырнули в него
на «Парке культуры» (третий вагон из центра, последняя дверь), а когда вынырнули, солнце уже лу-
пило вовсю, и Кира подкрасила губы, глядя в чер-
ные очки Ермилова. Возле выхода «ВДНХ» в пави-
льончике с шаурмой, где они остановились позавтракать, неслась все та же музыка:

> А мне сегодня ночью казалось — я живу...
> А мне сегодня ночью леталось наяву...
> И город мой, казалось, мир чудес...
> И в этот мир с ногами я залез...

— Тебе мой шрам... не мешает? — спросила она и
провела пальцем по шее.

— Какой шрам? — простодушно спросил Ермилов. Он в самом деле ничего не заметил.

...Несколько месяцев назад она жила в Ялте. Ее сутенера звали Факир. Разумеется, это было прозвище, но имени его никто не знал. Факир и Факир. Известно про Факира было, что он сидел за вооруженное ограбление, а когда вышел, решил обзавестись порядочной работой и начать новую жизнь. Вот и начал. За то время, что он трудился на ниве обслуживания населения, несколько «его» девочек исчезли бесследно...

В конце мая она вбежала в бар, бледная, держа туфли в руках. Опершись на стойку, Кира стала считать с подошв мелкие камушки.

— Что случилось? — спросил бармен Филипп, протирая стакан.

— С Факиром поцапалась...

— О господи, — сказал бармен. — И что бы тебе не смотаться отсюда? Ну, сейчас начнется... Или не начнется? Я не понял, ты от него сбежала или нет?

Кира глянула на него испуганно и сердито. Лицо ее в этот момент было совсем детским. Она отвернулась и посмотрела в окно.

— Ой, Филипп, — сказала Кира. — Кажется... кажется, Факир сюда идет. Вот черт, что мне делать?!

— Давно надо было смотаться, — буркнул Филипп. — И тебе, и... твоему Факиру. Тут сразу всем жить легче станет.

Спрятаться она не успела — Факир уже стоял в дверях, держа руки в карманах, и улыбался, не разжимая губ, только уголки его рта загнулись кверху. В те полсекунды, пока она скинула надетую туфлю и решила броситься в женскую уборную, она еще успела подумать, что в улыбке Факира не было ничего такого, что хотелось бы видеть в улыбке.

Филипп хмыкнул и отвернулся, предпочитая наблюдать за дальнейшим в синеватом зеркале над стойкой.

Факир вошел в бар.

— Здорово, Филипп, — сказал он, глядя на Киру с веселым бешенством.

Кира с поразительной быстротой соскочила с табуретки и кинулась было бежать через зал, но узкая белая юбка стесняла шаг. Факир перехватил ее в один миг и отпихнул к стойке. Кира оперлась о нее локтями, согнула колени и глядела на Факира. А он отступил назад, спрятал огромные ручищи и, покачиваясь на каблуках, улыбался. И она и Филипп ждали, что сию секунду он ее прикончит.

— Куда ж ты нацелилась, Кирочка? — промурлыкал Факир.

Осознав, что еще жива, Кира выпрямилась и даже гордо вскинула голову:

— Ну, в уборную, что ты, ей-богу...

Филипп, решив, что лучше скрыться, юркнул в закуток, именуемый кухней. Факир вошел в бар и запер за собою дверь. Главное, не молчать, решила Кира, а там видно будет.

— Знаешь, я тебя не понимаю, — заговорила она и украдкой потерла руку выше локтя: мускулы ломило от хватки Факира. — Зачем ты кидаешься на людей?..

— Стерва, воровка, — сказал Факир каким-то монотонным голосом. — Стырила мои деньги.

— И не думала.

— Врешь, дрянь. Я же дал тебе утром пятьсот рублей на жратву. Мало, что ли?! Почему выручку зажимаешь? Тебя видели с двумя клиентами, о которых я ничего не знаю.

— Факир, я же не... — Она отпрянула в сторону, потому что он шагнул к ней. — Факир, миленький, мне понадобилось в туалет. Вот я сюда и забежала. А деньги собиралась вечером отдать.

— Клади туфли на стойку. И сумку тоже, детка. Иди, а когда вернешься, я с тобой подзаймусь, чтоб ты усвоила, как нужно и как не нужно обращаться с миленьким Факиром. — Он опять улыбнулся и похлопал себя по карману.

Она знала, что там лежит. Все знали...

Шершавый влажный цемент холодил ноги. В окно не выскочишь — окон здесь нет, да если б и были... Кира отвернула кран умывальника и держала левую руку под горячей струей, сколько могла вытерпеть. Ее мутило от слабости и головокружения. Простыла, наверно, подумала она. Подняв глаза, она увидела свое отражение в зеркале на стене. «Хорошенькие голубые глазки, — подумала она. — У меня хорошенькие голубые глазки».

На пупырчатой стене над зеркалом было написано: «Машка, сука, помни, Геша тебя любит!»

Она перевела глаза с надписи на свое изображение.

— Это не про меня, — сказала она вслух.

Почему-то кружилась голова и клонило в сон.

За дверью — Факир, в кармане джинсов у него маленький пистолет с полной обоймой патронов. Она помнила даже аккуратненькую выемку на рукоятке. Кира вдруг скорчилась от животного страха — в памяти отчетливо всплыла насечка на сизом металле, и невозможно было отогнать это видение. Перед этой стальной штукой ее тело казалось ей таким мягким и уязвимым, так легко войти в него пуле...

Кира снова почувствовала дурноту, потом чихнула — так и есть, простудилась, опять простудилась. Она подставила руки под горячую воду, умыла лицо и вытерлась грязным общим полотенцем. Когда уже Филипп повесит здесь бумажные? Наверное, никогда. По крайней мере, она этого уже не увидит...

Наверно, он все-таки ее убьет. Вообще-то это не очень больно. Раз — и готово. То, что Факир выстрелит, когда она войдет, казалось ей естественным и правильным. Почему и за что, она уже не очень понимала, но одно знала наверняка: Факир из тех, кто убивает.

— Не знаю, как быть, — сказала она зеркалу. — Почему я правда не уехала?

Ответ на это имелся и заключался в запутанных бытовых обстоятельствах, в могиле матери, еще кое в чем... но сейчас все это казалось ей таким несущественным и далеким... Почему я не уехала?!

Если он пальнет, не пускаясь в разговоры, если ей не надо будет слушать и смотреть на него, тогда она просто будет мертвая, и все.

— Я устала, — сказала она. — Выпить бы сейчас, тогда я пошла бы и плюнула ему в рожу...

Ладно. Живи быстрей, люби горячей, умри молодым. Я больше никогда не буду бояться. Никого и ничего.

Она отперла задвижку и вышла из туалета.

Филипп протирал, кажется, все тот же стакан.

Факир вытряхнул на стойку все, что было в ее сумочке: деньги, косметичку, презервативы. И теперь рассматривал ее карточку с покойной матерью.

Она подошла поближе и остановилась, глядя в пол, а Факир вцепился ей в плечо и очень медленно стал говорить о своем пистолете, о том, что вот он достанет сейчас свою родимую пушечку, сунет ее Кире в рот и приткнет к самому небу, и когда он нажмет собачку, мозги ее заляпают потолок, и так далее, и так далее. Он любил лирическую декламацию на эту тему, и Кира почему-то всегда слушала его как завороженная.

Он не успел договорить, как она подняла голову, и, увидев ее лицо, он умолк. Улыбка убийцы загнула кончики его губ кверху, подчеркивая жесткие темные впадины под скулами. «Он похож на пятно, — подумала Кира, — осклизлое пятно, какое бывает на нижней стороне ящика с гнилыми фруктами. Кого я боюсь, в самом деле?!»

— Ты хоть понимаешь, кто я, дешевка?! — донеслись до нее далекие слова.

Она приблизила лицо к его лицу и, по-детски восторженно улыбаясь, сказала ласково и проникновенно:

— Кто ты ни есть и как бы тебя ни звали — иди ты к...

Факир сунул руку в карман.

— Факир! — ворвался вдруг Филипп. — Факир! — завизжал он бабьим голосом. — Ты с ума сошел!

— Не твое дело, — ответил Факир, как-то обмяк (передумал, что ли?) и вдруг в какую-то долю секунды выхватил руку и полоснул ее по шее сверкнувшей полоской стали.

...Через неделю после того как Факира забрали в милицию, Киру выписали из больницы, и она пришла в бар к Филиппу. За плечом у нее был рюкзак.

Филипп улыбнулся и сказал:

— Кофе?

— Да, — сказала Кира. — С цикорием.

— Уже уезжаешь?

— Да, только не знаю, куда податься. До чего же я рада, что эта чертовщина кончилась. Мне от нее прибыли никакой не было, уж поверь.

Филипп покачал головой, но говорить ничего не стал. Но посмотрел на ее тощий рюкзачок и все-таки не удержался:

— Не густо.

— Все мое при мне. Пара шмоток да документы. Паспорт и... — Она хихикнула. — Школьный аттестат.

Филипп тоже засмеялся:

— Ты что, учиться, что ли, собралась?!

— Да ну тебя!.. Так, захватила зачем-то... Спасибо за кофе. — Она опорожнила чашку и полезла в карман.

— За счет заведения. Значит, будешь искать работу?

— Да.

— Мой тебе совет: иди работать в бар.

— Нет, в бар мне бы не хотелось. Я думала, может, устроюсь официанткой — что-нибудь такое...

— А куда поедешь?

— В Москву хочу.

Филипп присвистнул:

— Москва большая...

— Вот и я о том же.

— Там легко затеряться.

— Вот и я о том же.

Он покосился на ее шею. Шрам был заметен.

— Мой тебе совет, — еще раз сказал Филипп. — Говори всем: я попала в аварию. Поняла?

— Ага, — сказала Кира. — Была авария. И я в нее попала.

— Какая-то ты странная, — сказал Филипп, внимательно разглядывая Киру. — Заторможенная, что ли?

— Травки на дорогу покурила, — улыбнулась Кира.

— Понятно, — протянул он и вдруг спросил: — Кстати, откуда у тебя шрам?

Она отрапортовала:

— Я попала в аварию. И порезалась о боковое стекло.

— Молодец. И какая досада. Такая хорошенькая девушка!

— Считаешь, шрам меня портит?

— Да его почти не видно.

— Ну ладно.

Кира послала ему воздушный поцелуй и вышла из бара и из города — навсегда.

...В поезде она разговорилась с попутчицей — разбитной тридцатилетней хохлушкой, которая заверила, что жизнь в столице — «супер», надо только крутиться.

— Вы случайно не знаете, куда я могла бы устроиться?

— Я знаю, куда можно устроиться в два счета, но только не официанткой!

— А кем?

— Вот, — сказала женщина, — позавчерашняя газета, у проводника стянула.

Кира развернула газету на странице объявлений о найме и проглядела весь столбец, водя пальцем по строчкам. На букву «Б» было строчек пятнадцать, начинавшихся со слова «барменша». Ниже с десяток объявлений начинались словом «девушки» с восклицательным знаком.

— Что-то не то совсем... — пробормотала Кира.

Другой попутчик, молчаливый мужчина с непроницаемым лицом, всю дорогу пролежавший на верхней полке и, казалось Кире, ни на минуту не закрывавший глаза, забрал у нее газету, быстро пробежал глазами и сказал:

— Это ей ни к чему. Не забивай голову девчонке. — И так посмотрел на холушку, что та забилась в угол и больше не проронила ни слова. На Киру же он глянул совсем по-другому, ласково, как-то по-отцовски. Но было в его взгляде и что-то неистребимо мужское, влекущее.

— Ты же, малыш, наверно, про учебу спрашиваешь? — сказал он.

— Про учебу, — неожиданно для себя повторила Кира.

— Меня зовут Георгий... Можно дядя Юра.

Через пятнадцать минут они занимались сексом в туалете. Ничего подобного Кира в жизни своей еще не испытывала... На шее у него она увидела какой-то странный амулет.

— Что это?

— Игрушка.

— Подари?

— Может быть, — ответил он уклончиво и повернул ее к себе спиной. — Потом... А ты далеко пойдешь, — сказал дядя Юра. — Задатки что надо. Запомни мой телефон на всякий случай...

Через неделю на приемной комиссии во ВГИКе она прочитала монолог проститутки из «Пышки» Мопассана, прошла собеседование и была зачислена на актерский факультет.

На собеседовании у нее спросили: «Что вы любите в кино?»

«Хохотать до судорог. И плакать, если получается».

«А не любите?»

«Людей, которые заставляют себя ждать».

«То есть как это?»

«Ну это если я в кино иду не одна».

«Ах, в этом смысле... У вас есть любимая актриса?»

«Нет».

«Как вы это объясняете?»

«Очень просто. Вообще-то я не хожу в кино».

«Вот тебе раз! Почему?!»

«Жизнь слишком коротка».

«Ну, знаете... Что нам в вас по-настоящему нравится, так это отсутствие даже приблизительных представлений о будущей профессии. Это правда, что вы ни разу в жизни не играли ни в профессиональных, ни в самодеятельных спектаклях, не ходили в театральные кружки и студии?»

«Вы уже не первый раз спрашиваете».

«Просто никак не могу поверить. У нас тут обычно фигурируют юные девицы с такими послужными списками, которые, по-хорошему, можно заработать годам к сорока. Скажите, Кира, вы занимаетесь спортом?»

«Не-а».

«Но ведь надо же как-то поддерживать форму».

«Пока она сама как-то держится, а перестанет — может, и начну».

«Достойный ответ. У вас незаурядные внешние данные, вы пользуетесь косметикой?»

«М-м-м. Не скажу».

«Вы готовы к жесточайшей конкуренции? Чему это вы улыбаетесь?»

«Погода хорошая».

«Кажется, вы не представляете, что вас ожидает. Из всего вашего курса в кино будут работать только один-двое. Это по секрету. Просто хочется честно предупредить вас о перспективах. Вернее, я хотела сказать, что ни о каких перспективах ничего нельзя сказать. Старая советская система кинопроизводства сломана безвозвратно, а новая... Вы понимаете, что актерская судьба — это лотерея?»

«Слушайте, так меня приняли?»

«Конечно».

«Ура!!!»

Теперь у нее было жилье и какая-никакая стипендия. За неделю она перезнакомилась со всем общежитием и чувствовала себя так, будто сто лет тут прожила. Жизнь началась заново.

КОСТЯ

Справа, перед столовой, гнездились три умывальника, слева висело огромное зеркало, все-таки Институт кино, негоже, чтобы будущие звезды ходили с крошками в уголках рта.

Веня Березкин, с рюкзаком на плече, набрав полный поднос, озирался в поисках свободного места. За ближайшим столиком сидела непоправимо красивая девица. И сидела она одна. И он ее не знал. Веня удивился. Он не без оснований относил себя к тем, кто, единожды оказавшись в новой для себя местности или среде, моментально впитывал ее топографию. Приятели говорили, что в военное время из него вышел бы хороший лазутчик. Но эта девица как-то ускользнула от его внимания во время абитуры, а трудноуловимые черты и детали говорили о том, что она первокурсница. Веня недолго ее разглядывал, плюхнулся за столик, дотронулся двумя пальцами до тонкого запястья и на недоуменный взгляд пояснил:

— Два к одному, что ты меня отошьешь, а так, по крайней мере, останутся хорошие воспоминания.

— У кого? — Она прищурила глаза.

— У всех.

Тут к ним подсел Ермилов с двумя чашками кофе.

— Илюха! — обрадовался Веня. — Вот ты нас и познакомишь.

— А кто он? — заинтересовалась Кира.

Ермилов сам не особенно знал, что сказать. Впрочем, режиссура — дело нехитрое.

— Это Кира, — объяснил он, рассчитывая, что толстяк назовет и себя. — Актерское отделение.

Не тут-то было.

— Ясное дело, не бухгалтерское, — энергично кивнул Березкин, наворачивая макароны. Ему в голову не приходило, что кто-то вообще может его не знать. — У меня тоже была подружка Кира, года полтора. Дочка футбольного тренера. Он потом олимпийскую сборную тренировал. Кто ж такое мог предвидеть?..

— Полтора года — уже немало, — с уважением заметила Кира.

— Еще бы! Тем более что, когда мы расстались, мне стукнуло шесть, а ей семь.

— Некоторым нравятся женщины постарше, — засмеялась Кира.

А Ермилов размышлял над тем, стыдно ли не уметь заставить себя положить под столом руку барышне на коленку. Вот этот толстяк наверняка бы не рефлексировал. С другой стороны, если употреблять слово «заставить», то смысл в этом движении начисто отпадает, потому что оно должно быть естественным, то есть даже безотчетным, а рассчитанное, спланированное — теряет свое обаяние. Как-то все это сложно... «Тебе сколько лет, парень?»

— Как твой роман? — спросил он и пояснил Кире: — Он за лето успел книжку написать.

— Не книжку, а роман, — поправил Веня. — О, сорри, ребятишки, мне надо бежать! — Он сорвался с места и понесся к буфету, где мелькнул проректор по учебной и методической работе.

— Так кто это был, я не поняла? — Она хмыкнула: — Как говорят в американском кино: так как он сказал его зовут?

— Он не сказал, — подыграл Ермилов, поскольку точно так отвечают в американском кино.

— У меня идея. Не уйдем отсюда, пока этого не узнаем.

— Сейчас третья пара начнется, — напомнил Ермилов. — У меня русская литература.

Кира пожала плечами:

— А у меня сценический бой, ну и что? Фиг с ними, прогуляем! Что такого важного может быть в первый день? А потом, если он окажется режиссером или актером, прогуляет только один из нас. Давай так, кто первый выяснит личность подозреваемого, выполняет желание. Классная идея! И такой тип занятный.

— Выполняет желание другого? Любое?

Энергичный кивок.

— По-моему, он сценарист, вот роман же написал, — напомнил Ермилов.

— А кто его видел, этот роман? Ты его видел? И потом, сценарист — это не имя. Но только в лоб не спрашивать. Договорились?

А Веня тем временем уже взял проректора Коломийца под руку и вежливо подталкивал его к столику. Ермилов и Кира наблюдали эту картину несколько удивленно. Впрочем, проректор был еще, как сам любил говорить, «отчаянно молод, поскольку пребывал в возрасте Иисуса Христа и Остапа Бендера единовременно». Он походил на удачливого боевого офицера, который получал регалии и делал карьеру словно в ускоренном просмотре.

Вскоре Веня вернулся доедать остывшие спагетти. Некоторое время сумрачно ковырял их вилкой, потом, выпив полстакана сметаны, спросил Ермилова:

— Ну и как тебе в мастерской Бертолуччи?

Ермилов непонимающе уставился на него.

— У вас же Плотников группу набирал, верно?

— Да... Но при чем тут Бертолуччи?

— Как тебе твой мастер?

— Плотников пока не появился. Говорят, улетел в Японию. Договариваться о каком-то проекте. Но почему...

— Кино про беременную принцессу?

— Откуда ты знаешь? — удивился Ермилов.

— И кто теперь его замещает?

— Ольга Александровна.

— Боровицкая? — уточнил Веня.

— Кажется, ты всех тут знаешь, — заметила Кира. — Что-то у меня голова кружится.

«Это что, такой ход?» — подумал Ермилов.

— Вот сосательная конфетка, как в самолете, — тут же сказал Веня и, словно ждал этого, и в самом деле протянул «барбариску». — А мне надо в туалет.

Ермилов и Кира немедленно двинулись следом.

На первом этаже мужской туалет был закрыт, и он поднялся на второй. Ермилов и Кира не отставали. Веня зашел в туалет, Ермилов тоже, Кира, слава богу, осталась. Подошли к писсуарам. С облегчением расстегиваясь, Веня увидел, что справа то же самое делает... Марлен Хуциев. Ну, если карьера не задастся, все равно будет что внукам рассказать.

Ермилов, не обращая внимания на живого классика кино, да он его, собственно, и не знал в лицо, смотрел на Веню, обдумывая тактику шпионажа. Приз обещал быть заманчивым.

Хуциев, оказавшись между двумя молодыми людьми, каждый из которых, как ему казалось, внимательно наблюдал, как он расстегивает штаны, передумал и вышел вон.

Веня покатился со смеху, Ермилов удивился. Вышли в коридор. Там слонялась Кира, катая за щекой «барбариску». Ермилов вдруг сообразил, что выиграл.

— Ты обещал дать роман посмотреть, еще в метро, помнишь? Он у тебя случайно не с собой?

Веня расстегнул рюкзак, достал из бокового кармана сложенную вчетверо пачку листов. Там было страниц пятнадцать, никак не больше. В рюкзаке Ермилов успел увидеть носок и тюбик зубной пасты, похоже, этот парень все свое таскал на плече.

— И это роман? — не удержался Ермилов.

— Ну не книжка же, — сказал Веня. — Я сократил последние девяносто страниц.

Ермилов развернул оставшееся, на титульном листе было написано: «В. Березкин. «Моя жизнь».

— Супер, — оценила Кира, насмешливо подмигивая Ермилову.

Кто-то тронул его за плечо. Ермилов обрадовался возможности переключиться и обернулся: это был киновед Костя, с которым он был знаком с абитуры. Костя удивлял неправдоподобно детским видом в сочетании с неправдоподобной же эрудицией. У Ермилова Костя вызывал желание нажать на какую-нибудь кнопочку, чтобы убедиться в наличии батареек. Он поманил Ермилова к себе и спросил шепотом:

— Займешь полсотни, я завтра заберу стипендию за прошлый год, сразу отдам, ага?

— Как это — за прошлый год? — удивился Ермилов, доставая деньги. — Мы же только поступили?!

Оказалось, Костя, ввиду выдающейся эрудиции и еще более феноменальных способностей, был зачислен сразу на третий курс.

2006 год

ПЛЕТНЕВ

Плетнев и Меркулов сидели на скамейке в парке. Неподалеку Вася рисовал мелом на асфальте. Плетнев курил. Сделал последнюю затяжку и бросил окурок точно в урну. Потом покосился в сторону ларька с пивом, но остался сидеть на месте. Меркулов перехватил его взгляд и сказал, продолжая предыдущий разговор:

— Антон, ты абсолютно уверен, что с этими граффити что-то не так? А то, знаешь, у меня в подъезде весь лифт какими-то надписями и знаками исписан. Ни буквы не разберешь. А вот племянница понимает. Говорит — названия каких-то музыкальных групп... еще что-то, забыл.

— Я по подъездам уже двадцать лет не шарюсь и, как рисуют граффити, не особо в курсе... Тут совсем другое. Смотрите, Константин Дмитриевич, — сказал Плетнев. Он вытащил лезвие из маленького ножика, болтавшегося на брелке с ключами, и вырезал на скамейке тот же рисунок.

Меркулов склонился над рисунком. Вася тоже подошел — забрался с ногами на скамейку.

— Сравните. Похоже?..

Меркулов кивнул. Вася тоже подтвердил.

Плетнев покосился на сына — он явно не был в восторге от участия сына в его делах.

— Сходи, что ли, на детскую площадку, поиграй, а?

— Почему ты так говоришь? — возмутился Вася. — Я не ребенок!

— Конечно нет. Именно поэтому ты и должен понять. У нас конфиденциальный разговор.

— Так бы сразу и сказал, — сказал Вася, но на площадку все же не пошел — отошел подальше и снова стал рисовать на асфальте.

Плетнев продолжил:

— Его звали Георгий. Он оставлял этот знак во всех местах, где мы выполняли задания. Краской рисовал или глиной. Или на коре вырезал, если было время.

Меркулов ткнул пальцем:

— Это что вот здесь, солнце?

Плетнев закурил новую сигарету.

— Не знаю. Может, и солнце. Или голова льва... или еще что-нибудь такое... Когда я спросил, зачем он рисует эти знаки, он сказал: «Чтобы они знали, кто это делает».

— Кто — они?

— Местные, — пояснил Плетнев. — Он вообще интересовался их языком и обычаями, культами... Мы, бывало, сидим по месяцу, ждем задания... А он в деревне пропадал, с шаманами общался... Дети его очень любили. Умел он с ними как-то так общаться — липли к нему. — Плетнев невольно посмотрел на сына.

— А кто он был вообще?

— Кто он был? Да просто одним из нас. О своей жизни никогда не распространялся. Знаю только, что лет ему примерно столько же, сколько и мне. Может, года на два постарше...

— Он дружил с кем-нибудь из вас?

— Нет, довольно замкнутый был парень. С детьми у него лучше выходило... Впрочем, припоминаю... с Ринатом он больше других общался. Это тоже один из наших.

— Выжил этот самый Ринат?

Плетнев кивнул.

— Уже неплохо. Фамилию помнишь?

— Я же сказал, — ухмыльнулся Плетнев. — Никаких фамилий у нас не было. Подловить, что ли, пытаетесь, Константин Дмитриевич?

— За спрос денег не берут. Ну да ладно, что фамилий нет — это ничего. Если он военный, то мы наверняка сможем проследить его дальнейшие шаги после Анголы.

— Вряд ли, — засомневался Плетнев.

— Почему?

— Дело в том... Один раз мы должны были пополнить отряд. В племени была нехватка мужского населения. Из кого мы должны были делать солдат? В общем, нам приказали обучать подростков...

Меркулов переспросил удивленно:

— Подростков?

— Вот именно. Двенадцати — шестнадцать лет... Они были фактически детьми. А мы их учили стрелять из автомата и ставить растяжки...

— Ну и дела. Прямо гитлерюгенд какой-то... А чего ты усмехаешься? — не понял Меркулов. — Считаешь, это нормально?

— Да я не о том. Просто вспомнил... Мы их тимуровцами называли. Их было тридцать человек... Георгий, кстати, говорил на их языке, и они его слушались беспрекословно. В общем, было так. В тот день, когда их нужно было отвезти на точку, в долину, мы проснулись и никого не обнаружили. Он увел их в джунгли. Всех... Мы искали их три дня, но все было бесполезно. Георгий тоже исчез. Такие дела, Константин Дмитрич.

Меркулов вздохнул, потер переносицу. Действительно, ну и дела.

— Почему же он это сделал?

— Вот уж не знаю. Я не психолог. Спросите у жены Турецкого, может, она разберется. Помню только, что эти мальчишки перед ним преклонялись... Возможно, Георгий захотел почувствовать себя богом... Он вполне мог заставить их в это поверить.

— Хм. Ты думаешь, это как-то связано с религией? Он был фанатиком?

— Нет. Скорее, просто помешался, крыша съехала. Жара, Африка. В джунглях, знаете ли, это не редкость... В общем, через пару месяцев мы начали находить этих маленьких головорезов... Наверное, он просто бросил их... Тогда мы решили, что он попал в плен к юаровцам или погиб. Что, в общем, было одно и то же.

— Но его фотографии должны были остаться. В ФСБ, в ГРУ...

Плетнев покачал головой:

— Прошло двадцать лет. Думаю, если он и выжил, то сильно изменился.

Меркулов пытался найти какой-то ключ к новой информации.

— Тот, кто сделал... он, без сомнения, маньяк. Но даже у маньяков есть какая-то своя маньячная мотивация. Так чего же он хочет? Действительно быть богом? В это мудрено поверить.

— Вот уж не знаю. Я даже не знаю, Георгий ли это. Вдруг просто совпадение? Сами разбирайтесь.

— Совпадение? — скептически протянул Меркулов. — Хорошенькое совпадение: амулет плюс рисунок. Ты сам-то в это веришь?

— Мне до лампочки. Говорю же, разбирайтесь.

Возникла пауза. Плетнев закурил сигарету и задумчиво смотрел на своего сына, что-то увлеченно рисующего на асфальте. Плетнев стряхнул удлинившийся пепел с сигареты, и он беззвучно упал ему на ботинок. Он еще раз затянулся, горящий кончик сигареты сверкнул на солнце желто-сиреневым цветом. Плетнев выпустил изо рта клуб дыма, который медленно пополз вверх в неподвижном раскаленном воздухе.

— Надо бы, наверно, с Турецким посоветоваться, — пробормотал Меркулов.

— Посоветуйтесь, конечно...

— Он всегда полон неожиданных идей. Большей частью завиральных, но ведь алмаз можно найти и в большой куче...

— Честно говоря, я перед Турецким виноват, — сказал вдруг Плетнев.

— Ты-то тут при чем? — хмуро возразил Меркулов.

— Да есть грех...

— Ну и? Не тяни.

— Ладно, расскажу. Как-то меня забрали в вытрезвитель в славном городе Киржаче. Знаете Киржач?

— Мы его проезжали, — кивнул Меркулов. — Когда к тебе ехали. Только я не думал, что это город.

— Ну, город не город, а вытрезвитель там есть. Новенький. Недавно отгрохали. В общем, вечером я поплелся со случайными знакомцами выпить пива, а утром — бац, проснулся в незнакомом заведении. Вокруг сновали какие-то люди, таскали кровати и прибивали на стены плакаты «Соблюдайте тишину!». Я почесал раскалывающийся затылок и спросил: «Это ад?» Мне объяснили, что это новое «отрезвляющее учреждение № 1». И добавили еще: «Мы, правда, только завтра открываемся». Что сделал бы нормальный человек в таком случае? Постарался бы слинять поскорее, ну, еще, может, сунув кому-нибудь на лапу, чтобы не сообщали на работу. Но это нормальный. И потом, какая у меня работа? — усмехнулся Плетнев. — Я потребовал книгу жалоб и предложений и оставил запись: «Тут был Турецкий, сервисом доволен».

— Турецкий?! — переспросил Меркулов.

— Именно. Назвался я Турецким. А какая разница, думаю? Ему один хрен, а мне, глядишь, и полегчает.

— Ну и как, полегчало?

— Немного. Я потом попросил, чтобы мне выдали грамоту как первому посетителю. И что вы думаете? Мужики меня поняли. Оживились, бросили свои кровати, стали дружно искать бланк «Почетная грамота», составили текст и вручили документ, хором исполняя при этом туш. «Гражданину Турецкому за примерное поведение в вытрезвителе № 1».

Меркулов с удовольствием засмеялся. Эта история была в жилу — она, конечно, не сняла напряжения последних дней, но немного разрядила атмосферу.

— Где же эта грамота?

— Где-то есть. Надо поискать.

— Найди мне ее, — попросил Константин Дмитриевич.

Тут у него зазвонил мобильный.

— Да, это я. Что?! Ах, вот как, значит... Хорошо... Да слушаю я, слушаю... — Меркулов молча слушал, и лицо его становилось все отчужденней.

Плетнев, чтобы не мешать, встал и пошел к сыну. Оказалось, что Вася на асфальте воспроизводил тот самый рисунок, что Плетнев вырезал на скамейке. Он поднял глаза на отца, ожидая его похвалы. Действительно, нарисовано было один в один.

— Сотри, — сказал отец.

Улыбка сползла с лица мальчика.

— Почему?!

— Сотри, я сказал.

— Но чем?!

Действительно, чем? Асфальт — не классная доска, влажная губка рядом не приготовлена.

— Тогда зарисуй сверху.

Вася удовлетворенно кивнул и принялся за новую работу. Скоро появилось море и пара кораблей. Плетнев оглянулся на Меркулова. Тот еще не закончил разговор.

— Это точно? — сказал Меркулов в трубку. — Ничего не изменится. Ладно, я все понял. До свидания.

Он сунул телефон в карман, и к нему тут же подскочил Васька, потянул за пиджак, пачкая его мелом.

— Дядя Костя, папа сказал, что я здорово рисую!

— Да... Конечно... — рассеянно подтвердил Меркулов. Качнул головой, будто отгоняя какую-то дурную мысль, и сказал Плетневу: — Я больше не занимаюсь делом о взрыве.

— Как это? — оторопел Плетнев от неожиданности.

— А вот так, как слышал. Такая наша работа. Нужен в другом месте... вдруг. — Константин Дмитриевич рассеянно посмотрел по сторонам. Взгляд его остановился на ларьке. — Хм... Я бы, пожалуй, пива сейчас глотнул.

Плетнев присвистнул:

— Неужели вас можно отстранить? Заместителя генерального?!

— Все не так просто... — Меркулов вздохнул. — Есть гибкие формулировки для подобных случаев. В общем, мне поручены «более важные дела».

— Значит, как раз все просто. Может, не стоит искать кошку в черной комнате, когда ее там нет?

— Может, ты и прав.

— Нет, да вы же сами не верите! Какие же причины, — не успокаивался Плетнев, — на самом-то деле?

— Их две... Первая: личная заинтересованность в связи с нашей дружбой с Турецким. А вторая... Я привлек к расследованию «оборотня в погонах».

— Час от часу не легче! Кого это? — удивился Плетнев. — Не меня же, надеюсь? — сказал он в шутку, но в голосе послышалась легкая обеспокоенность. — Да и не в погонах я больше...

— Ты тут ни при чем.

ТУРЕЦКИЙ

Он переложил кистевой эспандер из правой руки в левую и принялся за дело. Пока ноги не работают, самое время разрабатывать руки. Вдруг придется кому-нибудь по репе дать, а рука не поднимется?! Не в смысле моральной дилеммы, а в смысле физических возможностей, ха-ха! Хотя кому тут давать по репе? Разве что какому-нибудь эскулапу особо ретивому?

Впрочем, дело хоть и медленно, но ощутимо шло на лад, по крайней мере, он уже не лежал день-деньской в койке, а мог перемещаться в специальном кресле. Когда никто не видел, Турецкий ездил по коридору что было мочи, но в основном приходилось довольствоваться небольшим пространством больничной палаты.

Это хорошо, что Ирка взяла к себе этого мальчишку, думал Александр Борисович. По сути, она ведь сейчас совсем одна. Нинка грызет науку в своем Кембриджском колледже, что само по себе совсем неплохо. (Туда ее помогли устроить приятель Турецкого, шеф международного антитеррористического центра «Пятый уровень» Питер Реддвей, и его собственный приятель, знаменитый английский разведчик в отставке.) Так что у Ирины, несмотря на всю ее «музыкально-психологическую» занятость, навалом свободного времени и, как это ни больно, — нерастраченных материнских сил. Она ведь так ждала этого ребенка... И потеряла его из-за треклятого взрыва. Этот выкидыш Турецкий буквально чувствовал, ему самому будто что-то отрезали... Что же тогда чувствовала Ирина? Страшно было даже представить.

Наверно, сейчас он любил жену как никогда прежде, и все же постоянное присутствие в больнице начинало тяготить его, мешало сосредоточиться на деле. В общем, такая ее неожиданная занятость оказалась терапией для всех.

Господи, сколько утраченных жизней... Неродившийся ребенок... Денис Грязнов...

Думать о Денисе было не менее больно и мучительно, ведь он был совершенно родной и близкий человек. И если Грязнову-старшему он приходился настоящим племянником, то сейчас, когда Дениса не стало, Турецкий окончательно понял, что он был его братом, младшим и бесконечно любимым.

Но действительно ли не стало Дениса?

Последнее время Александр Борисович много размышлял на эту тему — отрицания смерти. Не думать об этой материи не получалось. Воспоминания о Денисе никуда не исчезали и были такими осязаемыми, словно существовал виртуальный Денис — каким он мог бы быть теперь. Иногда появлялось чувство, что он стоит за дверью, вот прямо сейчас постучит, войдет, тряхнет своей рыжей шевелюрой и начнет со смехом рассказывать о своих «лоботрясах-сыщиках», каждый из которых на добрый десяток лет его старше и каждый из которых относился к нему с огромным уважением и слушался беспрекословно.

Хотелось надеяться, что Денис счастлив в своей жизни после смерти, но так как Турецкий был воспитан безо всяких верований, то не имел никакого представления о загробном мире. В прошлом он старался убедить себя, что после смерти нет жизни, но, как оказалось, не смог. Так что теперь, наверное, чисто интуитивно он чувствовал — что-то там такое есть... Где-то же Денис должен был сейчас быть?!

Через несколько минут интенсивных упражнений Турецкий отложил эспандер и покосился на папку, которая лежала на подоконнике. Там была фотография и краткие сведения о человеке по имени Георгий Грозов, воевавшем вместе с Плетневым в Анголе. Папку привез Меркулов, ему не удалось получить эту информацию в ФСБ, что само по себе было неудивительно, учитывая, насколько неохотно главное секретное ведомство страны делится какой бы то ни было информацией вообще и о своих сотрудниках — в частности. Но нужные сведения смог раздобыть Алексей Петрович Кротов — через свои личные каналы. Недаром он столько лет оттрубил и в ФСБ, и в разведке МВД. Все связи остались при нем, и для него на свете не существовало намертво запертых сейфов. В данном случае, как следовало из намека Меркулова, произошло проникновение в архив ГРУ — Главного разведывательного управления.

Примечательно было вот что. По словам Плетнева, его боевой товарищ Георгий, которого так любили дети, не то погиб, не то пропал без вести. Однако, по сведениям, которые раздобыл Кротов, Грозов вернулся из Анголы.

В папке были, разумеется, сведения более чем двадцатилетней давности, и Турецкий сомневался, что они помогут. Обычный парень, нормальный спецназовец. Родом из Липецка. Родители давно умерли, братьев и сестер нет. Не женат, детей нет. Служебные характеристики. Исполнителен, инициативен. Боевые задания. Награды. Проследить его дальнейшие шаги после Анголы, как надеялся это сделать Меркулов, не удалось. Человек исчез, как в воду канул. Бывает и такое. Но вот фотография... Она почему-то не давала Турецкому покоя. Спокойное, дружелюбное лицо, прямой взгляд. Таких лиц тысячи, миллионы, таких людей Турецкий встречал за свою жизнь видимо-невидимо, но Грозова он не знал, в этом не сомневался ни секунды. Однако его лицо что-то неуловимо напоминало, причем отнюдь не из далекого прошлого. Конечно, снимку было слишком много лет, чтобы судить наверняка, вполне возможно, Грозов сильно изменился, но было в этом лице что-то такое, что Турецкого тревожило.

Человека, с которым, по словам Плетнева, Георгий общался больше, чем с остальными, звали Ринат Алиев. Биография его и послужной список были схожи со всеми прочими. Военную карьеру он также продолжать не стал. Правда, мусульманин, очень верующий. В те времена такие вещи не особо кого-то волновали, был бы профессионал хороший. Но сейчас это может иметь коренное значение. Если связь Грозова с Алиевым не прервалась или возобновилась и Алиев исламист, ваххабит или что-то в этом роде, то Грозов — более чем реальный кандидат на роль организатора взрыва. И значит... значит... взрывы могут продолжиться.

Александр Борисович нажал на кнопку вызова медсестры. Она появилась через пару минут.

— Я хочу поговорить с моим доктором.

На физиономии медсестры появился легкий испуг.

— Что-нибудь не так, Александр Борисович?

— Да все в порядке, — с досадой сказал Турецкий. — Не собираюсь я ни на что жаловаться. Просто мне надо кое о чем побеседовать с ним, понимаете?

— Он сейчас заканчивает обход, я передам вашу просьбу.

— Очень любезно с вашей стороны, — буркнул Турецкий.

Доктор появился через полчаса.

— Здравствуйте, тезка, — Александр Сергеевич пожал Турецкому руку и остался вполне доволен уже достаточно крепким рукопожатием. — Как чувствуете себя?

— Не о том речь, — сказал Турецкий. — Речь о том, что я не чувствую.

Доктор перестал улыбаться.

— Александр Борисович, я не волшебник, и вы, несмотря на свою неправдоподобную силу воли, тоже. Я не могу вам сказать, когда вы будете ходить. Наберитесь терпения.

— Говорю же, я не о том!

— О чем же тогда?

— Об этом, — Турецкий выразительно постучал себя по голове. — Я не могу вспомнить некоторых вещей, и это меня тревожит.

— Провалы в памяти? Что именно вы не можете вспомнить? Что-то из прошлого? Имена друзей? Номера телефонов?

— Ну... приблизительно.

— Поймите, Александр Борисович, помимо всех прочих бед, у вас была тяжелая контузия. Чудо, что вы вообще так быстро восстановились. Не требуйте невозможного, не гневите Бога.

— А вы верите в Бога? — заинтересовался Турецкий.

— Это, знаете, личный вопрос, — немного обиделся доктор.

— Извините, все забываю, что я нынче не следователь, а простой инвалид. Упал-очнулся-гипс...

— Еще в баскетбол играть будете, — предрек доктор.

— Надеюсь. Потому что пока получается только в крестики-нолики... Понимаете, доктор, мне показали фотографию одного человека, и я почувствовал нечто странное. Я его не помню, не знаю, вроде бы никогда не видел, однако же он мне кажется странно знакомым! Как это расценивать?

— Ну это же вполне бытовая ситуация. Может, вы видели его по телевизору, читали о нем или слышали. Да мало ли способов! Не думаю, что это имеет отношение к вашему нездоровью. Не берите в голову, все в порядке.

— Нет-нет, я абсолютно и совершенно уверен, что никаким косвенным образом о нем осведомлен не был. Но дело даже не в моей уверенности. Об этом человеке и не могло быть никаких косвенных сведений.

— И у вас не возникает никакого ассоциативного ряда, с ним связанного? — заинтересовался доктор.

— Ни малейшего! — отчеканил Турецкий.

— Ложная память? — задумчиво произнес доктор. — Знаете, такой эффект тоже случается. Как бы объяснить полапидарней... В общем, ваши мозги еще настолько не уверены в себе, что, вполне возможно, приписывают явлениям и людям несуществующие качества.

— То есть мне просто кажется, что я знаю какого-то человека, а на самом деле это все туфта?

— Вот именно.

Турецкий с сомнением посмотрел на папку:

— Вот спасибо, утешили...

Доктор с виноватой улыбкой развел руками: чем богаты, мол, но это ведь не самое большое зло из того, что с вами могло случиться, верно, господин пациент?

— Александр Сергеевич, — сказал Турецкий. — Могу я, наконец, попросить, чтобы мне вернули телефон в круглосуточное владение?

— Обещаете не злоупотреблять?

— Конечно нет.

— Кто бы сомневался, — вздохнул доктор.

ЩЕТКИН

Щеткин уже сутки сидел в «красной» камере. Камера была двухместная, соседом его оказался пожилой подполковник медицинской службы с какой-то сложной историей, в которой фигурировали килограммы морфия, наркодилеры и среднеазиатская мафия.

Подполковник был так разговорчив, что казался Щеткину не совсем нормальным. Впрочем, скорей всего, он таковым и был.

— Вы что думаете, я тут прохлаждаюсь? Ничего подобного. Я тут даром времени не терял, — говорил он с торжественным видом. — Я совершил революционное открытие, которое, возможно, пригодится и мне, и вам, и нашим потомкам. Я придумал фокус, позволяющий быстро одеться после ванны. Напяливать одежду человеку, не вполне просохшему, трудно прежде всего потому, что рубашки и в особенности носки липнут к коже и трутся о нее, вызывая раздражение. Так? Так. Не желают они на тебя наскальзывать, и все тут. Борясь с одеждой во влажном посткупальном состоянии, можно даже плечо потянуть или вывихнуть шею. Так вот, открытие мое сводится к тому, что проблему эту разрешает старый добрый крем после бритья. Он делает кожу ровной и гладкой, как у тюленя, отчего всякого рода мужские штаны-носки-рубашки чуть ли не сами подскакивают с пола и со счастливой поспешностью облекают тебя. Вот... Что скажете?

— Замечательно, — вежливо сказал Щеткин, не особенно слушая сокамерника.

Он думал сейчас о том, что от добра добра не ищут. Вот работал же долгие годы в провинции и был там вполне себе счастлив. Маленькая и неторопливая Коломна была куда больше по сердцу спокойному и вдумчивому Щеткину, чем мегаполис с его неизбывной суетой, бензиновыми выхлопами вместо нормального воздуха и не поддающимися измерению расстояниями от точки А до точки Б. И добро бы еще проблемы заканчивались только на суете большого города. Но нет, вот же влип, а?! С другой стороны, он ведь не инженер, не доктор, не учитель. Он — служивый человек, и, получив приказ переехать в Москву, он не мог поступить иначе, разве что уйти в отставку. Но что прикажете делать на пенсии, если только и умеешь ловить мерзавцев?

Окошко в двери открылось, и металлический голос сказал:

— Щеткин, на выход!

Подполковник немедленно закричал:

— Я требую реакции на свое вчерашнее письмо президенту!

КОЛОКАТОВ

В помещении для допросов следственного изолятора «Лефортово» сидел помощник заместителя генерального прокурора Колокатов и с озабоченным лицом изучал бумаги. На самом деле он решал кроссворд, в котором все слова начинались на букву «а». Настоятель католического монастыря, пять букв? Аббат. Состояние полного безразличия, шесть букв. Хм, хм... Апатия, что ли? Точно. Тэк-с! Свидетельство невиновности человека, подозреваемого в преступлении, пять букв? Дайте-ка подумать... Ну конечно. Алиби.

Раздался стук в дверь.

— Заводите! — крикнул Колокатов, убирая кроссворд и погружаясь в деловые бумаги.

Дверь открылась, и двое конвойных ввели Щеткина.

— Снимите наручники, — буркнул Колокатов, по-прежнему не поднимая глаз.

Конвойные сняли наручники и вышли. Щеткин переминался с ноги на ногу.

Колокатов наконец поднял голову и посмотрел в глаза Щеткину. Тот спокойно выдержал этот взгляд. Настолько спокойно, что Колокатову стало немного не по себе.

— Садись, — сказал он приветливо. Вышел из-за стола и подал Щеткину руку.

Щеткин ответил усталым, но ровным голосом:

— Здорово. Дима, может, объяснишь, что происходит?

Колокатов нахмурился:

— Я сам не знаю, что и думать...

Щеткин сел. Колокатов вернулся к столу, взял фотографии и показал их Щеткину. На снимках Щеткин передает деньги какому-то мужчине.

— Что это? — удивился Щеткин.

— А ты разве не видишь? Разве ты себя не узнаешь?

Вот тут уже Щеткин с собой не справился, у него дернулась щека.

— Я себя узнаю. Но ничего не понимаю, — пробормотал он. — Не знаю, что и думать...

Колокатов взял со стола сигареты, протянул Щеткину. Щелкнул зажигалкой, подождал, пока Щеткин затянется. Спросил участливо:

— Кто это, Петя? Ты его знаешь?

Щеткин помотал головой:

— Откуда эта фотография? За мной следили? Давно?

Колокатов ответил подчеркнуто серьезным голосом, призванным убедить подследственного, что дела его крайне нехороши:

— Не за тобой. За ним. — Для убедительности он потыкал пальцем в мужчину на фотографии. — Его пасли четыре месяца по поводу торговли оружием. И задержали на днях по подозрению в продаже террористам взрывчатки. Да, собственно, какое там подозрение?! С поличным взяли. Между прочим, скорей всего, пришьют к делу по теракту в детском доме, ну, тому, знаешь, где Турецкого ранило. А тут ты ему деньги даешь.

Щеткин все же потерял контроль над собой, вскочил со стула:

— Но это же липа, Дима! Меня подставили! Разве ты сам не понимаешь?!

— Сядь. Успокойся. Хочешь воды? Нет так нет. Ну сам подумай, сколько раз за свою карьеру ты слышал вот такие же слова?

— Что ты имеешь в виду?

Колокатов вздохнул:

— Да я не знаю... Черт. Я хочу верить тебе, Петя. Лучше сам объясни, бога ради, что это значит? Не может быть, чтобы ты этого типа не помнил, поднатужься.

Щеткин скривился:

— Да помню я, конечно. Просто так глупо все выглядит, что поверить невозможно...

— Я знаю то, что я знаю, — сказал Колокатов. — Ты сыщик до мозга костей. И дипломатией никогда не страдал. Пер напролом, как танк. Сколько я тебя помню, это вечно осложняло тебе жизнь. Может, и сейчас что-то подобное случилось? Я искренне хочу понять, во что ты встрял. Говори, сэр Генри.

На этот раз Щеткин вздохнул. Ведь, по большому счету, Колокатов был прав.

Ровесник и однокашник Колокатова (да, кстати, и Турецкого), в Московский уголовный розыск Щеткин был переведен сравнительно недавно как лучший сыщик Коломенской уголовки, не заваливший за все годы ни одного расследования. Работал он и опером, и дознавателем, и даже начальником угро стал в конце концов. По логике вещей он должен был бы сделать карьеру, и уже давно, но помимо множества профессиональных достоинств, у Петра Щеткина имелся существенный недостаток, вроде бы и не имевший прямого отношения к профессии сыщика: он действительно не был дипломатом. И его правда-матка, скорее всего, и была причиной того, что он до сих пор носил майорские погоны. Правда, бывал он и подполковником, но совсем недолго: прокололся. Брал уголовную группу, и брал грамотно — раскрутил ее на всю катушку, да только в ней, на беду Щеткина, оказался сынок местного мэра.

А прозвище сэр Генри Щеткин получил, между прочим, еще в студенческие времена, с подачи Турецкого, как раз по причине пресловутой своей прямолинейности. И еще боязни собак. Словом, Конан Дойль!

— Говори же, я слушаю, — подбодрил Колокатов. — Глядишь, разберемся во всем.

Это самое «сэр Генри» Щеткина немного приободрило: такое обращение напомнило ему, что сейчас он имеет дело со старым приятелем.

— Пару дней назад этот мужик подошел ко мне и попросил разменять деньги. С тысячной бумажки на пятисотки. Сказал, что сигарет купить не может, нигде не разменивают. Я разменял. И все, клянусь тебе!

Колокатов сокрушенно смотрел на Щеткина.

— Вот ты сейчас смотришь и не веришь мне, да? — не выдержал Щеткин. — Я понимаю, что это звучит смешно, но это — правда!

Колокатов молчал.

Щеткин немного подумал и спросил:

— А кто его пас?

— Я не могу давать такую информацию подследственному... но... Ладно. Это был капитан Цветков.

— Понятно. Он псих, Дима. Он избил меня при задержании. Просто так, ни за что.

Колокатов кивнул в сторону бумаг на столе:

— А там написано, что ты оказывал сопротивление.

Щеткин сказал, горько усмехнувшись:

— И ты веришь?!

— Цветков — капитан милиции, исполнял свои служебные обязанности. Зачем бы ему понадобилось сочинять? Кроме того, еще раз повторяю, я хорошо представляю твою реакцию.

— Ничего ты не представляешь! Я не знаю, зачем ему это понадобилось, но он подставил меня! Я его не трогал, клянусь! Да я так оторопел, что вообще не шелохнулся! И насчет размена денег какому-то прохожему?.. Слушай, не бывает таких совпадений! Я случайно меняю деньги преступнику, за которым наблюдают мои коллеги?! Бред! Невозможно!

— Это точно, — рассеянно сказал Колокатов. — Бред какой-то...

— Да они же меня нарочно с ним столкнули! Неужели ты сам не понимаешь?

Колокатов сказал, будто очнулся:

— Кто они?

— Цветков, видимо. Он же брал и меня, и этого мужика. Это ли не странное совпадение?! Или... — Щеткин безуспешно пытался поймать взгляд Колокатова. — У тебя еще есть кто-то на примете?

Колокатов пожал плечами, всем своим видом показывая, что и так во многом идет Щеткину навстречу, но не стоит злоупотреблять.

Однако Щеткин настаивал:

— Проверь этого Цветкова! Ты его хорошо знаешь?

— Не особо.

— Черт! Да проверь же его!

— Какие для этого основания?

— Здесь что-то нечисто!

— Ну, хорошо, допустим, я проверю...

— Допустим или проверишь?

— Проверю, не волнуйся.

Щеткин не знал, что и думать.

— Дима, ты веришь мне?

— Да... — Колокатов вспомнил недавний кроссворд. — Но алиби, Петя?! Алиби где?

Щеткин повторил с нажимом:

— Веришь или нет?

Колокатов наконец встретился с ним взглядом и твердо сказал:

— Конечно, я тебе верю. Вполне вероятно, что ты прав.

2004 год

ЕРМИЛОВ

В общежитии все как-то вдруг сладилось. На третий день Ермилов вселился в свою комнату, и отнюдь не к рыжему Лопатину. На десятом этаже было несколько пустых блоков, и ушлый Веня Березкин так договорился с «этажеркой», что они даже смогли выбирать и заняли в конце концов номер 1007, левую комнату. Она была в относительном порядке, линолеум целый, обои тоже на месте и даже не засаленные и почти не разрисованные. Ермилов и Веня посмотрели друг на друга и без слов договорились ремонтом не заниматься, ну его. Ермилов с немалым изумлением узнал, что Веня даже не студент, а вольнослушатель, то есть почти посторонний и абсолютно бесправный во ВГИКе человек, которому непонятной милостью деканатской было разрешено посещать занятия сценарной мастерской, и каким же, собственно, макаром он при этом еще и умудрился поселиться в общежитии — тайна сия велика есть. Веня, казалось, знал все и про всех. Что касаемо Лопатина, то его ориентация оказалась стандартной, а таинственный сожитель, из-за которого Ермилов не смог войти в комнату, был братом-дезертиром, сбежавшим из подмосковной воинской части, а это, по словам Вени, вообще являлось секретом полишинеля. Соседку Лопатина, молдаванку Таню Михолап, Веня вообще откуда-то хорошо и близко знал, и она вместе с Кирой была в первый же день приглашена на новоселье, принесла бутылку домашнего молдавского вина и очень расстроилась, когда узнала, что Ермилов не пьет. А когда Михолап ушла, Веня объяснил Ермилову, что она, скорей всего, лучшая институтская сценаристка, что когда она заканчивает очередной сценарий, то просто сдает один экземпляр в библиотеку, и там оперативно выстраивается извилистая очередь преподавателей, между которыми время от времени возникают споры о том, что Михолап уже продала несколько полнометражных работ и что если бы не маленький ребенок, который отнимает много времени и из-за которого она некогда перевелась с режиссерского на сценарный, то она взорвала бы Голливуд, не выезжая с улицы Галушкина.

В другую комнату блока 1007 на следующий день после Вени с Ермиловым вселился третьекурсникпервогодник Костя, причем один, он доплачивал за вторую койку. Махровый интроверт Ермилов не знал, что возможен такой вариант, было бы неплохо... но, подумав, решил оставить все как есть: Березкин представлялся по первым впечатлениям довольно забавным существом. Правда, с Костей они посмотрели друг на друга без особой приязни, но Ермилов этому никакого значения не придал, его вообще тогда мало что волновало, каждое утро он просыпался у Киры, и, пока были деньги, они шли куда-нибудь позавтракать, а потом во ВГИК. По дороге у них происходил ритуальный диалог.

«Илюша, давно хотела тебя спросить, ты видел «Жанну д'Арк?»

«Нет».

«Очень жаль. Я не досмотрела и теперь не знаю, чем все закончилось».

«Кирка, — с чувством говорил Ермилов, — ее сожгли!»

После этого он ее дразнил «актёркой», она его «рэжисэром». Едва открыв тяжеленные двери на улице Вильгельма Пика, они умудрялись забывать друг о друге, получая от этого удовольствие, и разбегались по своим группам до вечера, пока не приходила пора снова смять простыни, потом они снова уносились, она — на сценическую речь, танец или вокал, он — в свою мастерскую, «мастерскую Бертолуччи», как ее все называли. Ермилов уже привык к этим издевательствам. Дело было в том, что Плотников в первые три недели сентября в институте так и не появился. Так что, почему нет? Еще их называли мастерской Спилберга, а иногда — другого знаменитого американца Стивена Мэдисона (последнее время, кстати, бродили упорные слухи о его приезде в Москву). Бывалые вгиковцы видели немало подобных примеров на своем веку, когда мастерскую набирал какой-то особенно маститый режиссер, который на занятиях не бывал в принципе (а подмастерья на что?!). Но Ермилов не унывал, в конце концов, помимо собственно «мастерства кинорежиссера», были еще актерская техника речи, история отечественного и зарубежного кино, гуманитарные дисциплины, а в ближайшем будущем предполагались монтаж и звукорежиссура. Хотя называть все это дисциплинами мало у кого язык поворачивался, уж больно неподходящее слово для заведения, в котором преподаватели опаздывали на занятия или вовсе игнорировали их похлеще собственных студентов.

ПЛОТНИКОВ

Наконец однажды во время третьей пары по институту прошелестело всего два слова: «Плотников приехал!» — и это произвело маленькую революцию, все расписание мгновенно полетело в тартарары, к их мастерской подтянулись студенты с других отделений. Хотя в появление режиссера поверить было мудрено, Плотников действительно нагрянул, более того, он только что прилетел из Японии, и по такому эксклюзивному случаю все желающие — несколько сот человек — набились в Большой просмотровый зал на четвертом этаже. Проректор Коломиец чрезвычайно гордился тем, что именно ему удалось уговорить Плотникова набрать режиссерский курс. Сейчас же Плотников совсем не жаждал больших публичных выступлений, но проректор пристал как банный лист, а сопротивляться после долгого перелета у режиссера не было сил.

Глядя на мастера, Ермилов подумал, что тот выглядит как человек, не спавший несколько суток, но вспомнил, что и летом, на собеседовании, Плотников был такой же. Первые слова Плотников сказал, глядя себе под ноги, похоже было, что под таким количеством глаз, смотревших на него единовременно, он не чувствовал себя комфортно.

— Всех вас наверняка пугали еще на вступительных экзаменах тем, что вы пускаетесь в рискованное предприятие, что лишь единицы смогут выплыть и взобраться на проплывающий мимо лайнер. Но все вы теперь успокоились тем, что по крайней мере на какое-то время обрели устойчивую почву под ногами и весело и с интересом проведете четыре-пять студенческих лет. А напрасно! Уверяю вас, что в этих стенах нет никакого такого особенного студенческого братства и общности, все это, простите, туфта, это годится для МГУ, МАИ, любого иного именитого вуза... Но кино вбирает в себя в значительной степени людей, уже переплавившихся в котлах с эхом «Гаудеамуса», и в то же время это место для тех, кто найдет мужество распрощаться с иллюзиями среднего возраста и вернуться в свои юные годы, потому что иных кино не потерпит...

Уже при первых словах Плотникова тишина наступила совершенная, и он вполне мог обойтись без микрофона.

— И не ждите радушия. Вы не встретите здесь особенной дружбы и привязанности ни своих сверстников, ни педагогов, в лучшем случае — искреннюю ревность. — Он сделал вынужденную паузу, откашлялся и продолжил: — Не ожидайте также особенной помощи от своих преподавателей. Будьте готовы к равнодушию и даже ревности с их стороны. Но, друзья мои, это все не главное! Главное для нас всех — это кино! А если кто-то пришел во ВГИК за компанию, не пугайтесь этой случайности, очень может статься, что именно у вас окажется больше шансов и творческих потенций, чем у ваших приятелей, следовавших сюда намеренно, долго и неуклонно...

«Черт побери, — подумала Кира. — Это же про меня... Натурально про меня!»

И тут она поймала на себе его взгляд. Плотников продолжал говорить, но совершенно отчетливо улыбнулся и подмигнул именно ей, ну надо же!

— Кино — это место для несознательных гениев, для гениев по ошибке. Мы все были наполнены какими-то иллюзиями и пришли в кино единственно затем, чтобы поддерживать их; эти иллюзии не обязательно великие, но они живые, естественные, трепетные, однажды вспыхнув, они существуют уже помимо нашей воли, они пульсируют в нас, как шар, влетающий в бильярдную лузу, яростные, но ограниченные, они хотят вырваться, чтобы заразить еще кого-то, и когда это случается, все инфицируется их движением, и мы понимаем, что прежде жили в морге. И вот эта счастливая ситуация и есть кино...

Ермилов, стоявший возле двери, видел вытянувшиеся лица проректора и профессоров в первом ряду, Ольга Александровна Боровицкая закашлялась, десятки других физиономий, более молодых, побледнели на глазах. Что, черт возьми, несет этот общепризнанный гений?! Ермилов поискал глазами Киру, не нашел, но зато увидел Березкина. Веня улыбался, и, кажется, он тут был один такой.

КИРА

...На четыре рекламных гонорара Кира купила облезлый «фольксваген-жук», старше ее чуть не вдвое, но еще вполне подвижный. Она проскакивала на нем в любые щели, оставляя позади большие и неуклюжие машины, напоминавшие ей увязших в прибрежном песке земляных черепах. И эта победа насекомого над пресмыкающимися ей нравилась. А завелся «жучок» у нее почти сам собой. Однажды Кира ехала в такси на съемки в клипе одной голосистой, но страшненькой рокерши, и долгое время перед ними на дороге пыхтел красный «жук», на заднем стекле которого было объявление «Продается срочно. 2600. Возможен торг». И когда такси наконец его обогнало и проехало мимо, Кира наудачу выкрикнула: «Даю две!» — а вдогонку неслось: «Я согласен, согласен!!!»

Машину ей привел в порядок Юрец Клементьев, тот самый розовощекий здоровяк, фотографировавший Плотникова, — на все конечности мастер, приложивший руку едва ли не ко всему институтскому транспорту. Кира почти перестала ходить пешком, и Ермилов тоже. Правда, однажды они поспорили (на следующий день он уже не помнил, о чем именно) у Яузских ворот, и, когда он вышел купить ей сигарет, она, не раздумывая, уехала. Ну что ж... Метро «ВДНХ», третий вагон из центра, последняя дверь. Когда он вышел наверх, «жук» уже ждал его.

Иногда она заезжала к Георгию. Он запретил ей появляться на такой приметной машине, она не спрашивала почему, слушала его беспрекословно. Ермилов — это было одно, он был, конечно, чудный парень, но вот Георгий, дядя Юра... Юрочка...

ВЕНЯ

В последний четверг ноября в институте заканчивалась вторая пара совмещенных занятий первого курса — режиссерской, актерской и операторской мастерских. Режиссеры-первокурсники уже пару недель репетировали с актерами-первокурсниками драматические отрывки, и сейчас, когда они были почти готовы, операторы-первокурсники снимали последние прогоны на видео. У актеров это должно было заменить зачеты по сценической речи и движению, а в некоторых случаях — по пантомиме. У операторов — зачеты по кинокомпозиции и по технологии видеофильма. У режиссеров тоже были актерские дисциплины в учебном плане, и кое-кто из них принимал участие в собственных постановках.

В перерыве Веня проник в актерскую мастерскую и сразу же завопил:

— Я слышал, Мэдисон грозится в Москву приехать!

— А я не слышал, — заметил Ермилов.

— Так откуда взялось твое прозвище, Антон? — сказал Клементьев, продолжая какой-то разговор. — Автогонками увлекаемся?

— Какое прозвище?

— Шумахер.

Ермилов понял, что сейчас услышит ответ на вопрос, который давно его занимал.

— Это не прозвище, это моя фамилия.

— Как это?!

— Очень просто.

— Да как просто?

— Да так и просто, — пожал плечами Шумахер. — У тебя какая фамилия, Клементьев?

— Клементьев.

— Видишь — Клементьев. Тебя все зовут Клементьев, и фамилия у тебя Клементьев. А у меня фамилия — Шумахер. И зовут меня все — Шумахер. Все то же самое.

— Издеваешься?!

— Остынь, — посоветовала Кира.

— Да нет уж, пусть объяснит!

— Да что тут объяснять? — удивился Шумахер. — Почему я Шумахер? А почему у тебя пять пальцев, а не шесть?

— Вообще-то шесть тоже бывает, — заметил Веня. — Неужели ты действительно Шумахер? Я думал, кличка.

— Вам паспорт показать, чтоб отстали? — Антон достал корочку. — Вот, пожалуйста. Убедились?

— Это студенческий, а не паспорт, — проворчал Клементьев.

А Кира просто ободряюще кивнула Антону, мол, что ж поделаешь, Шумахер так Шумахер, надо с этим как-то жить.

— Да у нас полдеревни Шумахеров!

— А как деревня называется?

— Шумиха.

— Это где?

— Это в Мордовии.

— Полдеревни Шумахеров, ну конечно! — не унимался Клементьев. — А вторая половина — Аллены Просты? Или какие там еще гонщики есть?

— Вторая половины — Шумихины, — с достоинством возразил Шумахер.

— Мужики! — ворвалась запыхавшаяся Марта Юркевич из мастерской рекламного фильма. — Ой, привет, Кирка, не заметила тебя, «Оскара» получишь... Мужики! Могу снять трех человек! Гениальный рекламный проект намечается, противозачаточные таблетки для мужчин, гонорар вперед!

— Надеюсь, не рекламируемым товаром? — высказал скромное пожелание Веня.

Марта Юркевич была известна тем, что постоянно снимала рекламу. Последний раз она снимала рекламный ролик очередного чудодейственного шампуня прямо в общежитии: семья студентов совершенно внезапно открыла для себя новое недорогое средство избавления от перхоти, и теперь жизнь должна была стремительно наладиться. Организуя правильный свет и дрессируя актеров, Марта носилась по коридору мимо открытого блока, в левой комнате которого просматривался Веня Березкин. Он лежал, заложив руки за голову, и сосредоточенно смотрел в потолок. Кира тоже заметила его.

— Марта, смотри, умный, красивый, в меру упитанный мужчина в полном расцвете бесхозно на диване лежит. Может, пригодится для телевизионных нужд?

Марта глянула и махнула рукой:

— Ну его, на телевидении такого добра хватает.

Марта поставила свет, сделала один дубль, осталась недовольна Шумахером, недостоверно решившим косметическую проблему, сделала второй дубль, еще раз пересняла Киру и наконец заметила, что Веня находится все в той же позе, высматривая что-то в потолке. Марта заинтересовалась настолько, что заглянула к нему в комнату — посмотреть на потолок. Потолок был белый с фрагментарными желтыми потеками. Представить, что кого-то могут заинтересовать ржавые потеки настолько, чтобы неподвижно любоваться ими несколько часов, с точки зрения реактивной Марты было чистым безумием.

— Чем ты так занят, Веня?

— Не мешай, — сказал Веня, — я свои фильмы смотрю.

КОСТЯ

Ноябрьской ночью на Веню упала книжная полка. Веня заорал во сне: «Только тронь, сволочь!» — поворочался и не проснулся. Зато проснулся Ермилов, включил свет и некоторое время с ужасом смотрел на эту картину: заваленный книгами Веня нежно обнимал полку и улыбался во сне.

Утром был проведен осмотр, в ходе которого выяснилось, что гвозди и шурупы потихоньку вылезают. Все полки висели на стене, пограничной с комнатой Кости, в противоположную, капитальную, стенку можно было забить только дюбеля, чем заниматься, конечно, никому не хотелось. Веня взял ремонт в свои руки, он нашел где-то неправдоподобных размеров гвозди, авторитетно заявил, что уж такие-то точно не вылезут, и принялся за работу. Каждый удар молотка сопровождался подрагиванием десятого этажа. После того как сантиметров пятнадцать было уже загнано в стену, из-за нее раздался крик. Веня бросил молоток и побежал к соседу. Выяснилось, что Венин чудо-гвоздь, пройдя стену насквозь, продырявил Костину куртку: на этом месте у Кости на вешалке висела одежда. Куртка была испорчена в области сердца, а вместе с ней злодейски пронзен членский билет Союза кинематографистов. Так, кстати, и выяснилось, что семнадцатилетний киноархивариус уже умудрился туда вступить.

Веня оказался этим обстоятельством раздосадован, если не разозлен. Он немедленно принялся язвить по поводу людей, давших Косте рекомендации, стал сыпать фамилиями, которые присутствовавшему Ермилову вообще ничего не говорили. Веня, как всегда, знал все и обо всех. Ермилов, привычный к этой особенности своего приятеля, не задавал бесполезных вопросов, тем более что не был уверен, что Веня сам в состоянии объяснить природу своей тотальной эрудиции. Возможно, единственное, чего Веня не знал — это откуда он знает те или иные вещи.

Вот с Костей все было по-другому. Костя, за дефицитом пока что жизненного опыта, знал все из умных книг и этого не скрывал. А что он не находил в умных книгах, разыскивал в Интернете, куда оно попадало из отсканированных других умных книг. Последнее обстоятельство — наличие в комнате у Кости компьютера — сыграло решающую роль в том, что по вечерам в блоке 1007 всегда было много сменяющих друг друга гостей: с недавних пор там был установлен стационарный телефон, и после 7—8 вечера блок превращался в переговорный пункт. Поставить телефон прямо в комнате можно было за некоторую мзду, эту услугу комендант Богосян предоставлял своим постояльцам. Костя сказал, что без Интернета (а значит, без телефона) ему тяжело дышать, и Ермилов с Веней собрали остальную часть денег.

Но если Веня держал в голове, как правило, служебную информацию — десятки телефонов, адресов и фамилий разнообразных полезных людей и сотни историй и нюансов, с этими людьми связанных, то Костя, этот семнадцатилетний мудрец, неутомимо постигал суть явлений. Единственное, что было присуще обоим, — ослиное упрямство, то есть абсолютная убежденность в собственной монополии на истину или исторический факт в кинематографической области и окрестностях. Веня закипал, едва Костя, который был почти на десятилетие моложе, только открывал рот. Но и Костя становился по-шекспировски ревнив в противном случае. Ермилов удивлялся этому, ведь вместе они могли составить несокрушимый тандем, и это было ясно всем, кроме них двоих.

КИРА

Киры весь день не было, и в институте она не появлялась, ее одногруппники, включая Шумахера, тоже ничего не знали. Это было странно, но не слишком, такое случалось в последние месяцы не раз, и Ермилов ждал не дождался, когда барышня наконец появится и можно будет рассказать о падающей книжной полке и длинном гвозде, ну и вообще любое унылое занятие становилось с ней забавным и приятным, и даже если это была одна только иллюзия, он все равно не возражал. Вечером он снова пошел в ее блок, и опять безрезультатно. Алины, ее соседки-третьекурсницы, тоже не было. Ермилов присел на кухне, чтобы оставить записку, быстро написал: *«Кирка, я...»* — и тут услышал шум из ее комнаты. Он сразу понял, что это за шум, такой шум он с ней и сам не раз издавал; но вряд ли он что-то обдумывал, вряд ли понял, кто именно там, за дверью, прежде чем высадил ее ногой, успев только удивиться про себя, насколько это оказалось легко и просто сделать, словно в кино... В комнате, кроме Киры, был Юрец Клементьев. Он встал, обмотавшись простыней, и двинулся к Ермилову, кажется, что-то говорил, но Ермилов вряд ли слышал. Он только почувствовал, как сдавило виски, как голова за считанные доли секунды стала ломиться надвое, натрое, и еще что-то непонятное происходило внутри; он уже жалел, что ворвался сюда, он сейчас предпочел бы ничего не чувствовать, просто лежать себе окорочком в морозильнике и ждать, пока сожрут. Не размышляя больше, он двинул Клементьеву куда-то в район солнечного сплетения и, наверно, попал, потому что тот согнулся с удивлением на лице. Однако броня брюшных мышц самортизировала, и Клементьев, пружинно выпрямившись, выбросил вперед кулак, резво долетевший до подбородка Ермилова и опрокинувший его затылком на стену. В этом же затылке мелькнуло, что вот если бы дело происходило в комнате Кости и если бы из стены торчал пресловутый гвоздь, то это вышло бы очень кстати... И еще он подумал, что в момент удара голова чудесным образом прошла так же быстро, как и заболела.

На следующее утро Кира попросила Веню сходить позавтракать с ней в кафе возле «Космоса». Веня, сумрачно глядя на нее, проскрипел, что у него нет для этого свободных денег, да и вообще никаких нет, но Кира сказала, что деньги не проблема, а уже сидя за столиком, сообщила:

— Просто хочу тебя предупредить, что уезжаю.

— Почему меня? — В первый момент он не нашелся сказать ничего другого.

— Остальные слишком пристрастны, — процедила Кира с некоторой долей презрения, совсем небольшой, но достаточной, чтобы Веня это заметил. — Особенно этот неврастеник, твой сосед.

— Что такое? — удивился он.

— К черту, надоело! — закричала Кира. — Строит из себя персонаж фильма ужасов, а тянет только на комикс!

Веня подумал и, перегнувшись через столик, дал ей пощечину. Не очень звонкую, но увесистую, запоминающуюся. Она даже задохнулась, не столько от боли или негодования, сколько от изумления.

— Если ты не понимаешь, я объясню, — предложил Веня. — Ермилов — единственный человек в институте, включая народных артистов, уборщиц и даже меня, который не играет какую-то там выбранную себе роль. А ты — последняя дура, если не видишь и не ценишь!

— Ладно, плевать. Как говорят в американском кино, это свободная страна. Просто я ухожу, и это не из-за него. Если хочешь, можешь передать.

— Не стану, — подумав, ответил Веня.

— Как хочешь.

— Ты вернешься?

Она покачала головой. Официант принес лед, и Кира заменила им нагревшиеся от щеки ключи, которые, не глядя, сунула в тугой карман расклешенных джинсов. Веня успел заметить, что ключей от машины там не было: вот откуда были деньги, она продала своего «жука».

Веня не знал и не мог знать, зачем она это сделала. Деньги срочно понадобились Георгию, и он спросил у Киры, не может ли она что-нибудь придумать. Она придумала.

— Любопытную новость по радио слышал, — сказал Веня, вернувшись в общежитие. — Мэдисон на следующей неделе в Москву приезжает, говорит, что это город его мечты, ни больше ни меньше. Уверяет, что только здесь можно жить и работать...

Ермилов валялся на диване с книжкой и пытался ни о чем не думать. Выходило это скверно, книжку он даже не открыл.

«Московские ведомости»
БОЛЬШАЯ ПРОГУЛКА В ОЖИДАНИИ БОЛЬШОГО ВЗРЫВА

Очень, просто очень часто в Москве что-нибудь вдруг взрывается. И гораздо чаще — не взрывается, что было обещано. И на том спасибо!

Вот и по столичным вузам прокатилась волна нереализованного терроризма. В один день задействованы, в частности, были: журфак МГУ, Институт международных отношений (МГИМО), Институт кинематографии. Вашему корреспонденту посчастливилось присутствовать в последнем из перечисленных очагов образования именно в тот день, когда вежливый голос по телефону обещал сделать из него очаг самый натуральный. Вышло это, надо сознаться сразу, совершенно случайно, никакой такой специальной связи ни с террористическими, ни с антитеррористическими организациями у меня не было. Зато была давняя договоренность об интервью с известным режиссером Артемом Плотниковым, за которым я охотился уже несколько месяцев. Плотникова, однако, во ВГИКе застать не получилось, несмотря на то что в этот день он должен был принимать зачет у студентов своей мастерской, а может, в последовавшей вскоре суете я просто с ним разминулся. Хотя это — миниатюрный институт, ибо если даже учесть всех иностранцев, заочников и академических отпускников, то в самый урожайный год в нем едва ли одновременно учится тысяча человек. Два проректора, Нина Суреновна Богосян и Виктор Андреевич Коломиец, узнав о моей проблеме, независимо друг от друга предложили сделать интервью с ними. Я оба раза согласился и оба раза их обманул.

Секретарша проректора по учебной и методической работе надолго запомнит тот звонок. «Все на улицу!» — разнесся по институту страстный призыв. Студенты и преподаватели, неуверенно улыбаясь, выходили из аудиторий и, не сговариваясь, шли в одно место — в столовую, в буфет, на первый этаж. Где уже откровенно и громогласно захохотали. Но вскоре, однако, были выдворены и оттуда. Молодой бравый проректор дал команду немедленно перейти на противоположную сторону улицы Вильгельма Пика, поскольку, дескать, если здание рухнет, то все окажутся под ним. «Разлет стекол — тридцать метров!» — авторитетно прошелестело в воздухе. Перейти дорогу? Да с удовольствием! Другая сторона приятно озонировала — притягательная травка, деревья, дальше — забор, за ним — бывший Институт марксизма-ленинизма, куда почему-то никто не позвонил.

Милиции и саперов между тем все не было. Из института же периодически выходили люди, до которых угроза взлета на воздух дошла не сразу. Нельзя сказать, чтобы публика томилась. Многие уже загорали, дамы жаловались на непредусмотрительность — отсутствие купальников, а впрочем, кинематографисты — люди достаточно раскованные.

В ход пошли шутки насчет тикающих механизмов, все с преувеличенным вниманием поглядывали на операторов, которые поголовно были с черными и с коричневыми кожаными кофрами. Операторы хихикали, но, кажется, чувствовали себя некомфортно.

Наконец подъехал микроавтобус «Соболь», оттуда выскочили несколько человек в погонах и двое без, но зато с собаками. Псы были странные, определить породу я затруднился, очень приземистые, длинные и мохнатые. Один сразу же утащил своего хозяина в здание. Второй сперва обнюхивал все снаружи, благо вокруг хватало разнообразной живности, но потом тоже удалился вовнутрь. Работы там для ищеек было немало: подвал, чердак, четыре этажа метров по сто каждый, учебная киностудия, какие-то пристройки, возможно, что-то еще, не знаю.

А солнышко припекало, все-таки середина апреля. День, потенциально полный зачетов и экзаменов, перевалил за первую свою половину. Энтузиасты просчитывали наиболее вероятные причины происходящего. Например, могла эта акция быть делом рук неудачливого и потому обиженного абитуриента? Теоретически — да, но зачем же ждать столько месяцев? Скорее уж тогда нахулиганил кто-то из действительных студентов, но и это маловероятно, ВГИК — заведение специфическое, здесь сопроматы не сдают и от экзаменов не бегают, к ним стремятся, экзамен — это снятый фильм, сыгранная роль, написанный сценарий. Есть, конечно, ряд сугубо технических дисциплин и некоторое количество абстрактно-гуманитарных, но все же как-то не верится. Или еще один вариант: происшедшее — хладнокровная диверсия Голливуда, решившего ликвидировать на корню целое поколение российских кинематографистов.

«Нет, старик, ну а вдруг не шутка?»

«Тогда Мэдисон к нам точно не приедет».

«Ладно Мэдисон, он и так фиг приедет. Но как же тогда черновики Эйзенштейна? А носовой платок Ромма? А кружка Шукшина? А любимый писсуар Довженко?»

«Ты думаешь, это действительно он?»

Паренек в оранжевой бейсболке, которого все почему-то называли Шумахер, рассказывал анекдот:

«Чечня. Минное поле. Табличка: "Проверено. Мин почти нет"».

Тут из института выскочили двое милиционеров, живо пересекли дорогу, выдернули из студенческой толпы какого-то очень бледного парня и потащили к машине. «Э! Э!!! Погодите, без собаки не считается!» — завопили возмущенные студенты и ринулись преграждать дорогу. Следом из здания выскочила административно-хозяйственная проректорша и вцепилась в арестованного студента с другой, немилицейской стороны. Вслед за ней появился крупногабаритный милицейский майор с поцарапанной щекой. Операторы вытащили фотоаппараты, видеокамеры и принялись снимать все, что видели, и это стражами порядка воспринималось без большого восторга. С такими студентами нужно было держать ухо востро. Вообще все присутствовавшие весьма возбудились: еще бы, впервые, и к тому же собственными глазами, они наблюдали поимку натурального живого бомбиста.

Однако, к некоторому общему разочарованию, выяснилось, что все гораздо банальнее. Пойманный злоумышленник — студент режиссерского факультета — в момент начала ажиотажа и выдворения на улицу всего живого из взрывоопасных стен находился в лаборатории учебной киностудии, где проявляли пленку его курсовой работы. А так как технические мощности учебного кинопроизводства института минимальны, то на все этапы этого процесса, в том числе и на проявку, постоянно существует внушительная очередь. И вполне понятно, что когда перед будущим режиссером возник милицейский майор и категорически потребовал очистить помещение по причине бомбы, то был принят за розыгрыш или происки однокурсников-конкурентов, дожидающихся своей очереди за ним, и потому послан в известном направлении. Тогда майор перешел к более решительным действиям и в результате своего добился, издержки же в виде поцарапанной физиономии и привели к изложенным выше фактам.

Тут вышли собаки с кинологами и дали понять, что внутри все нормально. Более-менее. С разной степенью охоты все вернулись к своим занятиям. Зачеты были сданы, контрольные выполнены. День заканчивался как обычно, если не считать некоторых издержек. А именно:

— как выяснилось, три человека так и пробыли все это время в хрупком здании ВГИКа, в частности бабушка, чистившая картошку в подсобном помещении столовой и там же запертая; студент актерской мастерской Тараторкина, игравший труп и заснувший под столом во время репетиции;

— плиты на кухне оставались включенными, и все, что могло, сгорело;

— равно как и похоронены пленки курсовой работы, ухнувшие в лабораторной проявке, о чем уже косвенно упоминалось;

— интервью у Плотникова я в очередной раз так и не взял.

Больше других повезло ректору: того просто не было в институте. В целом же настроение объективно поднялось. Все чувствовали себя причастными к большой пиротехнике. Прогулявшие этот день завидовали остальным. У целой группы творческих людей появилась масса новых впечатлений и свежих импульсов. Откуда? От верблюда, как великодушно объяснил руководитель режиссерской мастерской второго курса, сам Федор Николаевич Копылов. Дескать, много ли надо, чтобы сделать человека счастливым? Отобрать у него все, а потом отдать самую малость.

Обобщая ситуацию, можно заметить, что никто, конечно, не питал иллюзий относительно возможного взрыва. О чем это говорит? Да ни о чем. Бомба не взорвалась по причине собственного отсутствия. Или, может, она еще лежит.

М. Кольцов

МИХАЙЛОВ

Первой парой у Ермилова был Лев Владимирович Михайлов, а точнее, английский язык в его исполнении. Хотя это был не совсем английский. То есть он был английский, но со значительным акцентом на профессиональную специфику и голливудский сленг. Выражением, которое запомнилось Ермилову в первую очередь, оказалось bladder barrier — «барьер мочевого пузыря» — такое маркетинговое понятие, согласно которому фильм определенного жанра должен укладываться в определенный временной формат, идти ровно столько, сколько зритель может выдержать сугубо по физиологическим причинам. Потому что этот несчастный зритель, мол, на комедии хочет в туалет быстрее, чем на боевике, ну и так далее. Вот это деловой подходец!

У Вени было свое фаворитное выражение — terrific idea — всего-навсего «потрясающая идея». Этим terrific idea он умудрялся реагировать даже на кондуктора в автобусе.

Ермилов поднялся слишком рано, но в общежитии не сиделось, и он решил сделать замысловатый крюк — отправиться в институт не стандартным маршрутом — через проспект Мира — по улице Эйзенштейна, а дойти до метро «ВДНХ», от него — одну остановку до «Ботанического сада», а там уже тогда останется несколько минут пешком. Так он и сделал, прекрасно понимая, что ловчит сам с собой, хотел просто возле «ВДНХ» заглянуть в павильончик, где они когда-то с Кирой завтракали. Ну, заглянул, ну и что? Ну-ну, заглянул и что? Заглянул? И что? Ну-ну... Эти пять бессмысленных слов крутились в голове в разных комбинациях столько, что он проехал свою остановку. Вышел в Свиблово, развернулся, пересел, через три минуты наконец поднялся на поверхность. Выходя из вестибюля метро, заметил возле игрального автомата знакомую левую скулу — Михайлов, Лев Владимирович, собственной персоной.

Преподаватель английского Лев Владимирович Михайлов был с левой своей стороны похож на хичкоковского любимца Энтони Перкинса, того самого, что умел с женщинами здорово ножницами орудовать, причем отнюдь не волосы он им стриг. Костя как-то сказал Ермилову, что 78 процентов институтских студентов безотчетно стараются общаться с Михайловым только с правой стороны; как он это подсчитал — бог весть. Но Михайлов был человек исключительно добродушный, впрочем, как до поры до времени и герой Перкинса в «Психо». Михайлов с удовольствием поддерживал тему «Энтони Перкинс», был его поклонником в самом высоком смысле, прекрасно знал фильмографию и заставлял своих студентов смотреть без перевода «Процесс», «Любовь под Вязами» и «Убийство в Восточном экспрессе».

Значит, вот оно что... Увлечен «англичанин» был игрой на «одноруком бандите» всерьез и отрываться вряд ли собирался. Английский и на первом курсе всегда шел первой парой, и неоднократно Михайлов непредсказуемо на нее не являлся, теперь вот Ермилову стало понятно почему. Значит, занятиям сегодня не бывать. Ермилов потерянно повернулся назад и сразу же увидел в двадцати метрах, на лестнице, ее профиль; не думая, рванулся вперед, перемахнул турникет, в несколько ненормальных прыжков одолел лестницу... Киры не было. Он пробежался по перрону. Бесполезно. И поезда вроде сейчас не ходили. Или нет? Был, кажется, какой-то удаляющийся шум... Между гудящими висками будто поселился магнит. И только сейчас он почувствовал, что брови мокрые от пота. Но ведь она же... ее ветровка ведь была, ее... что ее? Глаза? Вот единственно, во что можно поверить. Ермилов обреченно повернулся в сторону выхода. Он почувствовал bladder barrier и решил все-таки добраться до института. А к нему уже шла, размахивая руками, какая-то тетка и веселого вида мент.

КОЛОМИЕЦ

На кафедре режиссуры художественного фильма профессор Копылов и Ольга Александровна Боровицкая пили кофе из майоликовых гжельских чашек и уютно говорили о погоде, балете, футболе, политике, обо всем на свете, кроме кино. Проводя время именно за такой беседой, оба понимали, что они, в высоком смысле слова, ловят момент и упиваются жизнью, и от этого ловили и упивались еще больше. Пока дверь не распахнулась и на пороге не возник проректор Коломиец:

— ЭТО случилось!

Боровицкая пила кофе со сливками, а Копылов — с медом, намазанным на булочку с маком. Теперь они оставили это занятие и оглянулись на Коломийца даже с некоторым испугом.

— Бен Ладен получил Нобелевскую премию мира?

— Лучше! Мэдисон приехал!

— Стивен Дж. Мэдисон? — недоверчиво уточнила Боровицкая, собиравшаяся было закурить сигарету, но ввиду такой неординарной новости затолкавшая ее назад в пачку.

— Проездом с Дальнего Востока, из Японии. Снимал там кино, как принцесса девочку рожала. Между прочим, вместо Плотникова, — укоризненно добавил проректор.

— Как — девочку? — удивилась Ольга Александровна. — Ведь должна была мальчика!

— Вот именно! Не получилось наследника-то. Скандал... Мэдисон должен был оттуда в Англию лететь, в Королевский колледж искусств, но разругался с ними вдребезги. Представляете, какая удача?! Теперь он хочет задержаться у нас, провести мастер-класс, а заодно!.. Заодно — снять кино в экстремальных условиях, то есть в России. Он же фанат русской культуры и всячески ее пропагандирует!

Профессор Копылов поджал губы и молча вышел из кабинета.

— Витя, ты не на митинге, — заметила Боровицкая, — сядь, пожалуйста, выпей кофе и говори человеческим языком. Умеешь?

Коломиец взял чашку Копылова и опустошил ее в два глотка.

— В общем, так. Завтра Мэдисон приедет во ВГИК. Прочтет краткую лекцию и проведет кастинг среди наших студентов, а они... они будут играть в его фильме!! Я с ним только что по телефону... он, оказывается, отлично по-русски говорит!

— Еще бы, — подтвердила Боровицкая, — его отец — выходец из Владивостока, так что, по сути, он не Стивен Дж. Мэдисон, а Степан Георгиевич Медовников. С точки зрения астрологии это...

— Я уже приготовил приказ, — похвастался Коломиец. — Сделаем его почетным доктором ВГИКа. Отличный ход, а? Плотников, надеюсь, будет, они же знакомы?

— Это непредсказуемо, — покачала головой Боровицкая. — Знаю только, что Артем Александрович на прошлой неделе еще был в Португалии на выборе натуры.

Мэдисон обожал цыган и в каждый свой фильм вставлял эпизод с их участием. Намеревался он это сделать и в Москве, поэтому еще до посещения института его отвезли в ресторан «У Валентины и Дуфуни Вишневских». Мэдисон умудрялся терять дивиденды там, где остальные их наживали. На следующий день, когда он появился в институте, на мизинце у него скромно, камешком вбок, посверкивал изрядный перстень. Степан Георгиевич Медовников, больше известный как Стивен Дж. Мэдисон, поверх толстого свитера носил разноцветный пиджак (рукава зеленые, все остальное — синее), а внешностью походил на партийного функционера или тренера футбольной сборной. Была у него в лице некая застывшая мечтательность, эдакая привычка внушать окружающим собственные утопии.

Институт собрался по такому случаю в Большом просмотровом зале, на сцене расположились проректор Коломиец, сам Мэдисон и молодая женщина, которую он представил как свою музу и любимую актрису, — с короткими волосами на прямой пробор, выкрашенными в цвета его пиджака: слева — синяя часть, справа — зеленая. В руках у нее был небольшой продолговатый футляр. К всеобщему удовольствию, появился даже Плотников. Судя по внешнему виду — проездом откуда-то и куда-то.

Коломиец сказал короткое приветственное слово и упомянул, что час назад звонил ректор, очень переживал, что не может сейчас быть в институте, и передавал гостю огромный привет. После этого он галантно повернулся к сине-зеленой спутнице Мэдисона:

— А как вам нравится в России?

— О! — сказала та. — О!!

— Неужели? — обрадовался Коломиец. — Что же именно? Наша великая культура? Природа? Или, может быть, мужчины?

Американка серьезно кивнула:

— Русские мушины умеют ухаживайт. Наши мушины — они палто держат, но не поднимают, — она показала, — так что надо еще в него сумейт... как говорить? войти, да!

Это геополитическое наблюдение вызвало в зале исключительно одобрение.

— Господин Мэдисон, — сказал Коломиец, подразумевая дежурный комплимент, — что вы думаете о российском кино?

— Да нет никакого кино, — буркнул знаменитый режиссер.

— То есть как это?!

— Никто никогда не видел настоящее кино.

— Я... я не понимаю, — пролепетал Коломиец.

— Кино отдало концы, не успев появиться на свет! — Мэдисон вскочил на ноги. — Его сразу же оккупировали другие искусства! В частности, литература заграбастала, будь она трижды проклята!!! Кино у нас сегодня — не кино, а всего лишь картинка, иллюстрация какого-то текста. А то, что на него надо смотреть, приговорило его к убогой жизни в границах живописи. Эту вторичность пытались преодолеть лучшие режиссеры, и все — тщетно, все провалились! Уразуметь подлинную природу кино, проявить его сущность никому не удалось!

Сине-зеленая подруга Мэдисона сказала ему пару слов по-английски, суть которых сводилась к тому, что надо поберечь голос, ведь впереди еще кастинг, съемки и все такое.

Ермилов, по привычке стоявший в дверях, подошел к Косте, который сидел поблизости.

— Он всегда такой бешеный?

— Я его видел только на одной пресс-конференции в Сан-Себастьяне, там было еще круче.

— А что это за женщина с ним? Сказал — актриса, но я что-то не припомню, хотя я, конечно, и не все его картины видел...

— Не было ее у Мэдисона, это точно, — авторитетно заявил Костя. — Это у него фишка такая, каждую новую телку как музу свою представлять.

Мэдисон тем временем, не внявший советам музы, носился по сцене и орал:

— Четыре злодеяния против кинематографа все повторяются и повторяются с маниакальным упрямством! Зависимость от литературы! Зависимость от языка живописи! Зависимость от музыкального сопровождения!

В последних рядах кто-то захлопал.

— И еще — террор и власть актера над изображением, как будто кино придумано для истерик Николь Кидман! Бог кино отвернулся от нас навсегда!

— У вас есть дети? — догадался спросить Коломиец, чтобы как-то снять накал.

Стивен Дж. Мэдисон вытер лицо и сел. За него милостиво ответила муза:

— Два сына, семи и девяти лет.

— Что они думают про ваши фильмы?

— Они их не видели, — буркнул Мэдисон.

— Но они же знают, что их папа режиссер?

— Естественно.

— Так неужели они не хотят посмотреть ваше кино?

— Тут я поступаю просто. Беру классические диснеевские мультфильмы, переделываю титры, вставляю туда свою фамилию. Для воспитания детей ничего не жалко. — На этом месте американец заметил в первом ряду Плотникова. — Привет, Артем! Кто бы мог подумать, что в этом месте окажется сразу два режиссера? Еще есть вопросы?

И Плотников сказал своим ровным голосом:

— Привет, Стив. Вопросы есть. На переделанном Диснее долго не протянешь. И вот я хочу понять, сможешь ли ты вообще объяснить сыновьям свои заумные фильмы?

— Да не собираюсь я никому ничего объяснять! — с раздражением объявил Мэдисон. — Мое кино — это моя прихоть, моя поза, моя фобия, мои комплексы! Мое наижеланнейшее желание, которому я не привык ставить преграды! И знаете почему? Да потому что я невероятно привязан к себе, к своим недостаткам и достоинствам! — Мэдисон повернулся к Коломийцу. — Сделаем перерыв. — И кивнул своей даме. Она открыла футляр.

Ермилов подумал: «Вот хорошо бы она сейчас достала оттуда, как Джим Кэрри в «Маске», автомат Томпсона и дала пару очередей в потолок!» Но все оказалось еще лучше, в футляре лежала флейта. «Ах да, — вспомнил Ермилов, — Мэдисон же еще и флейтист, говорят».

Плотников вежливо похлопал. Все остальные почувствовали себя членами оркестра, отложившими на время свои инструменты единственно затем, чтобы подчеркнуть виртуозность солиста.

Американец бережно взял флейту в руки, она оказалась очень маленькая, изогнутая и никелированная — это была флейта-пикколо. Он поднес ее к губам, и его физиономия партфункционера или футбольного тренера приняла концентрированно-одухотворенный вид. Мэдисон дунул, и в эту секунду Ермилов вспомнил, что пикколо обычно применяют в тех музыкальных эпизодах, где требуется изобразить грозу, ветер или даже сражение. Резкий свист разрезал тишину, и человек сто в зале одновременно схватились за уши. Более неприятных звуков Ермилову в своей пока еще не длинной жизни слышать не приходилось. Он подумал, что ректору, пожалуй, подфартило.

КИРА

О том, что Кира появилась, Ермилову сообщил Клементьев, он специально разыскал плотниковскую группу, которая на третьей паре сидела в видеозале, где кино показывали видеомагнитофоном через «пушку» на большой экран. Плотникова, разумеется, не было, да и сама «мастерская Бертолуччи» на регулярных занятиях выглядела сильно поредевшей — из мастерской никто не ушел, но многие вели себя очень уж избирательно.

Юрец, покосившись на Боровицкую, задумчиво вертевшую между пальцев потухшую сигарету, выманил Ермилова в коридор. У Ермилова на голове были наушники, он слушал какой-то безымянный джаз, это скрашивало неудачный просмотр. Клементьев знаком попросил выключить плеер, он был немного смущен, он быстро сказал, что ему-то все равно, но вот он предположил, что Ермилову — нет. А в чем дело? А в том, что кто-то видел, как Кирка пришла в институт... Кира? Да, Кира. Потом и сам Юрец видел Киру с Шумахером, который ее в чем-то убеждал, пока они продвигались к актерской кафедре, Шумахер втолкнул ее туда, а сам остался в коридоре.

Ермилов забыл про просмотр и пошел смотреть актерское расписание. Он отыскал ее на подоконнике четвертого этажа. Только что закончились занятия по танцу, несколько ее однокурсников укатывали рояль. Кира забралась на подоконник с ногами и уставилась своими голубыми зрачками в экс-институт марксизма-ленинизма, который располагался напротив. Кира была как Кира. Только немного прозрачнее, чем прежде.

Ермилов стоял рядом уже несколько минут, но она его не замечала. Тогда он тронул пальцами ее щеку, она потерлась об руку, все так же, не зная, кто это, потом наконец повернулась. Лицо было бледное, царапина на левой скуле. Улыбнулась, но так быстро, что через секунду он уже сомневался в этом. Что все это значило — бог весть.

— С днем рождения, — пробормотал Ермилов.

— Это завтра.

— Я страхуюсь, вдруг ты сегодня опять исчезнешь.

— Вряд ли.

— Отметим?

— Нет.

— Ты не хочешь?

— Не думала об этом.

— Давай, а?

— Не получится.

— Нет?

— Нет. У Алинки вечером хахаль новый будет, какой-то ценный тип с НТВ, нельзя упускать. Так что я пока даже не знаю, где стану ночевать.

— Тем более, тогда давай у нас! — обрадовался Ермилов.

Она покачала опущенной головой. Тоже нет.

— Ну... можно в соседней комнате, у Кости, она почти всегда пуста, он же один там, и он будет рад, точно.

— Зачем это тебе, Ермилов?

Он не нашелся что ответить, и время было упущено.

Она спустила ноги на пол. И вдруг согласилась:

— А в конце концов, почему бы и не напиться. Только не выдумывай, пожалуйста, каких-то оригинальных подарков, не надо вообще, лучше пусть стол приличный будет, ладно? — Посмотрела на него внимательней и вдруг сказала: — Или я от тебя отвыкла, или ты какой-то странный стал. Вот о чем ты сейчас думаешь?

— Думаю, — вздохнул Ермилов, — мы кино когда-нибудь снимать будем или нет?

У Кости, в свою очередь, было одно условие — вечеринка не должна помешать ему смотреть «Что, где, когда?». Ермилов, купивший еще до утреннего разговора несколько роз, сам поставил их на стол.

Кроме Киры и обитателей блока 1007, пришли Клементьев, Шумахер, разумеется, и последней появилась Алина, выгнавшая свежего хахаля в шею. Ермилов заметил, что Кира восприняла эту новость безразлично, ее по-прежнему не заботили мелочи вроде вопроса о ночлеге. Поужинали с удовольствием, но выпивал один Клементьев. Веня, конечно, поддерживал оператора, но как-то вяло. Шумахер потушил сигарету с фильтром и достал беломорину, это была травка. Ермилов, улучив момент, подобрался к нему поближе. Ему хотелось знать как можно больше.

— Илюха, — ответил Шумахер, — я не знаю, где она была. Я спрашивал, а она говорит: тебе, мол, как в американском кино, — длинную историю или короткую? При этом обе сводятся к тому, что она меня подальше посылает. Ты же понимаешь, это бесполезно, раз уперлась, значит, не скажет.

Забежала Марта, чмокнула именинницу и унеслась: у нее на студии Горького была ночная смена монтажа, Марта заканчивала два ролика — рекламу сигарет «Петр I» и чудодейственного антиникотинового средства «Курю, когда хочу». На несколько минут заходила грустная Таня Михолап, она переписывала дипломный сценарий четвертый раз, он становился все хуже, она хотела показать Вене пару новых эпизодов. Ее пытались усадить за стол, но безрезультатно. Забрел Юрец Клементьев, ткнулся только в пустую комнату Ермилова и Вени, а в Костину почему-то даже не постучал. Если даже такой халявщик, как Клементьев, проходит мимо... Ермилов посмотрел на рассеянно улыбающуюся Киру и понял, что вечеринка не удалась.

Кира рассеянно листала томик с Костиной полки, что-то очень специально-киноведческое. Сам Костя смотрел телевизор. Там невидимый ведущий задал очередной вопрос:

«С вами играет госпожа Сергеичева из Севастополя. Внимание, вопрос. Какой знаменитый русский американец на самом деле — американский русский?»

Костя прищурился и сказал:

— Хотите фокус? Сейчас я позвоню Шмуцу прямо в эфир и продиктую ему ответ.

— А какой ответ? — поинтересовалась Алина, которая только пришла и наверстывала упущенное — красная рыба, не семга, но что-то очень близкое, еще не вся была съедена.

— Подожди, — ревниво махнул рукой Березкин, — ответ он, может, и знает... Но как, — тут Веня повернулся к Косте, — каким образом ты Шмуцу позвонишь, Мюнхгаузен хренов?!

Ермилов заметил, что у Киры заблестели глаза. Она потянулась за своей недопитой рюмкой и справилась с ней, не закусывая. Потом притянула к себе Ермилова двумя нежными пальцами за мочку уха и шепнула, как пропела:

— Венька смешной такой стал, еще растолстел и еще энергичней сделался, хотя дальше и некуда. И Костя хорошенький...

Большое видится на расстоянии, подумал Ермилов. Сколько же времени ее тут не было?..

— А я и не буду звонить, — объяснял тем временем Костя. — Сам позвонишь. Я тебе номер скажу, ты и позвонишь, а трубку снимут — попросишь Шмуца. А позовут — дашь мне. Я продиктую ответ.

— И что, его к телефону позовут, что ли?! — одновременно удивились Клементьев и Алина.

— Он же в прямом эфире, — добавил Шумахер.

— Нет, на него переключат, — продолжал Костя. — У него в ухе крошечный наушник спрятан. Если Шмуц меня послушает — ты, Вениамин, раздеваешься наголо, становишься на лыжи и спускаешься по лестнице на первый этаж. А обратно уже я тебе разрешаю пользоваться лифтом. Годится?

Все, кроме Березкина, но включая Киру и Ермилова, захлебнулись от смеха, едва представив эту картину.

— Смело, — закусив губу, пробормотал Веня. — Ну а если проиграешь, умник?

— От умника слышу. Если проиграю, — сказал Костя, — то делаю то же самое. По рукам?

— Мобилу мою давай, — хмуро потребовал Веня, — вон в куртке болтается.

В версиях знатоков тем временем особого оптимизма не наблюдалось, шел навал информации, но ведь именно подобная тактика не раз их и выручала. Шмуц сидел отрешенный. Видно, чувствовал, что ему отвечать, как и должно быть в безнадежных случаях.

— Вот ведь «Билайн», — огорченно сказал Веня. — Занято! Не успеем. А жаль. Очень уж я хотел бы... О! О!!! Будьте любезны, — елейным голосом пропел он в трубку, — если, конечно, вас не сильно затруднит, пригласить к телефону Александра Шмуца. Вот именно, Шмуца... Это вы?! — Он протянул телефон Косте.

Как назло, в это мгновение Шмуца на экране не было, показывали зрителей-болельщиков-экспертов, всяких знаменитостей — адвоката Борщаговского, какого-то коньячного магната, как заметил ведущий, надеемся, не последнего. Время уже действительно истекло, и ведущий допытывался у капитана команды, кто будет отвечать. Капитан делал вид, что думает над этим, чтобы дать Шмуцу дополнительные секунды, дабы последний мог сформулировать капитуляцию не самым позорным слогом.

Тем временем Костя взял трубку и речитативом сказал:

— Шура, рад тебя слышать. Значит, так, время дорого. Это Стивен Дж. Мэдисон. Фух, кажется, успел. — Последняя фраза последовала уже не в телефон.

— Какой Мэдисон? — завопил Веня. — Ты с дуба, что ли, упал?

Костя только отмахнулся.

Клементьев подумал и налил Косте водки.

— Ты не очень-то спаивай ребенка, — заметила Кира.

— Ему сейчас нужно много мужества, — объяснил Клементьев. — А где его взять?

Березкин поглядел на Костю саркастически, Кира — с сочувствием. Остальные неотрывно смотрели в телевизор.

Шмуц открыл рот и сказал: «Вообще-то... у нас было много разных версий...» На этом месте он запнулся, в глазах что-то промелькнуло.

— Раздевайся, — предложил Березкин Косте. Тот пожал плечами: никаких проблем, мол.

Шмуц продолжил: «...и все малоперспективные».

— Раздевайся, ну? — повторил Березкин.

— Венька, заткнись, — не выдержала Алина.

Костя уже выпил клементьевскую водку и тыкал вилкой в идеальной формы маринованный грибок, грибок неизменно ускользал.

Шмуц опять помолчал, и снова во взгляде его что-то промелькнуло, но через две секунды он сказал, все увеличивая темп и тембр голоса, как часто это делает человек, вслух добирающийся до истины: «Все это ерунда... Я, конечно, ни в чем не уверен, но пусть будет Мэдисон».

— Качать мерзавца! — завопил Клементьев и, схватив Костю на руки, швырнул его к потолку.

Тут в дверь постучали, и вслед за этим заглянула большая кудрявая голова лет двадцати пяти от роду. Она внимательно всех оглядела и спросила:

— Ну и что это за хренотень про Мэдисона?

— О, Шура, — обрадовался Костя, поднимаясь с пола, — заходи, будешь гостем!

Обладатель кудрявой головы не заставил себя упрашивать.

— Знакомьтесь, будущий киномагнат, нынешний киновед — Александр Шмуц, собственной персоной.

Молодого человека действительно звали именно так, он учился на четвертом курсе киноведческого отделения, работал на телевидении и, помимо тотального совпадения именем-фамилией со знаменитым телеигроком, был известен тем, что любил периодически переводиться с киноведческого на экономический и обратно. Когда эти сведения прояснились и Шмуца даже вынудили предъявить какой-нибудь документ, удостоверяющий личность, поднялся шум. Одна часть присутствующих считала, что Костя спор выиграл, вторая, соответственно, что проиграл. Вторую часть присутствующих составлял один Березкин. Шмуц же вообще ничего не понимал. Он налил себе водки, потом передумал пить и принялся за бутерброды с красной рыбой, с которыми не справилась Алина.

— Но откуда ты знал, что он так ответит? — спросил Ермилов, не принимавший участия в разноголосице. Этот момент экспромта его действительно занимал.

— Вообще-то я не знал, просто надеялся. Риск был, конечно, — покачав головой на манер китайского болванчика, ответил Костя, — но Шмуц — сильный игрок. Я в него верил.

Препирательства относительно недавнего пари между тем разгорелись снова. Шумахер, Алина и примкнувший к ним Шмуц доказывали Березкину, что он проиграл.

— Внимание! — завопила Кира. — Хватит спорить, никто никому ничего не докажет. Хватит! Я теперь буду жюри! Это мой день рождения, и я решу, кто выиграл, а кто проиграл!

— Ну и кто же проиграл? — спросил Клементьев, снова завладевая бутылкой.

— А оба проиграли! И я разрешаю им надеть лыжные шапочки.

— Мне — с помпончиком, — угрюмо потребовал Березкин.

Нашлась только одна пара лыж, так что пришлось Вене и Косте надеть по одной лыже. Перед самой лестницей они разделись. Веня сперва нервно посмеивался, а потом заразился общим настроением, Костя тоже недолго был невозмутим. Десять этажей с лыжей, пусть и одной, преодолеть оказалось непросто. А чтобы спортсмены не схалтурили по дороге, не свернули к лифту, сопровождать их отрядили Клементьева. Вся остальная компания поехала вниз встречать гонщиков на финише. У Клементьева были командирские часы с секундомером, он то и дело забегал вперед и орал:

— Поднажми, Венька!!! Отстаешь, Константин, переходи на коньковый ход!!! Вдох носом, выдох ртом!!! Палками работать, палками!!!

Шума все трое производили столько, что на каждые два лестничных пролета добавлялись все новые болельщики, которые сопровождали лыжников до самого низа. К четвертому этажу гонка обросла музыкальным оформлением: несколько гитар, флейта, кухонная утварь в качестве ударных. Когда через полчаса они наконец спустились и завернули с лестницы направо — к площадке перед лифтами, первой, кто попался навстречу, была Марта Юркевич с черным кожаным кофром за плечом. Марта остановилась, не задавая лишних вопросов, сделала пару шагов назад, выбирая точку поудобнее, вытащила видеокамеру и стала снимать, пока обессилевшие Веня и Костя ждали единственный работающий лифт. Шум был сильный. Вахтерша, забыв про чай, тщетно пыталась разглядеть сквозь собравшуюся толпу, что, собственно, происходит.

Ермилов посмотрел на плачущую от изнеможения Киру и подумал, что лучше ему не знать, чем закончится сегодняшняя ночь. Хотя чего же там не знать, все уже заранее понятно. Без этого дела она не может.

— Не знаю, как тебе, — сказал Костя своему сопернику-напарнику, — а мне все еще чего-то не хватает.

Веня, принимавший перед объективом карикатурные позы культуриста, хотел ответить, чего, а вернее, кого, по его мнению, здесь не хватает, но не успел, потому что тут они и появились — физрук дядя Коля, проректор Коломиец и Стивен Дж. Мэдисон во плоти. Прихрамывающий Мэдисон был без своей разноцветной подруги, что немного огорчило Веню. Американца привезли в общежитие, чтобы окунулся в атмосферу легендарного общежития русских киношников. А в следующую минуту он увидел коменданта Богосяна.

— Шит! — закричал Мэдисон, прячась за спину дяди Коли. — А он что тут делает?!

Богосян разматывал ногой рулон обоев по всему коридору. Немалых трудов стоило убедить «независимого нью-йоркца», что перед ним не тезка — голливудский комик Стив Мартин, с которым у него, как выяснилось, связаны нехорошие голливудские воспоминания.

Немая сцена с участием проректора, физрука и американца возле лифта длилась недолго. Коломиец уставился на Веню, на Костю, на Марту, мельком обвел взглядом десятки зрителей и болельщиков, снова посмотрел на Веню, на его лыжу и сказал дяде Коле укоризненно:

— Ну вот! А вы все жалуетесь, что к спорту никакого интереса!

...Проснувшись после полудня, уже одна, Кира за полчаса раскачалась настолько, что живо дотащила себя до института. Чуть-чуть накрапывало, как раз настолько, как ей того хотелось, она шла, как плыла, улыбаясь и просыпаясь. И напрасно, как выяснилось, потому что сразу же при входе в институт встретила Костю, и вряд ли случайно, Костя наверняка ее ждал. Едва взглянув на его бледную детскую физиономию, она пожалела. Не о том, что сделала, а о том только, что пришла сюда. Жалеть о вчерашнем было глупо, вечер, начавшийся так скучно и выглядевший обреченным, закончился феерически. Кира даже прикрыла глаза, вспомнив о нем: удовольствие вечера и наслаждение ночи необратимо слились с предыдущей ее жизнью и уже стали историей, а она была так нежна — и эта ночь на троих, и она, и оба «лыжника», о чем же тут жалеть... Но если от Веньки ждать проблем не приходилось, то с мальчиком они могли сейчас начаться. Кира почувствовала досаду, она вовсе не хотела что-то обсуждать. Она хотела сейчас думать о Георгии, а приходилось — об этих мальчишках. Она довольно грубо его отшила, а вечером, когда она вернулась, в общежитии его еще не было. Ермилов сказал, что, может быть, Костя торчит на каком-нибудь продвинутом сеансе в Музее кино, на какие ходят восемь с половиной человек.

На следующий день Кира посмотрела возле сценарно-киноведческого деканата расписание и пошла искать аудиторию, в которой были занятия Костиной группы. На каждом этаже возле деканатов и ключевых кафедр висели объявления, что Стивен Дж. Мэдисон начиная с сегодняшнего дня и в течение недели проводит кастинг, в котором могут попробоваться все желающие, поскольку мэтр еще сам до конца не знает, про что будет его кино. Она нашла аудиторию и прислушалась, из-за двери доносился глуховатый мужской голос:

— Догмат о предопределении состоит в следующем. Нет ничего, да и не было ничего, не зависящего от воли Аллаха, как добро, так и зло предопределены им. Еще до сотворения мира было сотворено Перо, которым Аллах повелел написать о всех делах и творениях божественных вплоть до времени Страшного Суда...

Женский голос, очень мягкий и чуть простуженный, перебил:

— Замечательно! Пером, пером! Замечательно. Большое спасибо. А теперь, господа киноведы, вдумайтесь, какая с точки зрения мусульманской религии на вас наложена миссия! Сотворена ручка, которой надо описать все дела и творения...

Кира больше не стала подслушивать, приоткрыла дверь, и, конечно, все обернулись к ней и замолчали.

— Мне нужен Костя.

— Всем нужен Костя, — философски заметил кто-то из киноведческой группы, почти полностью женской.

Помимо преподавателя истории религии, возле кафедры величественно вышагивал настоящий мулла или даже имам, на голове у которого была черная бархатная шапочка с геометрическим узором, из кармана пиджака, вроде как случайно, свешивались деревянные четки, на конце которых болталась маленькая черная ладошка с отставленным большим пальцем.

— Так его нет? Мне надо ему кое-что передать, только вот не знаю...

— Быстрее, душенька, — попросила преподавательница, — не отвлекайте нас от несотворенного «слова Божия».

Мулла или даже имам важно покивал:

— Давайте сюда вашу записку или что там у вас, мы передадим.

— Точно? — серьезным голосом поинтересовалась Кира. Она приблизилась к служителю культа и, улыбнувшись краешком рта, впилась ему в губы.

В полной тишине мулла или даже имам, расставив руки, шевелил кончиками пальцев, не решаясь ни оттолкнуть ее, ни сделать что-либо обратное. Сидевшие в заднем ряду две похожие девушки в больших очках синхронно встали, чтобы разглядеть это получше.

ЕРМИЛОВ

Куда деваются умершие в кино, содрогнулся Ермилов, глядя на Веню с Клементьевым, но не слушая их. Что происходит с персонажами, когда-то жившими на целлулоидной пленке, а потом вдруг убитыми, задавленными, сгоревшими, угасшими своей смертью? Куда девается их любовь, их боль, их надежды, уходят ли они навсегда, или где-то во Вселенской кинобудке остается архив, куда складируются их великие иллюзии? Насколько все это сходит с рук лихим авторам, батальонами выкашивающим своих героев? Хорошо, что я не сценарист...

Вечером первого дня нового года три кита студенческой съемочной группы сидели в пивной в одном квартале от своего общежития. Пока денег было достаточно, пили «Хайнекен», через некоторое время перешли на редкое тут «Жигулевское». Ермилов сказал:

— Веня, у нас же по-прежнему нет морячка. А нам по сценарию нужен морячок. Где взять морячка? Кто будет играть морячка?

— А как ты его видишь? — спросил Клементьев.

— Небольшой такой, компактный и лысый.

— Что значит лысый?! — разозлился вдруг Клементьев. — С каких это пор такая фигня заранее решается? Никто в сценарий внешность персонажей не закладывает.

— Это надо, Юрец, пойми, — попытался объяснить Ермилов. — Это важно, так Веня придумал. Нужно, чтобы на лысый череп вода капала, на этом вся завязка держится. Да что вы все психуете сразу?

— Ермилов, ты просто ошалел от безделья, — не унимался Клементьев, — ты еще ухо ему отрежь, и пойдем все ван гогов искать!

— Ты видел, как Мэдисон кастинг проводил?

— Все видели, — откликнулся Клементьев. — А что толку? Все равно ведь никого не взял, так что ничего и понять нельзя.

Мэдисон действительно осчастливил ВГИК тем, что решил провести в нем пробы для своей картины, часть которой он должен был снимать в Москве, — это не было розыгрышем, как первоначально подумали многие. Только вот результат оказался удручающим. Ни Кира, ни Шумахер, ни Алина пробы у Мэдисона не прошли, равно как и все остальные студенты актерского факультета. Веня, пытавший удачу вместе с ними, — тоже. Костя не пошел, у него были дела поважнее. И даже Клементьева не взяли в ассистенты оператора. Единственным представителем института, внешность которого заинтересовала независимого режиссера, оказался... физрук дядя Коля. Мэдисон сказал, что у него лицо типичного профессора из американского кампуса: прищуренные, даже чуть раскосые глаза, глубокие складки от крыльев носа вниз — смеющаяся верхняя часть лица и печальная нижняя, небольшой живот и большие бицепсы, и что упомянутая внешность непременно вдохновит его, Мэдисона, на создание сценария. Собственно, уже вдохновила. Профессор припрется в Россию отыскивать свои славянские корни, а местные мафиози его украдут. Сюжет? Сага, а не сюжет. Сильно? Да уж не слабо.

Второй вариант сценария под скромным названием «Моя жизнь», который написал Веня, был значительно хуже первого, а третий — второго. Главная же проблема была в том, что кино, согласно режиссерской версии Ермилова (американский способ записи: 1 страница — 60 секунд экранного действия), получалось на сорок — пятьдесят минут, а пленки в институте на первый курс не полагалось вовсе. Кино грозило остаться только на бумаге. А какое ж это кино?

Поговорить бы с Плотниковым. Да где ж его взять, Плотникова? В Испании Плотников, снимает собор Саграда...

Поздно вечером Ермилов позвонил Боровицкой, но это уж было совсем от безысходности.

— Подожди, я сигарету потушу, — сказала Ольга Александровна. — Ну вот. Что случилось-то? Ничего? Значит, ты изменился, прежде ты в такое время не звонил.

Ермилов глянул на часы: действительно, было половина второго ночи, а он даже не задумался, снимая трубку.

— Я посмотрю, конечно, этот сценарий, но только через неделю. Пойми меня правильно, Илюша, сейчас убывающая луна, и моему знаку категорически не рекомендуется этим заниматься. А ты лучше Артему Александровичу покажи, у него как раз благоприятный период, я сегодня вычисли... о, проболталась, да? — сама себе удивилась Боровицкая. — Ну и ладно, ну и что такого? Ты ж его любимый ученик. А он сейчас дома, но это сугубо между нами. Вернее, не совсем дома, а на даче, вернее, не совсем на даче... В общем, у него домик есть в деревне, симпатичный такой, желтенький, он туда прячется, когда телефоны отключает и хочет один побыть. Только не раскачивайся, если хочешь поговорить, потому что через пару дней он уже действительно уедет в Испанию.

ПЛОТНИКОВ

Дом Плотникова был в ста тридцати километрах от Москвы, в деревне Скоморохово. Добраться в этот медвежий уголок Владимирской области оказалось возможным только с пересадкой в городке Киржач, стоящем на берегу одноименной речки. Но тут Ермилову не повезло, оказалось, он выехал слишком поздно: из Киржача до Скоморохова единственный автобус уже ушел. Пришлось долго ловить попутку, наконец взяли его трое нетрезвых мужичков на помятом «Москвиче», двое были пьяны сильно, третий — терпимо, он и сидел за рулем. Один из тех, кто лежал на заднем сиденье, сообщил, что он знает, где Скоморохово, но через четверть часа непоправимо заснул и ни на какие толчки больше не реагировал. Ермилов был оснащен двумя приметами деревни: перед въездом — сломанный мост, сразу за ним, на правой стороне, — разрушенная церковь. Искали долго, потому что отдельно взятые эти объекты попадались почти в каждой деревне, а в совокупности отыскались только к вечеру. Опять же в каждом населенном пункте Ермилов покупал самогон для иногда трезвеющего водителя, и остановки становились все продолжительней. Про искомое Скоморохово мистическим образом в округе никто ничего не слышал, один дед предположил даже, что немцы его в войну сожгли, за что удостоился обструкции со стороны своей старухи:

— Да ты че, старый пес, у нас же тут немцев отродясь не бывало?!

Ермилов смотрел в окно, и проносившийся пейзаж складывался в ремарки. Ночь. Темно. Печка работает. Тепло. Хорошо ехать. Даже если никогда и никуда не приехать. Это где-то уже было. Все где-то уже было. С чего вообще начинается новый фильм? Сперва у кого-то — сценариста, режиссера — была эмоция, которая... В какой-то момент Ермилов подумал было, что раз уж путешествие так не складывается... Но тут водитель заорал:

— Земеля! Если даже этот мосток целехонький, я для тебя его лично подорву!

В тридцати метрах чернел церковный остов. Приехали.

«Симпатичный желтенький домик» оказался на удивление скромным строением.

— Я на кухне! — откуда-то из недр дома послышался голос Артема Александровича, едва Ермилов переступил порог.

Но когда Ермилов нашел кухню, Плотникова там уже не было. Да и сама кухня на кухню походила мало. Точнее, обжита она была не слишком по-кухонному. В просторной комнате оказался незастеленный деревянный пол, умывальник, печка, большой прямоугольный стол, больше походивший на письменный, чем на обеденный, и это все — ни кухонной утвари, ни холодильника. Зато открытый с обеих сторон книжный стеллаж, за которым стояла кушетка-уголок. На стенах — много фотографий, листы с раскадровками, какие-то графики, клочки бумаги с записками хозяина самому себе, еще — киношные «хлопушки» с названиями плотниковских фильмов. На кушетке за стеллажом лежала какая-то барышня в джинсах и чуть задравшейся футболке, открывавшей краешек спины. И вот по этому краешку Ермилов узнал Киру еще до того, как она повернулась. Он невольно сделал шаг назад и уперся во что-то, даже чуть не упал. Кира приподнялась на локтях и теперь смотрела на него насмешливо, он на нее — растерянно. Машинально обернулся, чтобы глянуть, на что же наступил. Это был загадочный, ни на что не похожий агрегат, из которого в глиняную кастрюлю лениво капала жидкость янтарного цвета. Кап. Кап.

Кира молчала и, казалось, совсем не была удивлена.

Ермилов потер моментально заболевшие виски.

— Где... Плотников?

— Там. — Неопределенный кивок в сторону.

Пауза длилась минуту, не меньше.

— Познакомились? — Плотников появился на кухне на полминуты позже, в халате и с мокрыми волосами. Вид у него, как всегда, был предельно вымотанного человека. — Как вы думаете, Илья, что это? — Он кивнул на агрегат.

— Ни за что не сообразит, — сказала Кира саркастически, опуская ноги на пол.

— Похоже на самогонный аппарат, — выбрал Ермилов самый невероятный вариант, не сводя глаз с ее щиколоток.

— Ну вот! — обрадовался Плотников. — Я всегда возлагал на вас большие надежды. У вас интуиция едва-едва в зачаточном состоянии, а как работает?! Ведь почти в «яблочко»! Только это не самогон, разумеется, а сакэ. Японцы машинку подарили. Сейчас как раз каннадзуки — месяц без богов, или, иначе говоря, каминасу — месяц приготовления сакэ. Вот я и... как Боровицкая говорит, знаете ли, с точки зрения астрологии...

Кап. Кап. Кап.

Ермилов, чтобы переключиться, спросил, как его делают.

— Шлифованный рис варится на пару, отвар сливают, а в рис добавляют свежую воду и дрожжи. Получается бражка, которую японцы, чудилы узкоглазые, и пили столетиями, пока вся нация не устала от похмелья и дурного запаха. Тогда напиток стали фильтровать и пастеризовать.

— Можно попробовать? — спросил Ермилов, которому едва ли не первый раз в жизни захотелось крепко выпить. Собственно, он еще и не знал, как выглядит такое желание, но почему-то был в нем уверен.

Плотников улыбнулся:

— К ритуальному потреблению сакэ будет готово через год хранения в прохладном месте.

Ермилов вспомнил американского битника Чарлза Буковски. Можешь трахать мою бабу, но виски мое не трожь!

— А если не к ритуальному?! — с вызовом сказал он.

Плотников пожал плечами, налил жидкость в керамическую бутылку и подогрел на водяной бане. Потом разлил сакэ по двум крохотным рюмочкам (Кира отрицательно покачала головой) и одну подвинул своему ученику.

— Эта тара называется очоко. Маленькими глотками, пожалуйста.

Ермилов последовал рекомендации и мало что почувствовал. Плотников уловил его выражение лица, засмеялся и объяснил:

— С увеличением количества выпитого гамма вкусовых ощущений обогащается. Закусывать лучше всего рыбой или другой легкой пищей. Возьмите вот, креветки. А пить сакэ можно часами, как пиво. Тем более что от возраста оно, в отличие от вина, лучше не становится, так что хранить его долго бессмысленно.

Ермилов подумал, что овал Кириного лица изменился, стал чуть мягче, он поймал ее вечно ускользающий взгляд и посмотрел в темно-голубые глаза с грустной нежностью. И сказал зачем-то:

— Для передачи романтического или мечтательного настроения персонажей иногда имеет смысл использовать мягкий фокус объектива, дающий слегка расплывчатое изображение.

Плотников одобрительно засмеялся, зато у Киры стал немного растерянный вид, она сама это почувствовала, поднялась и вышла из комнаты.

— Давно вы, Артем Александрович, знакомы с этой барышней?

— Несколько недель, не то две, не то пять, у меня от нее все перепуталось, — сознался педагог с обаятельно-виноватым видом. — А хороша, верно? Хотя вам, Илья, кажется, она не понравилась...

Значит, Плотников был ни при чем, когда Кира исчезала раньше, подумал Ермилов.

— У вас что-то случилось, Илья? Вы как-то бледновато выглядите. Как говорят в американском кино, ю о'кей?

— Ю о'кей, о'кей! — вспылил Ермилов, заметавшись по кухне. — Ненавижу американское кино! Что за отвратительная манера спрашивать у человека, которого только что приложили по голове обрезком трубы: ты в порядке?! Или, напротив, он просто поскользнулся, но тут же звучит вопрос: ты в порядке? И так что бы ни случилось! Они же просто задрали своим ю о'кеем»!!!

Кира стояла в дверях, открыв рот, у Плотникова вид был не лучше.

— В общем, как вы уже догадались, мне домой пора, — сказал Ермилов.

Плотников настаивать на обратном не стал. Он только показал рукой на окно: темно, мол, ночь на дворе, волки, оборотни, куда сейчас ехать можно и, главное, на чем?! Переночуй, а завтра вали куда хочешь. Все это было ясно без слов.

Параллельный монтаж представил Ермилов: действие из двух или более последовательностей кинокадров монтируется в единую последовательность, чтобы создать ощущение одновременности происходящего. Вот Ермилов в тепле, а вот он, спотыкаясь, бредет по сугробам. А вот он уже на русской печке, дует сакэ. Холосё?

— Ладно, — согласился Ермилов. Красивее, конечно, было бы гордо свалить, но он еще вспомнил, что потерял в Киржаче одну новую перчатку, правую, и рука замерзла так, что и в машине отошла далеко не сразу, даже кожа потрескалась.

Что-то едва-едва уловивший, но все еще мало что понимающий Плотников иронически-экзаменаторским тоном сменил тему:

— Ну а как у нас насчет глубокофокусной съемки?

Ермилов сказал, чеканя слова:

— Это когда кинокамера и освещение настраиваются так, чтобы любые объекты в кадре, как близкие, так и отдаленные, получались максимально четко. Например, крупным планом актер Плотников... — Тут он неожиданно для себя увлекся, взял улыбающегося мастера в «кадр» из четырех пальцев: — И на дальнем — фотографии на стене. — Ермилов не убирая «камеру», приблизился к стене, и в «кадр» попал исчерканный лист, представлявший собой список московских учебных заведений. МАИ, РГГУ, Медицинская академия имени Сеченова, Менделеевский химико-технологический, Суриковский институт, несколько экономических... Какие-то цифры, стрелки. Ермилов оглянулся на своего преподавателя и увидел, что тот перестал улыбаться. Ермилов снова посмотрел на стену. Незачеркнутых вузов было всего три: МГУ, МГИМО и ВГИК. Это походило на то, как если бы Плотников (а это был, конечно, его почерк), например, выбирал место для съемки. Но цифры были не просто цифры, а время; время же, указанное против ВГИКа, кое о чем Ермилову говорило. Съемки? Какие еще съемки!

Внезапно Ермилова осенило.

— Артем Александрович... Так это вы позвонили в институт насчет бомбы?!

Кира снова открыла рот и повернулась к Плотникову. Для нее это тоже оказалось полной неожиданностью.

Вместо ответа Плотников снял лист со стены.

— Давно надо было убрать, мальчишество какое-то. Зачем я его здесь держу? Может, нам еще выпить, в самом деле?

— Но зачем, зачем? — настаивал изумленный Ермилов.

— Вы не поймете, Илья. Или не поверите. Я страшно не хотел давать интервью одному типу из «Московских ведомостей», у него тяжелая рука, но в тот день я не мог не быть в институте, и он это отлично знал. И я не придумал ничего лучше... Хотя разве так уж плохо было придумано? Поэпизодный план составлен на совесть. И вышло занятно, во времена моей учебы такие штуки, вернее, шутки были невозможны. Ну а маскировки ради я позвонил еще в два других вуза.

Ночью Ермилов никак не мог заснуть, но потом, когда вдруг увидел Киру с мужчиной, понял, что все-таки получилось. Мужчина оказался Стивеном Дж. Мэдисоном. Он бил Ермилова флейтой, как кобру, и требовал зачетку. Вставать надо было рано, чтобы успеть на шестичасовой автобус в Киржач, следующий был очень нескоро. Беспокойная эта мысль подстегивала, так что проснулся он раньше всех.

Утром Ермилову было неловко на всех смотреть, но потом, в автобусе, когда Кира быстро заснула, свесив голову ему на плечо, он немного успокоился.

Ермилов все-таки показал сценарий своему мастеру, и тот, проглатывающий печатный текст, просто листая страницы, сказал, что «Моя жизнь» — вполне заслуживает экранизации, тем более что истинный потенциал сценария только на экране и виден.

— Только я бы на вашем месте сильнее ушел в абсурд. Вы рассказывали однажды, как нашли под обоями старую фотографию, помните? Вот в таком духе нужны аттракционы в вашей «Жизни».

Ермилов возразил:

— Режиссеры и драматурги часто используют в своих фильмах личные воспоминания и истории просто для того, чтобы избавиться от них. Наивные люди! Они же, напротив, их запечатлевают на века, делают свои рефлексии достоянием миллионов. Зачем?! Кино — не эксгибиционизм и не лирическая поэзия.

— Вообще-то бывает и то и другое, но дело в ином. Научитесь отстраняться, Илья, вы слишком близко это принимаете, слишком трепетно. Научитесь делать второй шаг, после того как используете личные истории, научитесь переступать: использовали и тут же забудьте, что они ваши. В кинобизнесе так с живыми людьми поступают, не то что с мыслями.

— Денег-то все равно на полноценную работу нет, — вздохнул Ермилов.

— Я вам сейчас открою страшную тайну, господин студент, только учтите, что она же — банальная истина, потому ее никто и не замечает. Тот, кто действительно хочет снимать кино, обыкновенно в конце концов и снимает его. Понимаете?

Ермилов молчал.

— Тот, кто не снимает, на самом деле не хочет. Если человеку есть что сказать, — пусть он говорит это, вот как я думаю. А деньги?.. Это же просто вид энергии, они ниоткуда не появляются и никуда не исчезают, они есть всегда. Денежные потоки — как воздушные, они всегда где-то рядом, над головой, надо просто научиться подпрыгивать и выдергивать необходимое...

Ермилов смотрел сквозь Плотникова. Он уже знал, где искать средства на фильм. Либо не делай ничего, либо делай больше, чем можешь.

— Илюша, я с тобой поеду, — сказала Кира. — «ВДНХ», третий вагон из центра, последняя дверь. — И после паузы, не совсем уверенно: — У меня завтра экзамен по сценическому бою. Кажется.

ЕРМИЛОВ

— Я искал тебя, — хмуро сказал Веня, не вставая с дивана, когда Ермилов вернулся в общежитие. Он лежал на животе и шлепал по клавишам старенького ноутбука.

Ермилов хотел было что-то сказать, но не успел.

— Заткнись и слушай. Я больше не хочу участвовать, не хочу быть составляющей, я хочу сам делать кино. То, что я пишу сценарии, — ни черта не значит, я...

— Хочешь заняться режиссурой? — с любопытством спросил Ермилов.

— Да!

— И почему же?

— Пока ты путешествовал, я посмотрел «Чунгкинский экспресс» и...

— Помню, красивый фильм.

— О-фи-ги-тель-ный! — Веня вскочил на ноги и пробежался по комнате. Диван поскрипел с облегчением, избавившись от его тяжести. — Я рад, что тебе тоже нравится.

— Я не сказал, что нравится, я сказал — красивый.

— Неважно! Там, в эпизоде, где полицейский открыл консервы, я почувствовал запах сардин. Понимаешь?! Это было колдовство какое-то...

— Понимаю.

— Ни черта ты не понимаешь! Я вообще-то не люблю сардины, но тут я просто обалдел от восторга, я захотел немедленно научиться делать точно так же, понимаешь?! Ты больше не будешь портить мой сценарий, я не дам его сокращать, еще не знаю, на какие шиши, но я буду снимать его сам! Даже Марта вон сериалами увлеклась, рекламу бросила! А я знаю про кино не меньше тебя! Ты посмотри на себя, Ермилов, тебе ж оно до фени уже! Ты с этой девчонкой совсем свихнулся! — С этими словами Веня снова упал на диван.

— Неправда, — сказал Ермилов. — Я хочу снимать. И я знаю, что для этого надо сделать.

— Что же?

— Смотри. Мой мастер «подкладывал» бомбу.

— Не понял?!

— Помнишь анонимный звонок?

— Это он?!

— Ага. Дальше. Кое-кто вообще банк грабил. А ты вот в сардины влюбился... Я, положим, в живую русалку, но к кино меня это тоже не приближает. Нам нужен поступок!

— Согласен!

Ермилов посмотрел на своего приятеля. Несмотря на горизонтальное положение покоя, его тело было сгустком энергии. «Ну что ж, вот и стимул, — подумал Ермилов. — Кажется, ему в самом деле это нужно больше, чем мне. Либо не делай ничего, либо делай больше, чем можешь. Интересно, Плотников оставил Кирке ключи от своего домика в Скоморохово? Через два дня он уезжает в Испанию... А если даже и не оставил, туда забраться ничего не стоит. Значит, что? Значит, нужно изготовить какие-нибудь документы из... из... Министерства культуры. Во дела, — встряхнул головой Ермилов, — я во ВГИКе стал думать готовыми диалогами!.. И еще понадобятся какие-то деньги на прокат представительской машины. Можно занять у Марты. Либо ничего, либо больше, чем можешь...»

— Сигарету дай, — потребовал он.

Веня вытаращил глаза, но, разглядев в лице Ермилова что-то новое, предпочел промолчать и достал из-под кровати ящик, в котором лежало несколько сот пачек «Петра I» — подарок некурящей Марты Юркевич, это не был бартер за рекламу, просто широкий жест заказчика.

Ермилов выкурил сигарету и посвятил в свою идею соседа по комнате. И получил немедленное горячее одобрение. Веня вытащил фляжку с чем-то, что он называл коньяком, и предложил отметить.

— Илюха, это, я тебе скажу, исторический разговор! В историю войдем!

— Прямо как Станиславский с Немировичем, ресторан «Славянский базар»?

— Чисто славянский базар, — уточнил Веня, делая хороший глоток.

— Так и знал, что это скажешь, — хмыкнул Ермилов и тоже поучаствовал в оргии — символически подержал фляжку несколько секунд...

2006 год

ЦВЕТКОВ

Георгий сидел за столиком в пустом зале придорожного кафе — за МКАД. Он не смотрел на часы, но явно кого-то ждал. Заказал вторую чашку кофе и не сводил взгляд с входной двери. Кофе Георгий выпил двумя большими глотками, расплатился и больше ничего заказывать не стал.

Наконец дверь открылась, и в кафе вошел Цветков. Он был энергичен, явно в приподнятом настроении. Сразу увидел Георгия и двинулся к нему.

— Что здесь можно поесть? — весело спросил Цветков.

— Шашлык у нас хороший, — крикнула официантка через весь зал. — Как раз через минуту поспеет! — Она сидела за барной стойкой, общалась с барменом и явно ленилась идти в зал.

— Свинина или баранина?

— Свининка!

— Свининка, ха-ха!..

Цветков махнул рукой — тащите, мол. И плюхнулся на стул напротив Георгия.

Георгий с каменным лицом смотрел на него.

Цветков осмотрелся и заявил:

— Миленькое местечко. Тихое, спокойное, уютное. Жаль, от центра далеко. — Он повернулся к официантке, которая, кажется, и не думала отправляться на кухню, и крикнул: — И водки соточку! — Спросил у Георгия: — А ты уже поел? У них — свининка!

— Сыт, — холодно сказал Георгий. — Давай рассказывай, что у тебя там?

— А чего рассказывать? Все шик и блеск! Подозреваемый есть. Мент, кстати! — хохотнул Цветков. — И уже в тюрьме. Нормально? — Он не дождался от Георгия ни одобрения, ни какой-либо другой реакции и продолжил: — Я на него столько навалил — мама не горюй! Если даже на срок не пойдет, все равно минимум полгода кутузки. Он ничейный, за ним никого нет... короче, неудачник. И, видать, трусло последнее: на него надавить — вообще чистосердечное напишет. Я знаешь, как его взял? Это песня! Он в библиотеке сидел. У него...

— Мне это не интересно, — оборвал Георгий. — Этим ты себе задницу прикрываешь, а меня мои интересы заботят. Теперь следующее дело. И очень быстро.

— Быстро-быстро... — проворчал Цветков, расстроенный главным образом из-за того, что ему не дали похвастаться. — Ты деньги-то принес? А то мне что-то надоел этот вечный субботник. Давай так, утром деньги — вечером дела. О'кей?

Георгий вдруг улыбнулся краешком рта, при этом глаза продолжали излучать пронизывающий холод.

— Наглеешь, маленький сукин сын...

— Я не наглею, я рискую! У меня же нет, как у вас, светлой идеи. Риск — только за деньги, согласны?

Цветкову принесли шашлык. Он с аппетитом вгрызся в мясо.

Возникла пауза. Георгий изучающе смотрел на Цветкова, рассматривал его как интересное насекомое в коллекции. Усмехнувшись, он сказал:

— Ты прав... Ты действительно рискуешь. Понимаешь, что я тебя могу в любую минуту вскрыть, как банку, тихушник? Твои же менты мне потом спасибо скажут.

— Чего это вдруг? — не понял Цветков. В горле вдруг пересохло, и он невольно отодвинул тарелку с дымящейся свининкой.

— Оглянись. Тебе же деваться некуда. Ты у меня не за деньги, ты у меня за страх работать будешь, — Георгий встал из-за стола. — Приятного аппетита.

И он вышел из кафе.

Ошарашенный Цветков остался сидеть. Нервно залез в карман куртки. Достал пузырек ношпы, вывалил на ладонь пилюлю, проглотил. Крикнул официантке:

— Не надо водки! Воды принеси...

ТУРЕЦКИЙ

Турецкий смотрел на стену. Он представил себе круг, внутри этого круга другой, а внутри другого еще один, и еще, и еще и отправил внутреннее зрение стремительно пронизывать бесконечное кольцо колец, отыскивая в центре каждого светящуюся точку, которая, в свой черед, обращалась в новый кружок, содержавший все больше и больше кружков. Это походило на нырок в самую глубь вещей и отвлекало сознание от любых низменных, суетных мыслей. Турецкий позаимствовал эту технику из какой-то книжки Ирины. Работала она превосходно, надо было только добиться крайней сосредоточенности, оставаясь в то же время полностью расслабленным. В таком состоянии время летело удивительно быстро...

— Эй, Саша, ты где? — раздался тревожный голос Меркулова.

Турецкий встряхнулся, покрутил джойстик инвалидного кресла и поездил туда-сюда по палате. Меркулов, сидя в кресле, с интересом наблюдал за ним.

— Значит, Щеткин погорел на взятке? — спросил Турецкий.

Меркулов покивал и добавил:

— Да, но вывел нас на главного подозреваемого.

— Фигня, конечно, получается. Да какой из него пособник террориста?! Хм... А что он сам говорит?

— Говорит, деньги какому-то человеку поменял. Видел его первый и последний раз в жизни.

Турецкий остановил кресло. И начал размышлять вслух:

— Плетнев говорит, что это действует маньяк-одиночка, так? Ладно. Будем считать, маньяк... Но ведь он никак не мог обойтись без помощников... Где он доставал пластид? Как он передвигался по городу, — со взрывчаткой, радиостанцией и невменяемой девчонкой? Ведь любой патруль может проверить, и тогда... — Турецкий помолчал. — У него наверняка хорошие документы для прикрытия. Или купленный человек с «коркой», который его прикрывал.

Меркулов сверкнул глазами:

— То есть ты хочешь сказать, что Щеткин все-таки не при делах, я правильно понял?

Турецкий неопределенно кивнул.

— Это я сейчас не при делах, так что окончательные выводы — по твоей части, Костя. Все бывает — и гусь свистит, и рак летает. Может... может, Щеткин как раз и есть тот, кого мы ищем.

— Ну, уж это ты брось, Саша! Ты бы глаза его видел! Я понимаю, что их к делу не пришьешь...

— Ладно-ладно, не кипятись. Я сам с ним знаком с незапамятных времен. Но давай просто допустим, что чисто логически Щеткин может быть пособником террориста. Допустим?

— Ну, допустим.

— Хотя именно в этом его пока еще не обвинили?.. До того, как я впал в кому, у нас вроде была презумпция невиновности?

— Она и осталась, — успокоил Меркулов. — Кроме визуального подтверждения денежной связи с террористом, на Щеткина ничего нет.

— Тогда есть и другой вариант, который мы тоже исключать не можем.

— Какой? Совпадение? Теоретически — конечно.

— Нет, про это забудь. Вероятность настолько ничтожная, что ее не стоит принимать всерьез.

— Я тебя не понимаю, — начал злиться Меркулов. — Ты сам не веришь, что Щеткин при делах.

И тут же начинаешь уверять, что банального совпадения его связи с террористом быть не может! Что же тогда?

— Не прессингуй, Костя. Сейчас объясню, что я имею в виду. Помнишь, как Штирлиц Мюллеру голову морочил, когда его отпечатки нашли на чемодане русской радистки? Он доказал, что был в районе бомбежки, там, где был дом радистки, и помог перенести вещи. Нашли косвенного свидетеля, и все совпало. Отмазался. Но ведь это же чушь, Костя! Реальный Мюллер, реальный разведчик ни за что не поверит в такое совпадение в миллионном городе! Нет, мы пойдем другим путем. Предположим, что Щеткина могли подставить.

— Подставить, — механически повторил Меркулов. — Хм... Не могу сказать, что не думал об этом, но как-то не очень одно с другим вяжется.

— Все вяжется. Сделали мужика крайним... Или он что-то знал... Или мог узнать. Что наиболее вероятно.

— Что наиболее вероятно? — задумчиво повторил Меркулов.

— Мы же имеем право такое предполагать? В конце концов, именно он принес мне амулет... — Турецкий механически покрутил джойстик и снова немного поездил. — А если его подставили, то это мог сделать тот, кто... Кто...

Турецкий закашлялся и кашлял так долго, что заставил Меркулова немного испугаться. Константин Дмитриевич уже заозирался было в поисках медсестры, но Турецкий остановил его движением руки.

— Сигаретку бы сейчас, — вздохнул он.

— Совсем сдурел?! — рассердился Меркулов.

— Да ладно тебе, — примирительно сказал Турецкий. — Сам же мне курево притащил, забыл, что ли? Ну, так кто брал с поличным Щеткина? Кто это был?

— Капитан Цветков, — сказал Меркулов. — Из министерства.

— Ну и?.. — подтолкнул его Турецкий

— Ты хочешь сказать, крыса в МВД?

— Я пока ничего не говорю, заметь...

— Черт! Во-первых, у меня нет никаких оснований требовать внутреннего расследования, а во-вторых, я вовсе отстранен от дела. Что я могу сделать?

Турецкий посмотрел в потолок и пробормотал:

— Легально — ничего.

— Вот именно.

Они помолчали.

— Если бы я мог ходить, — сказал Турецкий.

— То что бы ты сделал?

— Я бы пошел к Щеткину и поговорил с ним...

Меркулов расхохотался. Гениальная идея, ничего не скажешь.

— А так даже не знаю, что тебе посоветовать, — совершенно серьезно продолжил Турецкий. Он дернул джойстик и развернул кресло к окну. — Со Щеткиным надо серьезно поработать, Костя.

КОЛОКАТОВ

Небо было сероватым, и накрапывал легкий дождик. На берегу Яузы, у парапета, стоял Цветков. Он потерял свою былую развязность, нервно курил и оглядывался на проезжающий транспорт. Через дорогу перебегала собака. Машины ездили редко, но очень быстро. Цветков невольно улыбнулся, провожая взглядом тяжелый КрАЗ, взвизгнувший пару раз тормозами, — собака едва не угодила под его колеса. Цветков вспомнил, как читал прошлогодний отчет ФБР о расследовании тяжких преступлений, включающий подозрительные смерти и убийства, — некоторым сотрудникам МВД предоставляли такую информацию. 99-летняя жительница города Ньюбрафтона погибла. На следующий день ей должно было исполниться 100 лет, но, когда она пересекала дорогу вместе со своей дочерью, отправляясь на вечеринку в честь дня своего рождения, ее инвалидное кресло было сбито грузовиком, доставлявшим ей же именинный пирог! Вот так злая ирония судьбы...

Цветков вспомнил свой последний день рождения. Было неплохо... А жить до ста лет ему и даром не надо. Вполне хватит восьмидесяти.

Наконец к парапету подъехал тот автомобиль, который он ждал. Из кабины вышел Колокатов. Цветков смотрел на него выжидающе. Колокатов молчал с таким видом, будто он Цветкова не знает вовсе и просто вышел прогуляться.

— Дмитрий Сергеевич, как я вас ждал! — не выдержал Цветков. — Мне очень нужно поговорить.

— Что за фарс? В чем дело? — холодно сказал Колокатов и подошел ближе.

— Дмитрий Сергеевич, — взволнованно заговорил Цветков, — я получил выговор на работе за то, что арестовал Щеткина с нарушением процессуальных норм. Мне сказали, что это инициатива Генеральной прокуратуры. Еще сказали, ведется внутреннее расследование с целью, с целью... Вы хотите меня... отстранить? Но почему?!

— Проявляете излишнее рвение, капитан.

Цветков отшатнулся:

— Дмитрий Сергеевич, вы... шутите?

— Нисколько.

— Я же все делал, как было условлено!

Колокатов молчал.

— Вы хотите сказать, что я плохо работаю?

— Именно.

— Но объясните же!

— А что тут объяснять? У тебя же на лице все написано.

— Что у меня на лице? — спросил вызывающим тоном Цветков.

— Есть такая симпатичная американская поговорка: «Если оно похоже на утку и ходит как утка, значит, наверное, утка и есть».

— Что у меня на лице?.. — повторил Цветков теперь уже растерянно.

— Что ты тупой и жадный подонок, — отчеканил Колокатов и повернулся к машине.

— А у вас что на лице написано? Он же вам на счет деньги переводил! — с отчаянием закричал Цветков. — Вам! Я-то свои жалкие гроши наличкой получал!

Колокатов обернулся. С интересом оглядел Цветкова — так, будто увидел его первый раз.

— Что вы имеете в виду, капитан? Какой счет?

Цветков сперва оторопел, потом понял, в чем дело: Колокатов боится. Все боятся! Цветков принялся лихорадочно расстегивать одежду. Закричал истеричным голосом:

— Я пустой! Прослушки нет!

Колокатов, сперва следивший за этим процессом с удивлением, расхохотался.

Цветков даже немного успокоился.

— Вы просто объясните, Дмитрий Сергеевич! Я же доверял вам! Я первый подставлялся, всю черную работу сделал! А теперь я стал не нужен, и вы меня решили этим маньякам на съедение отдать?! Или... или своим же?! — Цветков по ходу своей истерики, видимо, делал выводы. — И чистеньким смыться, со счетом на черт знает каких Каймановых островах?!

Колокатов снова подошел к Цветкову. Сказал спокойно и даже дружелюбно:

— Ты еще очень молодой, капитан. И у тебя больная фантазия. Пойми, все бы было в порядке, если б ты не вел себя как психопат из второсортного американского фильма. А теперь — неделя-другая, и все поймут, откуда ноги растут. К тому же ты клиентов наших очень обидел. Я, как мог, дело утряс, но тебе сейчас нужно исчезнуть. — Он похлопал Цветкова по плечу. — Пересидеть, пока все не утрясется.

Цветков отступил на пару шагов.

— По-моему, вы собираетесь выстрелить мне в лоб, Дмитрий Сергеевич...

Колокатов усмехнулся и сказал презрительно:

— Все-таки ты дурак.

Повернулся и снова пошел к машине.

Цветков рванул пистолет из наплечной кобуры, но не успел даже прицелиться.

Колокатов резко обернулся и выстрелил.

Цветков оказался прав: пуля попала ему в лоб. Он опрокинулся на землю.

— Ну разве не дурак?.. — пробормотал Колокатов.

Подумал секунду-другую, вытер на всякий случай рукоятку пистолета и зашвырнул его в реку.

ГЕОРГИЙ

— Ну все, довольно, — сказал Георгий. — Хватит, говорю!

И Аня наконец отлепилась от него.

Его немного раздражала ее потребность в ласке после интима, но он сдерживался. В конце концов, девчонка совсем недавно открыла для себя секс, так пусть хоть насладится им напоследок. Ему не жалко... Она, правда, считает это любовью. Дурочка.

Аня ушла в ванную, а у Георгия зазвонил телефон. Он посмотрел на номер, который определился на дисплее мобильника, и улыбнулся — краешком рта, глаза же при этом оставались совершенно холодными. Это звонил Ринат Алиев. Когда-то они вместе воевали в Анголе. Теперь Ринат возглавлял *движение* и жил в Эмиратах. В России ему было находиться нельзя. Георгий получал от него деньги. Да, собственно, и инструкции. Про себя он насмешливо называл его спонсором, но Ринат, конечно, был больше, чем просто бухгалтер или даже денежный мешок. Эти взрывы, точнее, акции... Он ведь выполнял не только собственные желания, но и требования тех, кто платил.

— Привет, — сказал Георгий, нажав на клавишу talk.

— Я уже думал, ты умер, — ответил Ринат недовольным голосом.

— С чего бы это?

— Как — с чего?! Почему дело стоит? Почему ничего не происходит?

— Ничего не стоит. Все движется своим чередом.

— Тогда в чем проблема?

— А в чем? — как эхо отозвался Георгий.

— Я еще раз спрашиваю, почему нет следующего взрыва?

— Ринат, не стоит меня торопить. Ты отлично знаешь, как я работаю. Все будет сделано в лучшем виде.

— Когда?

— Когда я буду к этому готов.

— Поторопись, — сказал Ринат после паузы. — Если ты думаешь, что время не ограничено, то ты не прав. Время вышло, Юра... Ты меня слышишь?

— Да.

— И ты меня понял?

— Да...

Прежде, двадцать лет назад, когда они были совсем молоды и Георгию случалось слушать разговоры Рината о мусульманстве, он относился к ним скептически. Теперь многое изменилось. Недавно Ринат говорил Георгию, что из 143 миллионов россиян 23—24 миллиона — мусульмане. Большинство, как известно, живет на Северном Кавказе, в Татарии и Башкирии. Правда, официальная цифра 14,5 миллиона человек, но Георгий склонен был верить Ринату — он человек педантичный, обманывать не станет. В любом случае получалось, что Россия — страна с самым высоким процентом мусульман среди европейских стран, за исключением разве что Турции. В Советском Союзе было всего 150 мечетей, а сейчас в России их уже около 6 тысяч! На фоне религиозной дискриминации, бедности, коррупции и безработицы, процветающих на Северном Кавказе, ренессанс ислама совпал с распространением исламского терроризма и гораздо более пуританского, чем традиционный российский ислам, ваххабизма. Для таких людей, как Ринат, властолюбцев, но и подвижников идеи, ситуация для достижения своих целей сложилась идеальная.

У него, у Георгия, свои цели и задачи, но в средствах достижения они с Ринатом совпадают. И сейчас это главное.

«Эх, мне бы еще недельку, — подумал Георгий. — Я бы такой роскошный фейерверк устроил!.. Но время, наверно, действительно вышло, иначе к чему бы Ринат стал говорить в телефонном разговоре открытым текстом? Даже по имени назвал, а это уже ни в какие ворота не лезло...»

Он достал из аппарата сим-карту и разрезал ее ножницами.

Ну, раз они требуют... В конце концов, сменные машины в нужных местах расставлены, прикрытие организовано...

Он закрыл глаза и в сотый раз представил маршрут движения.

Что ж, можно и начинать.

ПЛЕТНЕВ

День был чудесный. Солнце светило ярко, но не назойливо. Плетнев и Ирина шли по улице. Вася с мороженым в руках то обгонял их, то возвращался и напевал:

Этот поезд в огне, и нам не на что больше жать...
Этот поезд в огне, и нам некуда больше бежать...

Плетнев засмеялся:

— Откуда он, хотелось бы понять, Гребенщикова знает? Это ведь два поколения назад модно было.

— У меня дома сегодня по радио звучало, — улыбнулась и Ирина. — Вот мальчик и запомнил. Он у вас вообще очень восприимчив.

Плетнев заинтересовался:

— Преподаватель консерватории слушает рок-музыку?

— Ничто человеческое нам не чуждо.

— Повезло Турецкому, — кивнул Плетнев. И тут же смутился, потому что в данных обстоятельствах его фраза прозвучала, мягко говоря, двусмысленно. Турецкий все-таки в больнице. Но Ирина, кажется, отреагировала вполне благосклонно — просто благодарно кивнула.

Возвращаясь к недавнему разговору, Плетнев сказал:

— И все-таки мне неудобно оставлять его у вас.

— Да бросьте, Антон! Абсолютно никакой проблемы в этом я не вижу. Вася спокойно может побыть у меня. Все будет замечательно. Я с удовольствием за ним присмотрю... Не будет мне это в тягость, уверяю вас, — добавила Ирина, заметив, что Антон едва заметно нахмурился. — Не может же, в конце концов, ребенок жить в офисе! Да еще днем мотаться с вами по городу — тоже удовольствие ниже среднего... Слушайте, ну что вы все время хмуритесь, скажите уже, в чем дело?

Плетнев вздохнул и объяснил, что его мучило:

— Понимаете, какая штука... Я два года каждую ночь видел, как Васька со мной. А на деле оказался совсем не готов к этому.

Ирина пожала ему кисть руки:

— Это жизнь, ничего не поделаешь. Дайте себе время, и все наладится. Я уверена, вы окажетесь прекрасным отцом. К тому же он так вами восхищается, вы для него — настоящий кумир.

Плетнев тяжело вздохнул:

— Самое невыносимое для человека — утратить самоуважение, а самое худшее, что можно сделать с человеком, — это унизить его. Унижение страшнее смерти... Господи, каких же я дров наломал...

— Да хватит уже мучиться! Нельзя так жить. Вы себя угробите. Неправильно это. Вот... — Ирина задумалась. — Возьмите японцев.

— А что японцы?

— Японцы к своей жизни относятся по-другому, нежели мы. У них нет потребности все время, по кругу, возвращаться и возвращаться к каким-то событиям. Они переживают свои исторические события без внешних рефлексий. Это народ, живущий в предчувствии, не в прошлом. Но правда, — тут она засмеялась, — в предчувствии катастрофы.

— Вот видите...

— Да нет, вы все не так поняли.

— Спасибо вам, Ирина Генриховна, — сказал вдруг Плетнев.

— Просто Ирина. Даже лучше Ира, — улыбнулась она.

— Ира... Но я все-таки не понимаю, зачем вам все это... беспокойство?..

— Господи, да как вы можете так говорить?! Или вы в своих горячих точках совсем разучились, уж простите за банальщину, элементарные вещи понимать?! И как вы можете называть беспокойством собственного сына?!

Плетнев смешался и даже побагровел.

— Извините. В самом деле, пургу какую-то несу...

— Так-то лучше. — Она искоса посмотрела на него и сказала скорее себе, чем ему: — У вас наверняка не было качественной психологической реабилитации.

— Была, — возразил Плетнев. — Два года в клинике судмедэкспертизы Сербского и еще год с бутылкой. Как видите, вполне здоров.

Ирина покачала головой. На ее взгляд, если кому-то и нужна была опека, то как раз не мальчику, а его отцу.

Плетнев продолжал:

— Ваське сейчас девять лет... Едва ли наберется месяца три, когда мы были вместе. Представляете? Я удивляюсь, как он вообще меня вспомнил.

Ирина улыбнулась:

— Это как раз просто. Он очень вас любит. И верит вам. Вам повезло, у вас очень славный сын... Скажите, Антон, я давно уже хотела спросить, а его мать, ну в смысле — ваша жена...

Плетнев вдруг остановился. Ирина тоже. Вася этого не заметил и унесся далеко вперед.

— Она умерла. Три года, три месяца и двенадцать дней.

— Простите, я не знала...

— Ничего. Спрашивайте все, что считаете нужным. Спрашивайте.

— Ну, хорошо. А это было как-то связано с вашей работой?

Плетнев каким-то подчеркнуто будничным голосом объяснил:

— С тем, что я попал в психушку? Конечно... Я был в очередной командировке. А в это время двое подонков изнасиловали и убили мою жену. Я узнал об этом, приехал — и понял, что их не найдут. Их и не особенно искали... И тогда их нашел я. — Он криво усмехнулся. — После этого и состоялось мое знакомство с вашим мужем. Вот такая история, Ира.

Ирина побледнела:

— Господи, какой ужас! Простите меня, я же ничего не знала.

Плетнев увидел, что сын далеко впереди.

— Ничего. Пойдемте?

Они шли по Фрунзенской набережной. В полусотне метров от своего дома Ирина подала руку Плетневу.

— Ни о чем не беспокойтесь, занимайтесь своими делами, а если что, звоните в любое время. И обязательно приезжайте к нам ужинать. Договорились?

Плетнев кивнул. Вася с деловым видом протянул ему руку:

— Пап, не переживай! А если что понадобится, звони.

Ирина и Плетнев засмеялись. Плетнев поцеловал сына в макушку и пошел к машине.

2005 год

ТУРЕЦКИЙ

Магазин, находившийся неподалеку от общежития, о котором вспомнил Турецкий, в самом деле назывался «Микромашина». Слева от входа висела вывеска:

**РАДИОУПРАВЛЯЕМЫЕ МОДЕЛИ
АВТОМОБИЛЕЙ, КАТЕРОВ,
САМОЛЕТОВ, ВЕРТОЛЕТОВ
ЗАПЧАСТИ
АКСЕССУАРЫ**

Турецкий вошел в магазин и потребовал директора. Директора не было, пришлось довольствоваться беседой со старшим менеджером. Турецкий продемонстрировал ему фотографии «контейнера», взлетевшего с крыши детского сада (хорошо хоть успели сфотографировать!). Снимки были, может, и не слишком удачные, но менеджер все равно уверенно опознал новинку — радиоуправляемый самолет К-117. Они поступили в продажу две недели назад. Уже было продано шесть штук. И из них пять — на прошлой неделе.

Меркулов, помнится, сразу предположил, что «контейнер» был радиоуправляемым. А он, Турецкий, возразил, что «контейнер» мог быть еще круче — с изначально заложенной программой. Это он, конечно, погорячился — к чему такие сложности?

Турецкий показал фотографии возможных покупателей: каскадера Буцаева, режиссера Плотникова, оператора Фицпатрика, продюсера Казакова, студентов Ермилова, Клементьева, Вени Березкина, киноведа Кости и Шумахера. Вызванный для процедуры опознания продавец ткнул пальцем в фото Клементьева, сообщив, что хорошо запомнил молодого человека, поскольку тот проявил недюжинное знание предмета, да и вообще было видно, что парень неравнодушен к технике.

Это было уже кое-что. Конечно, не прямое доказательство, ведь самого самолета у Турецкого в наличии не было, чтобы идентифицировать его с проданным в «Микромашине»... Все же хотелось как-то понадежнее убедиться в причастности Клементьева. А вдруг совпадение, вдруг был покупатель, похожий на студента операторского факультета?

Турецкий вышел на улицу и закурил. Посмотрел на часы: 10.48. Студенты должны быть на занятиях. Хотя, конечно, совсем не факт. Творческие люди запросто могут ни в какие формальные рамки не укладываться и спать до обеда.

Александр Борисович решил тоже побыть немного творческим следователем. Он узнал в справочной телефон операторского факультета ВГИКа и перезвонил туда. Коверкая слова, представился сотрудником немецкой киностудии, которая хочет предложить студенту Клементьеву стажировку. Вопрос творческий. Вопрос престижа и денег. И одновременно вопрос очень срочный! Уж будьте так любезны. Секретарша унеслась разыскивать Клементьева. Минуты через четыре в трубке раздался взволнованный мужской голос:

— Алло?

Турецкий выключил мобильник. Ему было стыдно, но совсем немного. Если он окажется прав, то скоро очень-очень стыдно будет уже господину Клементьеву.

Александр Борисович пересек улицу Галушкина и вошел в общежитие. Дальше все было просто. Он нашел коменданта по фамилии Богосян, объяснил ему, что был недавно в общежитии и кое-что тут потерял. Скорее всего потерял, потому что, согласитесь, неприятно было бы думать, что могло случиться иначе. Кража — это несмываемое пятно на репутации такого уважаемого вуза. Комендант слегка позеленел и обещал всяческое содействие. Богосян отыскал нужные ключи, и через несколько минут они были в блоке, где жили четыре оператора, в том числе и Клементьев. Никого из них дома не оказалось. В общем предбаннике Турецкий сразу обратил внимание на антресоль, на которой громоздились разнообразные авиамодели.

— Что это? — спросил он.

— Самолеты, кажется, — туповато сказал Богосян.

— А чьи?

— Нужно узнать?

Ни одно совпадение не простирается так далеко. Предположить, что Клементьев похож на покупателя авиамоделей и в блоке с ним проживает кто-то еще, также увлекающийся этим техническим видом спорта, — уже чересчур.

— Не стоит. Лучше поступим так. Когда Клементьев появится в общежитии, позвоните мне по этому номеру. — Турецкий протянул коменданту свою визитку.

И поехал на работу. Сидел у себя в кабинете, курил, пил кофе, трепался с коллегами и пребывал в прекрасном расположении духа. Почти демонстративно ничего не делал.

...Богосян позвонил в четыре часа дня.

Турецкий сразу же вернулся в общежитие, попросил коменданта предоставить помещение для беседы со студентом и прислать к нему Клементьева — только аккуратно, без шума, так, чтобы ни он сам, ни его приятели ни о чем не догадались...

Клементьев оказался парнишка крепкий. Отпирался до последнего. Только когда Турецкий, призвав на помощь всю свою фантазию, сочинил, что на чердаке детского сада его видели бомжи и уже опознали по фотографии, он дал слабину и сказал, что просто захотел «срубить бабок по-быстрому». При этом американца он не похищал, а просто решил воспользоваться ситуацией, а заодно проверить возможности новой управляемой авиамодели.

— Где же тогда деньги? — спросил Турецкий.

— Анонимно перечислены в ЮНЕСКО в фонд помощи кинематографии развивающихся стран, — глазом не моргнув сообщил Клементьев.

— А такой есть? — удивился Турецкий.

— Конечно.

Все это была, разумеется, ерунда. Может быть, лично Клементьев американца и не похищал, но действовал он явно не один и прикрывал кого-то еще. Ну и из спортивного интереса 90 тысяч долларов не вымогают.

Турецкий забрал парня с собой, отвез в Генпрокуратуру, посадил в свой кабинет, приказал написать все подробнейшим образом и запер. Собственно, ни Клементьев, ни его выдуманные показания Турецкому были ни к чему. Он просто ждал, когда появятся остальные похитители.

Несколько раз звонил Меркулов и выражал возмущение ходом расследования, точнее, полной его остановкой. Турецкий улыбался и отмалчивался. В очередной раз он пересекся с Меркуловым, возвращаясь из буфета.

— У тебя ничего нового? — хмуро спросил Константин Дмитриевич.

— Пока нет.

— Предупреждаю, с прессой общаться будешь сам.

— Какой еще прессой?

— А ты как думал? Это громкое дело.

— Ладно, уж как-нибудь разберусь, — отмахнулся Турецкий.

— Тогда начинай прямо сейчас. — Меркулов ехидно кивнул на лысого мужика, энергично поднимающегося по лестнице.

— Это еще кто?!

— Корреспондент из «Московских ведомостей». Я ему пообещал, что с ним обязательно побеседует высокопоставленный сотрудник Генпрокуратуры.

— Ну, спасибо, удружил! — проскрипел Турецкий.

— Господин Турецкий, если не ошибаюсь? — фальцетом осведомился лысый. — Моя фамилия Кольцов. Я освещаю историю исчезновения Мэдисона. Будем сотрудничать! — Последняя фраза была произнесена более чем утвердительно.

— Ну, валяйте, сотрудничайте, — кислым тоном сказал Турецкий. — Пара минут у меня найдется...

...Около девяти вечера раздался телефонный звонок.

— Александр Борисович? Это Илья Ермилов говорит. Я хочу признаться в похищении Мэдисона.

На дальнем фоне послышался еще один голос:

— Не слушайте! Он на себя наговаривает! Запишите: Березкин. Бе-рез-кин!

— Отойди, дурак толстый! — разозлился Ермилов.

— Приезжайте немедленно оба, — сказал Турецкий.

Меньше чем через час студенты прибыли.

Еще через полтора часа Турецкий отпустил всех, включая Клементьева, категорически приказав держать язык за зубами. И сразу же позвонил Плотникову.

— Я очень занят, — сказал режиссер. — Я, собственно, даже и не в Москве.

— Это по поводу Мэдисона. И ваших студентов. Дело важное.

Плотников помолчал. Потом сказал:

— Давайте встретимся через час в ресторане на «Мосфильме».

Ресторан оказался тем же самым, в котором Турецкий общался с оператором Фицпатриком.

— Как же это вы так быстро вернулись в город-герой, столицу нашей Родины? — ехидно осведомился Турецкий.

— Давайте к делу, — предложил Плотников. — Вы сказали, оно важное.

— Мэдисона похитили ваши студенты, Артем Александрович.

— Вы уверены? — после паузы спросил режиссер.

— Абсолютно.

— Это сам Мэдисон сказал?

— Я с ним не беседовал. Он уже успел уехать. Но я знаю наверняка.

— И даже знаете конкретно, кто его похищал?

— Илья Ермилов в первую очередь. Организатор и художественный руководитель. Режиссер, одним словом. Помогали ему Березкин, Клементьев и еще девчонка-актриса. Но это еще не все. Они содержали Мэдисона у вас на даче.

— Где?! — Либо Плотников был превосходным актером, либо это действительно оказалось для него новостью. — Вы не шутите?

— Отнюдь.

Плотников начал смеяться:

— Извините.

— Да ради бога. Это у вас нервное?

— Совсем нет. Просто действительно очень забавно. Так... Понимаю, почему вы захотели меня видеть... Ну, вот что. Что бы вы ни задумали, против своих учеников я свидетельствовать отказываюсь.

— Выходит, вы на их стороне? — спросил Турецкий с нескрываемым любопытством. Эта киношная публика не переставала его удивлять.

— Да, если угодно.

— Это значит, что вы тоже участвовали в похищении?

— Я разве так сказал?

— Но получается именно так, — подтвердил Турецкий. — Ваша дача. Ваши ученики. Мэдисон, которого вы терпеть не можете...

— А они признались?

— Несколько часов назад. Пока что об этом никто не знает.

Плотников задумался. Наверно, формулировал ответ.

— Нет, в похищении я не участвовал и по-прежнему на этом настаиваю. Я ничего обо всем этом не знал. Но когда я сказал, что я на их стороне, это означало, что я их прекрасно понимаю. Кстати, что они сделали с деньгами?

— Говорят, на фильм потратили. Пленку купили, за декорации заплатили, еще что-то...

— Я сразу так и подумал. Поймите, Александр Борисович, ребята сделали это от безысходности. Что за учеба, в самом деле, если им кино снимать не дают?

— Они же первокурсники. Пацаны еще. Все впереди.

— Им всем за двадцать, между прочим, это уже взрослые люди. Вот они пришли в киноинститут и что они видят? Второкурсники, третьекурсники снимают в лучшем случае на видео. Представляете, что у них на душе? И потом, они же не валютный обменник ограбили!

— В некотором роде как раз да.

— Ха! Остроумно. Вы диалоги не пробовали писать? Это хороший заработок.

— Вас не поймешь. То говорите денег нет, то наоборот. — Турецкий внимательно следил за мимикой Плотникова. — Наворотили ваши ребятки дел...

— Александр Борисович, да в самом деле, ну что такого ужасного произошло? Никто ведь не пострадал. Подумаешь, подержали этого деятеля немного взаперти. Может, ему на пользу пойдет. А то, что они его похитили, — это вообще неплохой сценарий. Если эту историю еще развить, может удачно получиться. Может, я когда-нибудь про это все фильм сниму.

— Кстати, хорошо, что напомнили, Артем Александрович. Моя жена в восторге от вашего «Камнепада».

— А вы?

— Я, простите, еще не успел, — соврал Турецкий, заснувший на десятой минуте просмотра. — Работы много. Но обязательно посмотрю.

— Буду очень рад услышать ваше мнение, — учтиво произнес Плотников и пожал Турецкому руку.

Каждый остался доволен итогом разговора. Плотников — молчаливой лояльностью Турецкого, Турецкий — косвенным доказательством того, что за студенческой авантюрой никто не стоял и «похитители» действовали самостоятельно.

2006 год

ТУРЕЦКИЙ

За дверью послышались голоса. Турецкий прислушался. С женским все понятно, это была его медсестра, а мужской... мужской тоже показался знакомым, но только кто же это?

— Но мне сказали, что именно здесь лежит Александр Борисович Турецкий, — фальцетом говорил мужчина.

— Вам сказали правильно, но это не значит, что вы попадете к нему в палату, понятно вам?!

Турецкий улыбнулся. Медсестра стояла на страже его интересов.

— Вы не понимаете! Вы не понимаете, он будет рад меня видеть, мы с ним старые знакомые!

— Стойте, я вам говорю!

Черт, да кто же это так рвется? Турецкого разбирало любопытство. Сидя в своем кресле, он подъехал к двери и приоткрыл ее.

Медсестра, тяжело дыша, держала за рукав лысого мужика, который стремился в палату. Он увидел Турецкого.

— Александр Борисович! Как вы себя чувствуете? — обрадовался лысый. — Не забыли меня? Я Кольцов из «Московских ведомостей»! Помните дело американского режиссера? Как мы с вами тогда поработали — у-ух! Скажите, вы уже, конечно, вычислили террориста?

Узнав репортера, Турецкий поскучнел. Кивнул медсестре как секретарше:

— Уберите отсюда этого Белинского.

Вдохновленная сестра с удвоенной энергией принялась за дело.

Турецкий закрыл дверь и принялся в который уже раз гипнотизировать фотографию Грозова. Да что же такое?! Откуда он может знать этого типа?

За дверью опять началась какая-то возня. Слышался мужской голос.

— Не иначе борзописец снова прорвался, — вздохнул Турецкий.

Он невольно прислушался. Нет, теперь голос был другой. Турецкий повторил маневр: подъехал к двери и приоткрыл. На сей раз медсестра сдерживала смущенного молодого человека с пакетом.

— Пропустите его, — сказал Турецкий. — Это мой племянник. Заходи, Илья, гостем будешь...

Смущенный молодой человек боком прошел в палату.

— Ну, садись, в ногах правды нет, — Турецкий усмехнулся, — это я теперь авторитетно заявляю.

Молодой человек по имени Илья послушно сел. Он не был племянником Турецкого. Да и знакомы-то они были всего лишь год.

— Поправляетесь, Александр Борисович?

— Делаю вид. Что у тебя в пакете? Надеюсь, коньяк и сигареты?

— Вроде того. — Илья показал содержимое: фрукты и минеральная вода. — Ребята нагрузили, когда узнали, что к вам еду. Извините, что раньше не навестил, но к вам совсем было не прорваться.

Турецкий серьезно кивнул. Ему было приятно это неожиданное посещение. Молодой человек был студентом режиссерского факультета ВГИКа и, так уж распорядилась судьба, был Турецкому кое-чем обязан. Об этом Александр Борисович, впрочем, совсем сейчас не думал. Он внимательно вглядывался в лицо «племянника».

— Ну, Илья, как живешь?

— Хорошо живу, — преувеличенно бодро сказал Илья. — Курсовую работу снимаю.

— Действительно здорово. И выглядишь хорошо. Влюбился, что ли?

— Не получается пока.

— Все наладится, — пообещал Турецкий. — Знаешь, как Фицджеральд говорил? Только работа излечит нас от всех напастей. Вкалывать надо, и все рано или поздно будет тип-топ.

— Это Хемингуэй. А Фицджеральд был бездельником каких поискать.

МЕРКУЛОВ

Меркулов приехал в госпиталь Бурденко во время, когда в принципе никаких визитов быть не может, — в семь часов утра. Но Турецкий сказал, что это срочно, — он позвонил Меркулову домой в 6.02, дав ровно сто двадцать секунд на то, чтобы шеф и друг успел проснуться.

— Что случилось-то?

— Приедешь — расскажу.

— Тебя там приступом берут? Оружие захватить? — пошутил Меркулов.

— Думаю, скоро понадобится, — вполне серьезно ответил Турецкий.

Меркулов принял душ, позавтракал, в машине еще немного подремал и в семь часов был у него в палате.

Вид у Турецкого был мрачноватый и решительный.

— Я вчера с Реддвеем разговаривал, — сказал он. — Питер мне рассказал интересную вещь. В Европе в аэропортах, на вокзалах и в прочих многолюдных местах внедряется израильская методика определения потенциальных террористов.

— А что делают израильтяне? — машинально спросил Меркулов, мечтавший о еще одной чашке кофе.

— Они не отвлекаются вовсе на бросающиеся в глаза признаки: цвет кожи или этнические особенности костюма, а в первую очередь обращают внимание на нюансы поведения и мимики, на жесты, движения губ, бровей и даже носа. Все это фиксируется тщательнейшим образом специальной компьютерной программой, немедленно анализируется и в случае чего выдается сигнал: взять гада! Или не гада. Но проверить. А у нас что? В лучшем случае подойдет сержант-лимитчик из Люберец и потребует предъявить регистрацию.

— Слишком у нас страна большая, — вздохнул Меркулов. — Слушай, Саш, здесь кофе где-нибудь можно попросить?

— Зато мозги маленькие. Нет бы поучиться у соседей, но как же — у советских собственная гордость.

— Саша, — возмутился Меркулов, — чего ты от меня-то хочешь? Я заместитель генерального прокурора, а не... не...

Пока он подбирал подходящее выражение, Турецкий подъехал к окну, взял папку, вынул из нее фотографию Грозова.

— Я вспомнил его, — сказал Турецкий.

— Что? Ты его знаешь?! — Меркулов моментально взбодрился.

— Я — нет. Но в прошлом году у нас было дело о похищении американского режиссера, помнишь?

— Еще бы. Висяк, — сказал Меркулов со значением. — Или у тебя новая версия и это ангольский спецназовец его похищал?

— Не о том речь. Тогда пропала девчонка из ВГИКа. Кира ее звали, очень хорошенькая и совсем молодая. Ее потом выловили из Яузы со сломанной шеей.

— Я помню, — еще раз с неудовольствием подтвердил Меркулов. — Но этим делом мы уже не занимались. Районная прокуратура расследовала. Кажется, тоже висяк оказался? Не нашли убийцу?

— Верно. Но я тогда интересовался следствием. Ее друзья составили фоторобот мужика, с которым она вроде бы встречалась. Таинственная личность и все такое. Так вот, — Турецкий помахал фотографией Грозова, — это он.

— Ты уверен?

— Абсолютно.

— Саша, ну сам посуди! Фоторобот недавний, а снимок Грозова — двадцатилетней давности.

— В том-то все и дело. Если бы они по времени совпадали, я бы сомневался. В том-то и фокус, что большая разница во времени и, конечно, он изменился, заматерел, но черты лица, скулы, брови, нос, подбородок — все прежнее. Я этот фоторобот отлично помню.

— Да, может, он просто похож, и все. Это совпадение или тебе померещилось. Чего в жизни не бывает. У нас во дворе дворник на Брежнева знаешь как похож?

— Говорю тебе, ничего мне не померещилось! Вот прямо сейчас позвони в Бабушкинскую прокуратуру, выуди у них фоторобот из архива и сам убедись. Ребята, которые его надиктовывали, не пустяковые свидетели.

— Что за ребята?

— Актриса и кинооператор, такие во внешности не напутают. Их фоторобот лучше любой фотографии.

Меркулов вынул мобильный телефон.

— Если ты прав, у нас теперь будет его настоящее лицо.

Спохватился, глянул на часы — слишком рано, надо подождать не меньше получаса.

— Значит, — сказал Турецкий, — он еще год назад девчонок натаскивал. Готовился, гад, основательно... Ничего, недолго осталось.

ЩЕТКИН

Щеткин с потерянным видом сидел на стуле в помещении для допросов СИЗО. Напротив него был только пустой стол. Щеткин выглядел очень измученным. Дверь в кабинет открылась, и вошел Меркулов. Щеткин немного оживился.

— Константин Дмитриевич! Не ожидал... Но как же я рад вас видеть! Вы не представляете!

Меркулов сделал знак конвойному. Тот вышел, закрыв за собой дверь.

— Здравствуй, Петр.

Меркулов сел напротив и внимательно оглядел Щеткина.

— Н-да-а... — протянул Меркулов. — Есть такая французская поговорка: «Сухой рыбак и мокрый охотник являют вид печальный».

— И кто же я, рыбак или охотник?

— Сам выбирай. Боюсь только, как бы не наживка.

Щеткин вздрогнул.

— Константин Дмитриевич, прежде чем вы будете меня допрашивать, я...

— Это не допрос, — перебил Меркулов.

— Как это? А что тогда?

— Беседа. Меня отстранили от дела.

— Из-за меня? Из-за чего? А! Из-за Турецкого, да?

Меркулов молчал.

— Константин Дмитриевич, я не виновен.

Меркулов не реагировал.

— Террорист не мог сделать этого без своего человека в органах... А вдруг будет следующий взрыв? Если вы этого человека не найдете...

Меркулов по-прежнему молчал.

Щеткин пробормотал убитым голосом:

— Понятно. Вы считаете, что крыса — я.

— Я так не сказал.

— Но думаете, ведь верно? Все против меня... — Щеткин вытер мигом вспотевший лоб. — А Турецкий что-нибудь говорит? Он как вообще? В порядке?

— Не особо.

— Да, я понимаю. Передайте ему...

— Что?

— Нет, ничего не надо. Просто скажите: пусть поправляется.

— Ладно.

Щеткин ждал, что Меркулов скажет хоть что-нибудь, но Меркулов ждал того же от Щеткина.

— Константин Дмитриевич, меня подставили. Ну, что мне еще добавить? Я ничего не знаю. Это все слишком неправдоподобно, разве вы не понимаете? Эти деньги, фотография. Как по заказу. Слишком много на меня показывает... И этот Цветков, просто упырь какой-то. Проверьте его! Может быть, он и есть крыса...

— Цветков убит, — сказал Меркулов. — Отчасти поэтому я здесь.

— Черт!.. Чего-то такого я и боялся. Как это случилось? Где его нашли?

— Вчера вечером на Лосином острове, с пулей в голове.

— Следы заметают... Что же так не везет-то, а?! Константин Дмитриевич, а вы сами знали этого Цветкова? Кто он был, откуда вообще взялся?

— Не знаю... Какой-то карьерист, не так давно из провинции. — Заметив, как нахохлился Щеткин, Меркулов добавил: — Я это говорю совсем не на твой счет, Петр. Просто действительно про него мало что... Колокатов больше знает. Они не раз сотрудничали.

Щеткин оживился:

— Колокатов? Дима Колокатов?! Ваш помощник, верно? Он меня недавно допрашивал. Да и вообще, мы тыщу лет знакомы... еще с юрфака... Константин Дмитриевич, выпустите меня!

— Что ты несешь, Петр?

— Но я здесь совершенно бесполезен, поймите!

— Звучит довольно наивно, — буркнул Меркулов. — С точки зрения юриспруденции, в СИЗО тебе сейчас самое место. Да и потом, как будто это мне решать. Не в силах я тебя выпустить, уж прости.

— Как вы не понимаете, я должен выйти отсюда! Сделайте что-нибудь, придумайте! Мне и нужно-то всего лишь несколько часов!

Несмотря на весь драматизм ситуации, Меркулов не выдержал и засмеялся:

— Ты точно не в себе.

Щеткин ответил с вызовом:

— Считайте, что так. Я сошел с ума! И если завтра меня обнаружат в камере с перерезанными венами, это будет на вашей совести... Мне теперь терять нечего!

Меркулов по-прежнему улыбался:

— Не шантажируй меня, это бесперспективное занятие. — Однако глаза его заблестели, он явно что-то обдумывал.

Щеткин продолжал гнуть свое, хотя, кажется, не очень верил в возможность согласия Меркулова.

— Мне нужно несколько часов... У вас в прокуратуре есть предатель, и если вы еще не догадались, кто это, то только потому, что не хотите себе в этом признаться. Нет, я не могу поверить, чтобы вы об этом не думали.

— И что, позволь спросить, ты намерен делать, — ну так, чисто теоретически, если выйдешь отсюда?

— Я возьму его с поличным... А потом можете делать со мной что угодно. — Щеткин, наклонившись к Меркулову, спросил тихо: — Безо всякой юриспруденции, скажите по совести, Константин Дмитриевич, вы-то сами мне не верите, так?

— Я здесь не для того, чтобы верить или не верить, — излишне громко, как показалось Щеткину, сказал Меркулов. — Что заслужил, то и получишь, можешь не сомневаться. На этот счет существует одна история. В Париже... хм, похоже, у меня сегодня какое-то французское настроение... Так вот, в Париже во времена гильотины повели на казнь одного осужденного. Было холодно, а путь оказался долгим. По дороге конвоиры остановились, чтобы подкрепиться вином. Будучи людьми добрыми, они протянули бутылку приговоренному. Он взял бутылку и, посмотрев на нее, сказал: «Надеюсь, ни у кого из вас нет заразной болезни». И только тогда выпил. Через полчаса его голова скатилась в корзину.

— Ну, спасибо...

— Чем богаты.

Меркулов поднялся и вышел из комнаты. В коридоре он сказал конвоиру, стоявшему возле двери:

— Отвезите подследственного на Большую Дмитровку — в Генпрокуратуру.

Конвоир растерялся. Не то чтобы это требование было из ряда вон: людей вывозят из СИЗО — на следственные эксперименты или к высокому начальству, но все это происходит согласно заранее подготовленным документам, а тут...

— Что вы смотрите, сержант?! — зарычал Меркулов. — Щеткин готов дать показания, но только мне лично, в моем кабинете! Я что, перед вами отчитываться должен о ходе следствия?! Я не могу тут терять время на всякую чушь!

— Я... я должен получил приказ от начальника смены, а он...

Меркулов неожиданно смягчился и кивнул:

— Правильно, служба есть служба. Пять минут вам на все формальности, сержант. И чтобы через пять минут подследственный был в машине. Все ясно?

— Так точно. Но... как же охрана?!

— Поедете следом. — И, заметив секундное замешательство конвоира, Меркулов цыкнул: — Выполнять немедленно!

Через пять минут машина тронулась, а еще через полчаса Меркулов заперся с подследственным в своем кабинете. Попросил секретаршу приготовить две чашки чая и бутерброды и предупредил, что в ближайшие несколько часов его ни для кого нет, хоть позвонит сам Президент Российской Федерации.

Когда Клавдия Сергеевна принесла поднос с чаем и бутербродами, Меркулов спросил:

— Колокатов у себя?

— Он у генерального, помогает готовиться к совещанию.

— Что, у генерального своих помощников нет? — недовольно сказал Меркулов. К секретарше реплика, впрочем, не относилась, она и сама понимала. — Все ясно. Вы свободны.

Щеткин подошел к окну. Посмотрел вниз, покрутил головой.

— Ничего себе...

Меркулов спросил мрачно:

— Ты хоть понимаешь, на что я иду?

Щеткин, подумав секунду, кивнул.

— Сколько тебе нужно времени?

— А... сколько времени вы можете меня допрашивать?

— Я-то могу хоть весь день, — сказал Меркулов. — Но так, чтобы это не вызвало подозрений у конвоя... я их отправил в комнату отдыха покамест... Так что часа два-три, думаю.

Щеткин тяжело вздохнул.

Зазвонил телефон.

— Константин Дмитриевич, — сказала секретарша, — вы просили напомнить о совещании. В конференц-зале уже уйма народу, кажется, они вот-вот начнут. И секретарша генерального мне только что звонила.

Константин Дмитриевич знал, что сегодня у генерального прокурора должно было проходить межведомственное совещание с участием руководителей силовых и правоохранительных структур, посвященное борьбе с коррупцией в их же собственных рядах.

Присутствие Меркулова было настолько само собой разумеющимся, что даже не озвучивалось.

Меркулов помнил свой последний разговор с генеральным на эту тему.

«Еще в советские времена выпестовался целый клан — "чиновничество фактически несменяемое, привилегированное, стоящее над народом"... Знаешь, кто сказал? Ленин Владимир Ильич!» — пояснил генеральный.

«А что! И не дурак ведь был, между прочим».

«Очень даже не дурак», — авторитетно подтвердил генеральный.

— Так что мне сказать? — напомнила секретарша о своем существовании.

— Я не пойду, — сказал Меркулов после недолгого раздумья. — Если будут еще звонить, скажите, что у меня нет времени, потому что провожу важный допрос по реальному делу о коррупции в органах.

При этих словах Щеткин невольно втянул голову в плечи.

Меркулов посмотрел на него и сжалился.

— Даю четыре часа, — сказал он. — Это потолок.

Щеткин оживился:

— Шесть, Константин Дмитриевич, а? Давайте шесть!

— Это невозможно. Четыре с половиной. Что еще потребуется?

— Машина. Деньги, наверно...

Меркулов достал из кармана ключи, кинул Щеткину:

— Черная «Волга». Номер на брелке. — Потом вынул из бумажника пять тысячных банкнот.

Щеткин сунул деньги в карман. Открыл окно.

Меркулов сел за стол. Отхлебнул чаю. С любопытством следил за Щеткиным, примеряющимся, как поудобней вылезти из окна.

— Что за тип ты, Щеткин? И какого черта я тебе верю, вот скажи на милость?

Щеткин оскалился:

— Просто у вас интуиция хорошая...

— Поживем — увидим. Но если ты через четыре с половиной часа не будешь здесь...

— Давайте через пять, — предложил неисправимый Щеткин и оскалился.

— Нет, вы посмотрите, он еще и улыбается! — поразился Меркулов.

— Помню, я читал Александра Дюма: невзгоды — это четки, нанизанные на нитку нашей судьбы, мудрец спокойно перебирает их. Правда, хорошо сказано?

Меркулов махнул на него рукой. Посмотрел на бутерброд.

— Пожевать не хочешь на дорожку?

Щеткин покачал головой и, не теряя времени, вылез на карниз.

Меркулов доел бутерброд, включил телевизор погромче и прилег на диван. «Хоть высплюсь, — подумал он. — Пять часов...»

Щеткин потянулся к водопроводной трубе. Перелез, ухватившись за нее двумя руками. Труба как-то нехорошо хрюкнула, но Щеткин уже продолжил свое движение — рядом была пожарная лестница. Правда, она обрывалась, не доходя до первого этажа.

Он добрался до нижней перекладины и повис.

Щеткин вспомнил, как давняя знакомая учила его простейшим приемам медитации. Вероятно, это сейчас было не совсем то, что нужно, но он хотел хоть как-то успокоиться. Он на четыре счета вдохнул через нос, на два задержал воздух и на восемь — медленно выдохнул ртом, уговаривая себя, что так из него выходят все проблемы и неприятности, прошлые, настоящие и будущие... Ну просто нету их... Неприятности, конечно, никуда не делись, но, как ни странно, удалось успокоиться и взять себя в руки. Бешено колотящееся сердце стало биться спокойнее. Щеткин невольно улыбнулся. Ну надо же... Что ж, теперь главное — пятки не отбить.

И он спрыгнул.

Через полтора часа Меркулова разбудил телефонный звонок. Это была секретарша.

— Константин Дмитриевич, — робко сказала она. — Тут конвойные поднялись. Я говорю: нельзя же сидеть в приемной у заместителя генерального прокурора, а они упираются...

Меркулов крякнул, поднялся с диванчика. Открыл дверь, сделал шаг в приемную, потом повернул голову назад и сказал несуществующему собеседнику:

— Щеткин, твою мать, не верю ни единому слову! Говорил — согласен писать чистосердечное, так и нечего мне тут «Тысячу и одну ночь» рассказывать! — Закрыл дверь и вышел в приемную.

Действительно, конвойные были тут. С автоматами. Это, конечно, ни в какие ворота не лезло. Заметно было, что секретарша чувствует себя крайне неуютно.

— В чем дело?! — рявкнул Меркулов.

— Мы... — начал было один конвойный.

— Молчать, — отрезал Меркулов и повернулся к секретарше. — Клавдия Сергеевна, в чем дело? Я же сказал, обеспечить ребятам отдых? Отправьте их в буфет! Или вот что... — Он посмотрел на конвоиров. — Через дорогу бильярдная есть. Шары гоняете? Вот и хорошо. Раньше чем через три часа вы мне не понадобитесь. Свободны!

Через полчаса Меркулов снова выглянул из кабинета. Конвоиров не было. Меркулов вышел в коридор размять ноги. И почти сразу же напоролся на генерального прокурора. Константин Дмитриевич виновато развел руками — мол, никак не мог, виноват, но занимался реальным делом.

К его удивлению, генеральный вполне благосклонно кивнул.

Судя по всему, совещание закончилось — министры и их замы выходили из конференц-зала. Прозаседав чуть больше двух часов, чиновники выходили немного ошарашенными.

Меркулов поздоровался за руку с крупным седым джентльменом из Министерства внутренних дел.

— Ну, как там?

— Еще раз убедился, что круче Москвы в Европе города нет с точки зрения жизни. Уезжая из Москвы, начинаешь задаваться вопросом, а почему нельзя круглые сутки продукты покупать? Ну, ты понимаешь? — Чиновник подмигнул.

Меркулов засмеялся. Он знал, что этот господин только что вернулся со стажировки из одной европейской столицы.

— Я о совещании, — пояснил Константин Дмитриевич.

— А чего, нормально посидели, — резюмировал чиновник. — Погода хорошая, люди приятные. Что решили? Этого я так и не понял.

Меркулов вернулся к себе.

— Константин Дмитриевич, почта для вас, — сказала секретарша.

— Потом посмотрю, — отрезал Меркулов, недоумевая, почему секретарша тревожит его из-за таких пустяков: почта, которая приходила обычным путем, никогда не бывала срочной, он отсматривал ее через день-два, а то и вовсе поручал помощникам.

— Я подумала... может, вы захотите посмотреть, вдруг там что-то важное...

— Почему?

— Это супруга Турецкого занесла. Ирина Генриховна. Может, что-то связанное с Александром Борисовичем?

— Спасибо, — смягчился Меркулов. — Давайте.

Он взял конверт, мельком глянул на него (И. Г. Турецкая — К. Д. Меркулову. «О природе агрессивности») и снова заперся в кабинете.

— Допрашиваю Щеткина! Меня ни для кого нет!

Уже в кабинете у него зазвонил мобильный. Это был Турецкий.

— Костя, как дела?

— Имеют тенденцию к улучшению, — уклончиво ответил Меркулов.

— Значит...

— Не понял?

— Когда дела долгое время находятся в состоянии тенденции к улучшению, это значит, что все беспросветно отвратительно.

— Кажется, ты поправляешься, — заметил Константин Дмитриевич.

И. Г. Турецкая — К. Д. Меркулову
О ПРИРОДЕ АГРЕССИВНОСТИ

Безусловно, одно из качеств, подверженных общественному осуждению, — это агрессивность. Причин этому немало: от культурных («воспитанные люди себя так не ведут!») до религиозных («вас ударили по одной щеке — подставьте вторую!»). Благодаря этому мы часто воспринимаем собственную агрессивность как нечто постыдное. Забывая, что это свойство дано нам природой. А значит, дано не случайно.

1. Агрессия в природе

Для того чтобы понять, какая роль отводится агрессии в природе, нам придется стать дарвинистами. Не вздыхайте, Константин Дмитриевич, это ненадолго. Или хотя бы в двух пунктах согласиться с теорией Дарвина: что человек — родственник некоторых видов обезьян и что эволюция существует.

Эволюцию можно представить двояко: как умение управляться с факторами внешней среды, с одной стороны, и с другой — как постоянное совершенствование представителей вида. То есть для того, чтобы эволюционировать, мало бороться с внешними обстоятельствами (голодом, жаждой и т. д.), надо еще стать лучшим среди равных. Зачем? А затем, что победителей любят девушки (то есть самочки), следовательно, у самых-самых гораздо больше шансов передать свои гены по наследству. А отбор лучших генов — это, говоря упрощенно, и есть смысл эволюции.

Так вот, агрессия требуется для участия в эволюционном развитии. Животные испытывают агрессию только по отношению к представителям своего вида. Самый распространенный тип агрессии у животных — это территориальные претензии. (Сравните с людьми! Похоже? То-то же.) Задумано это для собственного блага животных: с тем, чтобы представители одного вида не скапливались на небольшом пространстве, а расселялись как можно дальше. Таким образом, всем будет хватать ресурсов. Заодно и уменьшается вероятность исчезнуть всему виду из-за каких-нибудь форс-мажорных обстоятельств вроде землетрясения или пожара.

Существует и другая разновидность агрессии, связанная не с конкуренцией за территорию, а с вопросами размножения. Она сводится к действиям, которые у людей обозначаются выражением «мериться понтами». И ведь не из тщеславия, а для того, чтобы доказать свой статус (потому что, как мы помним, чем статуснее самец, тем больше у него возможностей передать свои гены дальше).

Впрочем, в вопросах соревнования понтов случаются парадоксальные ситуации даже в природе. Иногда у животных «понты» отрастают настолько, что начинают мешать нормальной жизнедеятельности. Конрад Лоренц писал о самцах фазана, которые, чтобы привлечь самок рисунком на своих крыльях, отращивают их настолько, что становятся не в состоянии летать. (Снова сравните с людьми! Вспомните, например, золотые цепи «новых русских» толщиной с кулак.) Так что же, парадокс? Ничуть. Такой поворот событий означает только одно: что животные данного вида слишком увлеклись конкуренцией с собственными сородичами и давно не испытывали проблем с банальным выживанием.

Точно такая же ситуация наблюдается среди большей части человечества: внешние обстоятельства (голод, жажда, холод, отсутствие крова, даже инфляция, черт бы ее побрал) многим из нас уже не грозят. Поэтому настало время мериться статусом. Впрочем, у человеческой агрессии есть еще несколько особенностей, которые отличают ее от агрессии, проявляемой в мире животных.

2. Самоубийцы на дорогах

Учеными доказано, что «предрасположенность к авариям» является следствием подавленной агрессивности. Удивлены? А представьте себе! Это действительно доказано.

Тот, кому приходилось вести машину в состоянии ярости, мог заметить, насколько в такой ситуации проявляется желание совершить действия, направленные на самоуничтожение: например, поехать по встречной полосе, разбить машину, врезавшись во что-нибудь.

3. Агрессия, перенесенная в цивилизацию

Целью агрессивного поведения у животных никогда не является убийство собрата. Впрочем, если мы прислушаемся к себе, то наша агрессия тоже не предполагает летального исхода. Ну что, по сути, хочется сделать с чиновником, требующим взятки? В крайнем случае — взять его за волосы и постучать его головой об стол. Потому что нас больше устроит не вид бездыханного тела, а скорее вид тела, которое признало вашу правоту и смиренно подчинилось вашим требованиям.

Стремление к смертоубийству нам так же не свойственно, как и животным. Но в случае с человеком дело осложняется двумя обстоятельствами: значительной скученностью людей на относительно небольшом пространстве и вооружением, которого попросту нет у представителей фауны. Дело даже не в ядерной бомбе, это последний аргумент; в бытовых конфликтах первым делом в ход идут ножи, бутылки, железяки.

Итак, картина, которую мы наблюдаем в современном мире (и особенно в мегаполисах), совершенно не радует. Поскольку у большинства жителей городов проблемы с выживанием решены, то им остается направлять свои силы на конкуренцию с ближними своими, то есть на наращивание арсенала «понтов».

Приплюсуем сюда огромное количество народу на один квадратный километр, наличие оружия, делающего любые аргументы убедительнее. Человечество в опасности?

Отнюдь! На помощь приходят механизмы социального и культурного регулирования агрессии. Начиная с правил хорошего тона, заканчивая статьями Уголовного кодекса за убийство или нанесение телесных повреждений. Впрочем, человек тем и отличается от животных, что способен предсказать результаты собственных действий.

Впрочем, опасность подстерегает нас с другой стороны. Наша природная агрессия часто не может найти себе естественного выхода. Подавленная агрессивность со временем может привести к психосоматическим заболеваниям. Поэтому порой становится просто необходимо найти применение своей агрессии. Правы, скорее, те, кто пытается реализовать свою агрессию, занимаясь экстремальными видами спорта, уходя в «дикие» походы. Остальным приходится находить успокоение в просмотре фильмов-катастроф или шоу из серии «одни на острове». Ну а те, кто не ищет таких миролюбивых выходов, — по вашей части».

2005 год

ТУРЕЦКИЙ

Еще один день прошел внешне безрезультатно, если не считать, что к вечеру стало известно: Мэдисона отпустили. Но Турецкий не успел его даже увидеть — в ту же ночь американец улетел из России, успев дать короткое интервью. Большой неожиданностью для Турецкого это не стало: накануне он со студентами договорился о том, что и когда произойдет. Меркулова, от греха подальше, в свою затею не посвящал.

— На вот, полюбуйся, — сказал Константин Дмитриевич, кидая Турецкому газету на стол. — Стыдоба, обо всем из прессы узнаем...

— А так для нервной системы полезней, — спокойно заметил Турецкий, разворачивая «Московские ведомости».

МЭДИСОН УЖЕ УСПЕЛ ДОБЕЖАТЬ ДО КАНАДСКОЙ ГРАНИЦЫ

Беспрецедентный скандал, связанный с похищением американского режиссера и большого ценителя русской культуры Стивена Дж. Мэдисона, получил, слава богу, благополучное завершение. Поскольку российские спецслужбы оказались бессильны, за господина Мэдисона был-таки выплачен требуемый выкуп — 90 тысяч американских долларов. После чего Мэдисона нашли живым и здоровым, хотя и совершенно пьяным, — в цыганском ресторане «У Валентины и Дуфуни Вишневских». Похитители, безусловно, профессионалы своего дела, остались неизвестны.

Напомним вкратце предысторию. Находясь в павильоне «Мосфильма» во время съемок сцены собственной картины, Мэдисон, недовольный игрой актера, изображающего американского ученого, похищаемого русскими бандитами, показал ему, как необходимо играть этот эпизод. Исполнительское мастерство режиссера вызвало восхищение, все присутствующие разразились аплодисментами. На этом месте творческий процесс был прерван, поскольку господин Мэдисон с фельдъегерской почтой вдруг получил письмо из Министерства культуры, частично финансировавшего его фильм, в котором было сказано, что оно (министерство) от своих обязательств отказывается. Взбешенный Мэдисон курьера не отпустил (позднее Мэдисон вспомнил только, что конверт ему вручал высокий молодой человек заурядной наружности), запрыгнул в его машину и отправился в министерство выяснять отношения. Больше его никто не видел — вплоть до момента чудесного освобождения. Как выяснилось, курьер, равно как и письмо министра, был фальшивым. Следствие оперативно зашло в тупик, где все эти две недели и пребывало. И если бы не добрая воля американского продюсера, финансировавшего последний фильм Мэдисона, неизвестно, чем бы все закончилось. Довольно странно, кстати, что сумма, которую требовали за знаменитого американца, оказалась довольно умеренной и такой некруглой. Так или иначе, но культурная общественность пребывала в нокауте, и проректор ВГИКа Виктор Коломиец даже обратился через прессу к неизвестным похитителям и предложил себя в качестве замены господину Мэдисону. Как и следовало ожидать, это не стало тем предложением, от которого они не смогли отказаться.

Сотрудник Генеральной прокуратуры господин Турецкий, принимавший участие в поисках американца, сделал такое заявление: «Несмотря на свои славянские корни, господин Мэдисон приехал к нам со своими западными взглядами на все. Он умудрился набрать съемочную группу только из тех людей, которые ему улыбались. Он привык, понимаете ли, там, у себя на Западе: раз улыбается, значит, хороший человек, а раз хороший человек, значит, профессионал. У них там это автоматически. А у нас?! Что мы про них знаем, про этих улыбчивых?» Вероятно, господин Турецкий по-прежнему проверяет членов съемочной группы Мэдисона.

Сам освобожденный режиссер ничего внятного о своих похитителях рассказать не смог. Содержали его в каком-то деревенском доме, обильно кормили и принудительно поили. При нем постоянно находился кто-то из похитителей, лиц которых он не видел, среди них была молодая девушка. Господин Мэдисон сообщил, что с девушкой у него наметились романтические отношения, которые он был бы не против развить, но не знает, как, собственно, это сделать, поэтому намерен обратиться к ней через средства массовой информации, а кроме того, она должна знать, что обладает явным актерским талантом; очень жаль, что во время кастинга во ВГИКе не нашлось подобного дарования. А пока что господин Мэдисон прекратил съемки своего фильма и немедленно выехал из России с намерением никогда больше не возвращаться: хотя он сам по происхождению славянин, но теперь он в ужасе от нашей страны, нашего варварства (зачем было поить его японской водкой в таких количествах?!) и трубит об этом на каждом шагу. Единственное же место на свете, где он еще согласен встречать русских, — это студенческие кинофестивали, студенты в России еще не так безнадежны, и в частности через несколько месяцев господин Мэдисон возглавит жюри одного такого форума.

М. Кольцов

Когда Меркулов вернулся с обеденного перерыва в свой кабинет, позвонил Турецкий.

— Костя, зайди ко мне, пожалуйста.

— Вообще-то это я твой начальник, — напомнил Меркулов.

— Я же сказал волшебное слово?

— Ну ладно, сейчас.

В кабинете у Турецкого сидел мужчина лет пятидесяти. Вид у него был немного обеспокоенный.

— И кто это?

— Водитель.

— Водитель чего?

— Водитель вообще.

— Нельзя ли без выкрутасов, сразу к сути?

— Ладно, — смирился Турецкий. — Хотя, конечно, ты мне убиваешь весь эффект. Это водитель лимузина, который забрал Мэдисона с «Мосфильма».

— Черт тебя возьми, Александр! — выпучил глаза Меркулов. — Как же ты его нашел?!

— Дал объявление в газету.

— Объявление?.. — глуповато переспросил Меркулов.

— Ну да. — Турецкий сунул ему газету бесплатных объявлений, в которой был жирно обведен столбец:

> Водителя, забиравшего на черном лимузине в прошедшую пятницу пассажира с улицы Мосфильма, просят позвонить по телефону 683-77-56 для следующей работы.

Меркулов сказал с недоумением:

— Это же твой телефон...

— Все верно. Я попросил его позвонить, и он позвонил.

— Вот так просто? Не могу поверить!

— Вот так просто, — подтвердил Турецкий. — Я, видишь ли, предположил, что они наняли лимузин отдельно, без водителя, а человека взяли со стороны. Заплатили, наверно, как и за машину, по-божески. Эти нищие киношные студенты иногда зарабатывают хорошие деньги на своих рекламных халтурах. И вот я подумал, если все так и есть, то водитель не откажется повторить эту халтуру. Это была всего лишь одна из гипотез, но, как видишь, она сработала... Хочешь его допросить?

— Почту за честь, — буркнул Меркулов.

— Простите, я нарушил какой-то закон? — спросил водитель.

— Сейчас выясним. Саша, ты погуляй пока.

— С удовольствием, — улыбнулся Турецкий и пошел курить.

Меркулов сел напротив мужчины.

— Я заместитель генерального прокурора Константин Дмитриевич Меркулов. Представьтесь, пожалуйста.

Мужчина не дрогнул, судя по всему, он уже хорошо понял, куда попал.

— Ксенофонтов Андрей Андреевич.

— Где вы работаете, Андрей Андреевич?

— Частным извозом занимаюсь.

— Вы отвозили кого-то со студии Горького в прошлую пятницу?

— С «Мосфильма», — не поддался водитель на мелкую провокацию.

— Кто это был?

— Какой-то киношник иностранный. А с ним наш парнишка, русский.

— Опишите его.

— Киношника?

— Да.

— А вот же он. — Водитель ткнул пальцем в многочисленные фотографии Мэдисона, разложенные на столе Турецкого.

— Опишите, что происходило после того, как иностранец сел в машину.

— Да ничего особо не происходило. Они о чемто разговаривали. Потом парень дал иностранцу выпить воды — жарко было. И тот уснул.

— Сразу? — быстро спросил Меркулов.

— Очень быстро.

— Вас это не насторожило?

— Не особо. Он храпел, так что я видел, что все в порядке.

— Вы знали маршрут заранее?

— Не совсем. Парень сказал мне, что покатаемся за городом, а потом поедем во Владимирскую область.

— И вы проделали весь этот путь на лимузине?

— Как бы не так. Как только мы выехали на Кольцевую, лимузин сдох. Жалко, так хорошо шел, просто линкор, а не машина.

— И что вы сделали?

— Парень собрался пересесть на такси, но я предложил свою машину. Сгонял домой и вернулся на своем «опеле».

— А что с лимузином?

— Он кому-то позвонил, когда я вернулся, там уже ребята в моторе ковырялись. Они и сказали, что лимузин дальше не пойдет.

— И вы доехали до Владимирской области?

— Верно.

— Куда именно?

— Мимо Киржача, в какую-то деревню... я забыл название, смешное такое, на карте могу показать. А, вспомнил! Скоморохово называется! Там был дом. Они выгрузились, а я вернулся в Москву. Еще и попутчиков по дороге взял.

— Повезло вам.

— Точно, — подтвердил водитель.

Меркулов вышел в коридор.

Турецкий курил с блаженной улыбкой на лице.

— Чему ты так радуешься, не понимаю?! — сказал Константин Дмитриевич.

— Ничему. Просто настроение хорошее.

— И все?

— Ну, еще нравятся мне эти ребята. Вот и все.

— Какие ребята?

— Студенты, будто сам не понимаешь.

— Ладно, а что дальше? Где «курьер», который приезжал на «Мосфильм»?

— Курьера мы, скорее всего, не найдем. Это же киношники. Загримировались, подготовились. Мы никого не опознаем.

— Саша, не вкручивай мне баки! Надо всего лишь показать водителю фотографии студентов, и мы всех опознаем. Я правильно понял? Это же студенты ВГИКа выкрали режиссера?

Турецкий молчал. И так все было ясно.

— На кой черт они это сделали?

— Только не в целях личного обогащения, — заверил Турецкий.

— Вот как! А зачем же им девяносто тысяч долларов? На сигареты? На презервативы?

— Сигареты у них и так есть, — вздохнул Турецкий. — Сигаретами с ними за рекламную халтуру расплачиваются. Презервативами, думаю, тоже.

— Не уходи от ответа! Что они сделали с деньгами?

— Купили пленку, достроили декорации и досняли свой студенческий фильм, на который у вуза не было средств. Интересно, кстати, посмотреть, что получилось.

— Ты что, свихнулся?!

— Ничуть. Я считаю, ничего страшного не произошло. Более того, считаю, вообще *ничего* не произошло!

— Я не понял, ты что, предлагаешь мне спустить это все на тормозах?

Турецкий кивнул:

— Никто же не пострадал, верно?

— Заведено уголовное дело, — напомнил Меркулов. — Шантаж. Вымогательство.

— Да брось, Костя! Кого это теперь волнует! И у кого — вымогательство?! Кто заплатил, ты вспомни! Американский продюсер, тот самый человек, который финансировал фильм Мэдисона. Вот он в него деньги и вложил. Из левого кармана в правый переложил. А мы хорошее дело делаем — студентам помогаем.

— Это как же? Тем, что закроем глаза на вымогательство девяноста тысяч?

— Зато у нас скоро кино хорошее появится, помяни мое слово.

— А если американцы потребуют найти виновных?

— До сих пор же не потребовали. Мэдисону этому вообще все по барабану. А ребята всего лишь кино хотели снять. Пленку купить. Декорации построить. Им нужно было ровно девяносто тысяч, вот они эти деньги и попросили. Не миллион же. Они мне рассказывали, знаешь, как там учатся, в этой цитадели киноискусства? Снимают десять минут в конце второго курса. А эти орлы на первом курсе теперь снимут! Каково?! — не без гордости сказал Турецкий. — Может, мы с тобой сейчас будущих гениев продвигаем, а?!

— Сейчас заплáчу, — буркнул Меркулов и пошел к себе. На пороге остановился и сказал: — Имей в виду, я еще ничего не решил!.. Нет, ну все-таки признайся, с чего ты начал? Как напал на след?

Турецкий на мгновение задумался: какую версию рассказать?

— Один из студиозусов еще при первом нашем разговоре в общаге вдруг собрался и куда-то ушел. Его приятели сказали — на работу. Я удивился, куда это — в ночь? Оказалось, сторожем в детском саду.

А потом оказалось, что крыша Эйзенштейна, шесть — это крыша детского сада. А потом...

— Могло быть и совпадение, — проворчал Меркулов.

— Конечно, могло, — весело согласился Турецкий.

Из его кабинета выглянул Андрей Андреевич Ксенофонтов.

— Слушайте, мне можно, наконец, уйти? Я бы за это время уже уйму денег набомбил!

ПЛОТНИКОВ

— Допустим, вы начинаете эпизод с чьего-то прохода, — говорил Плотников, — хотите показать, что кто-то идет. Но не сразу — кто именно, а нагнетаете так, нагнетаете... Вот открывается дверь машины и появляются ноги, даже не сами ноги, а ботинки, сперва один ботинок спускается на землю, другой, потом панорамируете ноги выше — но только до колена. — Плотников одновременно живо рисовал на доске раскадровку воображаемой сцены. — Это длится несколько секунд, но зритель уже возбужден ожиданием: кто там такой, собственно, растет на этих ногах?!

Артем Александрович уже третий раз подряд вел занятия «Мастерство кинорежиссера», а вслед за этой парой собирался остаться и на «Монтаж». Это было чрезвычайное событие, и про себя Веня, свежеиспеченный студент режиссерской мастерской (нежданно-негаданно освободилось местечко!), молился, чтобы из категории события оно окончательно перешло в ранг явления, то есть чего-то периодического. Его сокурсники, видно, мечтали о том же, пришли, во всяком случае, почти все.

— Ермилова нету? — заметил Плотников, оглядывая аудиторию.

Веня покивал. Плотников обратил внимание, что из его вместительного рюкзака торчит большой плоский сверток. Один угол у него растрепался, и оттуда проглядывал кусок красного гранита с какими-то буквами.

— Кто-то умер? — испугался Плотников.

— Да не, это мемориальная доска. — Веня распаковал сверток и продемонстрировал его группе. — Сегодня на общагу вешать будем.

На мемориальной доске было написано: «На этом доме когда-нибудь будет установлена мемориальная доска, что здесь жил Илья Ермилов».

ЕРМИЛОВ

Ермилов с Кирой обедали на «Мосфильме», в ресторанчике, сконструированном из кинодекораций, стилизующих его одновременно под немецкую пивную, русский трактир, французский ресторан, все зависело от того, под какой стеной сидишь. Летом с ресторанчика убиралась крыша, но март для этого, к сожалению, был еще слишком холоден. Здесь снимался их фильм: для своих целей Веня с Юрцом Клементьевым выбрали мосфильмовский павильон, благо бюджет позволял. Съемки были сплошь интерьерные, а необходимых условий (по сценарию нужно было планомерно заливать квартиру водой) они не смогли найти ни на учебной киностудии, ни на студии Горького.

Пока ждали десерт, мимо прошла на обед группа статистов — полтора десятка шахтеров в касках и со светящимися фонариками на лбу. Ермилов хорошо слышал, как два последних шахтера беседовали о работе Фрейда, явственно прозвучала фраза: «...остроумие и его отношение к бессознательному». Живописно чумазые «пролетарии» заполонили все соседние столики и принялись изучать меню.

Кира пожаловалась:

— Вам-то хорошо, а мне... в Скоморохово с этим психом — это же пытка! Одна его флейта чего стоила!

— Зато мы достали деньги, — напомнил Ермилов. Денег на кино хватило впритык. Это было здорово, это того стоило!

— Только представь, — сказал Ермилов. — Юрец или кто-то из его помощников заряжает в камеру пленку. Определяет расстояние между актерами и предметами в кадре, облегчает последующую регулировку объектива, чтобы все было хай-фай, в фокусе. Потом они ставят свет с помощью дуговых ламп, то открывая, то закрывая «амбарные ворота» — подвижные створки, которыми меняют степень и направление освещенности. Веня тут же, орет на ассистентку, чтобы не забыла на полу павильона скотчем обозначить места, где актеры должны будут находиться на старте съемки. А где — через минуту. А где... Актеры загримированы и ждут только трех сокровенных воплей: «Тишина на площадке! Звонок», потом «Мотор» и, наконец, «Скорость»...

— Венька еще больше растолстеет от счастья, — не удержалась Кира. — Удивительные метаморфозы. Он — режиссер. Ты — сценарист. Как все меняется.

— А ты меняешься? Мне почему-то кажется, ты сейчас в очередной раз меняешься.

Вместо ответа она вдруг рассердилась:

— Ермилов, остановись, куришь как паровоз, неужели сам не замечаешь?!

— Ты слишком капризный зритель, раньше тебя раздражало, что только я и не курю в нашей компании...

— Тогда сходи купи мне пачку «Житана».

Он послушно поднялся, а когда вернулся с сигаретами, ее не было.

— Опять, — вздохнул Ермилов. — Все сначала.

Он уже проходил это, только почему-то тревожно заныло сердце.

Но через два дня Ермилов не выдержал и позвонил Турецкому. Они встретились, и Ермилов рассказал про Киру, — все, что знал и чувствовал.

— Парень, тебе хорошо с ней было? — спросил Турецкий.

Ермилов смог только кивнуть. Тогда Турецкий похлопал его по плечу:

— Так почему нельзя просто быть за это благодарным?

Ермилов подумал и сказал:

— С одной стороны, я так давно люблю ее, что пора бы уже и перестать... С другой — вряд ли получится.

— Давно — это сколько?

— Где-то с год, наверно.

Турецкий подавил улыбку. Действительно давно, ничего не скажешь.

— Вот что мне теперь делать?

— Да просто живи, — посоветовал Турецкий. — Снимай свое кино. Не об этом ли ты мечтал?

— Просто живи... А если с ней что-нибудь случилось?

— С чего ты взял, Илья?

— Так ведь нету же ее!

— Но ты сам сказал, что она и прежде исчезала, и надолго.

— Верно. Но сейчас как-то совсем странно.

— В любом случае заявить об исчезновении человека лучше родственникам.

— Она сирота, у нее нет никого.

— Хм... Тогда вот что, — сказал Турецкий. — Ты сам позвони в милицию, как положено. А я потом подключусь.

КИРА

Она приезжала к Георгию много раз. Когда надоедали однокурсники, Ермилов, преподаватели, она бросала все и убегала к нему. Он принимал ее молча, ни о чем не спрашивал и не удивлялся ее приходу, — будто ждал. Несмотря на то что промежутки между ее приездами бывали значительными, она чувствовала странную связь с этим человеком. Возможно, дело было в его загадочности.

Однажды Георгий заехал за ней в общежитие, сказал, что тоже хочет посмотреть, как она живет. Ну, посмотрел. За это время его успели увидеть Юрец Клементьев и Алина. Оба выпучили глаза, а потом пристали с глупыми расспросами: зачем тебе такой старик? Разве ж это объяснишь... Да и какой он старик?!

Теперь он жил в мастерской какого-то скульптора, среди незаконченных скульптур, каркасов, мольбертов. Впрочем, что Кира знала о нем? Ровным счетом ничего. Может, он и был этот скульптор. Скульптор. Да, это слово к нему подходило. По крайней мере, к нему — в отношении ее.

Однажды у нее сильно болела голова, и Георгий дал ей какие-то таблетки, которые велел принимать три дня подряд. Эффект был сногсшибательный. Голова прошла, в теле появилась невиданная прежде легкость. Она не ходила, а летала! Жалко было лишь, что таблетки быстро закончились. Она приехала к нему с надеждой взять еще, но Георгий сказал, что они закончились, и спросил, как она относится к инъекциям.

— Это ты о наркотиках?

— При чем тут наркотики? Есть новейшие стимулирующие препараты, которые не вызывают никакой зависимости.

— Правда?

— Конечно.

— Так ты медик? — предположила тогда Кира.

Он засмеялся и открыл ящик стола, где лежали шприцы и ампулы. Укол сделал в вену на ноге, сразу же это объяснил:

— Чтобы на тебя никто не косился.

Ощущения были еще лучше, чем от таблетки. Она словно забыла самое себя. Хотелось только подчиняться и выполнять чужую волю. В этом было подлинное счастье.

В этот раз он показал ей пояс шахидки. Кира засмеялась, решила, что это шутка. Но по его непроницаемому лицу не смогла понять, в чем тут подвох. Георгий не стал настаивать, и они занялись любовью.

— Ты очень красив, — шептала она, — ну просто Ален Делон, только ты лучше, потому что моложе. Ты сильный. И еще ты чертовски умен, потому что неразговорчив, а только умные люди молчаливы... Знаешь, что значит харизма?

Он пробормотал что-то неопределенное, и она продолжила:

— Это греческое слово. Оно означает божественный дар и одаренность. Харизма основана на исключительных качествах личности — мудрости, героизме, святости. Это все про тебя!

Несмотря на те нечастые встречи, которые у них бывали, она осознавала, какое громадное влияние он стал оказывать на ее жизнь. Ничего не делая, ничему не уча, он как бы заново лепил ее. Временами, даже на расстоянии, ей казалось, что она вот сейчас выполняет какое-то его желание и впредь выполнит любое, самое сумасшедшее, стоит ему лишь приказать... Может быть, так казалось оттого, что он ничего не требовал, даже не просил? Впрочем, ей все равно казалось, что она поступает именно так, как хочет он. Что это было, гипноз? Она не знала, не понимала, сколько ни пыталась.

Однажды она увидела на столе раскрытую тетрадь, где твердым почерком было написано — она успела прочитать несколько строчек:

«... у любого субъекта существует предел психической выносливости, по превышении которого он не способен на дальнейшее сопротивление эмоции страха, впадая в хаотическое поведение или какое-то оцепенение. Когда субъект считает, что есть какой-то выход из создавшегося положения, но он не может им воспользоваться, — тогда возникает паника. Физиологическими проявлениями страха являются: усиленное сердцебиение, дрожь, слабость, мышечная заторможенность, пересыхание рта и горла, потливость, тошнота, головокружение, нехватка воздуха, урчание в животе, частые позывы к мочеиспусканию...»

— Что это такое? — спросила Кира. — Психологией увлекаешься?

— Не для твоей хорошенькой головки, — ласково, но твердо сказал Георгий и закрыл тетрадку.

— Слушай, ну кто же ты вообще? — спросила она с нескрываемым любопытством.

— Правда хочешь это знать?

— Конечно, мне же интересно!

— Считай, что я воспитатель молоденьких девочек.

— Охотно верю!

...В этот раз, после эпопеи с Мэдисоном, наступила какая-то опустошенность. Может быть, она просто долго не получала свои уколы? Но Георгий же сказал, что зависимости от них не бывает. Она приехала к нему поздно ночью через несколько дней после того, как они с Ермиловым отвезли Мэдисона из Скоморохова в Москву.

Георгия дома не оказалось, но она знала, где лежит ключ, и вошла в мастерскую. Хотелось поскорей заснуть, и она просто упала на топчан, при этом больно ударившись обо что-то плечом. Кира включила свет и отвернула покрывало. То, что она увидела, ее изумило. На топчанах лежало оружие: автомат, снайперская винтовка, два пистолета, обоймы с патронами. Еще были какие-то брикеты. Кира невольно отпрянула. Едва не сбила мольберт, стоявший рядом, и придержала его рукой. На мольберте была карта, на которой она успела увидеть надписи «Взрыв № 1», «Снайпер», «Путь отхода В»... Киру будто парализовало. Она всматривалась в карту, в знакомые названия московских улиц, пытаясь понять, уже поняв, но все еще отгоняя от себя жуткую правду. Невольно она вспомнила «план» Плотникова, тоже «террористический», но ведь то была шутка... Вот для чего, наверно, Георгий брал у нее деньги... Господи, неужели он уже кого-то убил?!

Она не слышала, как он появился. Он просто вдруг возник сзади и положил ей руки на плечи. Она вскрикнула и от неожиданности, и от ужаса. Впервые за долгое время она поняла, что смертельно боится этого человека.

— У тебя здесь шрам, оказывается, — сказал Георгий после паузы, нежно проведя пальцами по ее шее. — Я не знал.

— Брось, — сказала она подрагивающим голосом. — Ты же сто раз трогал его, когда мы занимались сексом.

— Это был не секс, — сказал он. — Это был Путь. Только ты его не прошла.

— Мой — что? Ты о чем?

Вместо ответа он нажал на шрам сильнее, так что хрустнул шейный позвонок. Зрачки ее расширились и закатились.

Он смотрел на великолепное женское тело, распростертое на топчане.

— С самого же начала знал, что нужны совсем молоденькие, — пробормотал он с досадой. — Слишком взрослая, слишком испорченная. Невозможно вылепить ничего стоящего. Ну, ничего, это не страшно. Шаг назад — два шага вперед.

2006 год

ТУРЕЦКИЙ

Вздыхавшая весь день медсестра рассказала Турецкому, что сегодня ночью ее пятнадцатилетняя дочь приезжает из летнего лагеря и будет одна добираться до дому через весь город — встретить некому.

— А муж? — спросил Александр Борисович.

— Да мы про него, алкаша, уже два года не слышали. И слава богу, а то, гад, повадился руки распускать...

— Вот что. Вы езжайте на вокзал, — сказал Турецкий. — Встречайте ее.

— Как же это? А вы, Александр Борисович?

— Я в порядке. Не оставляйте дочку одну.

— Вот спасибо!.. Но как же доктор? — спохватилась медсестра.

— Буду нем, как могила. Мне это нетрудно — я уже имею о ней некоторое представление.

Терроризм нужно уничтожать в любом его проявлении, думал Турецкий, безжалостно по отношению ко всем его сторонникам, иначе придется жалеть о своих близких. Сейчас удобно говорить, что мы имеем дело с широко разветвленной сетью международного терроризма. А не с глупыми девчонками, которых затаскивают в ислам, или куда еще, по одной, играя на их чувствах и личных бедах. Еще несколько лет назад мы думали, что знаем о шахидках все: как их организованно вывозят в горные лагеря, пичкают психотропными веществами и религиозными догмами, насилуют. И в итоге обрекают на добровольную смерть во имя ислама. Но все оказалось страшнее и проще. Это может происходить у нас под носом. Легко запутать девчонку, когда ей всего-то лет пятнадцать. Она простодушна, доверчива, влюблена. И если ее никто не понимает, то жизнь кажется разбитой. И хуже этого уже ничего не может быть. Шахидками становятся не только из-за зомбирования или приема психотропных таблеток. Смертниц рождает их скотская жизнь — тупая и бессмысленная. Суицидный какой-то терроризм...

ГЕОРГИЙ

Георгий глянул на циферблат. Было четыре часа утра.

Он быстро оделся и вышел на улицу. Утро было холодным, легкий туман просматривался даже в полусумерках, а тем более при свете автомобильных фар — липкий и серый, он покусывал кожу. Георгий поймал такси и поехал во Внуково. Аэропорты — это было еще одно место наряду с клиниками, где он пытался рекрутировать себе девочек. Правда, еще ни одной из них в аэропортах не подобрал, но ведь главное не останавливаться, а продолжать работать. И результат непременно будет. В аэропортах во все времена можно было найти кого угодно. И даже теперь, несмотря на бесконечные милицейские наряды и проверки, там ошивалось огромное количество самых случайных людей.

Как ни странно, Внуково ранним утром напомнило Георгию дни войны в Анголе. Казалось бы, что общего? Ан нет, нашлось. Едва различимые в пелене самолеты терпеливо поджидали свои экипажи, гулкие голоса, внезапный окрик и неуместный тут стук девичьих каблучков по бетону, рев двигателя прямо у тебя над ухом. И казалось — он знал, что эта иллюзия испарится с первыми серьезными лучами солнца, — повсюду та заговорщицкая атмосфера, которая окутывает людей, поднявшихся до зари, некое чувство превосходства над всеми остальными, не замечающими, как уходит ночь и наступает утро.

— Рейс на Элисту откладывается, — сообщил голос из громкоговорителя. — Небо над столицей Калмыкии закрыто из соображений безопасности участников матча за звание чемпиона мира по шахматам. Ожидайте дальнейших сообщений.

Никого для себя не приметив в этот раз, Георгий выпил воды, украл паспорт у зазевавшегося туриста и купил свежую газету. Полистал. В глаза бросился заголовок: «ОФИЦИАНТКА, ЖЕНА, КАМИКАДЗЕ». Он прочитал:

17-летней голландке Мари ван Боммель принадлежит печальное первенство: она стала первой западной женщиной, взорвавшей себя в Ираке. Ее родителям осталось на память о дочери лишь несколько фотографий. Они наблюдали, как Мари под влиянием мужа превращалась из умеренной христианки в исламского фанатика, но так и не смогли понять смысла этой трансформации. Она была обыкновенным ребенком, обыкновенным подростком, но все поменялось, когда она переехала в Амстердам и там под влиянием друга-алжирца перешла в ислам, а потом вышла замуж за бельгийца марокканского происхождения и стала, по словам ее матери, большей мусульманкой, чем сами мусульмане...

— Дураки западные, — презрительно пробормотал он, — будто в исламе собака зарыта. Все дело в возрасте. Была бы старше — ни черта у этого алжирца не получилось бы.

Он бросил газету в урну и поехал домой. Можно было еще поспать.

...Аня проснулась рано — еще только-только рассветало. Было тихо: несмотря на то, что окно открыто, с улицы шум не доносился. Только раз проехала поливальная машина. Она потянулась, встала. Выпила минеральной воды из бутылки, которая стояла возле дивана. Посмотрела в другой конец комнаты.

Георгий спал на своем диване, лежа на спине.

Ступая с пяток на носки, как он ее учил, Аня бесшумно пересекла комнату и остановилась возле него. Он спал так тихо, что даже не было слышно его дыхания. Аня подсела к нему на диван...

— Какой ты красивый, — сказала она. — И одинокий...

Георгий слегка пошевелился во сне.

Аня вздохнула: так жалко было его будить... Но ничего не поделаешь, надо.

— Вставай, дядя Юра, сегодня наш с тобой день.

Георгий открыл глаза, и лицо его сразу же приобрело собранное, осмысленное выражение, будто и не спал. Аню всегда поражала эта его особенность. Впрочем, нет, следы сна все же есть — на щеке осталась маленькая морщинка, но скоро она разгладится, и никто, кроме Ани, не узнает о том, что он только что спал. Она тихонько засмеялась от удовольствия. Пусть это будет их тайна. Ведь у них так мало общих вещей.

Георгий вопросительно посмотрел на нее.

— Почему ты такой грустный? Ты, когда спал, был печальный-печальный... Все же хорошо! Ночью дождик был, а сейчас уже солнышко показалось...

— Доброго дня, девочка моя, — сказал Георгий.

— Я так ждала этого, — вздохнула Аня. — Что мы хотя бы немножко, но будем вдвоем... Только ты и я.

— Мы и так вдвоем. — Он сел и обнял ее за плечи.

— Да... Знаешь, даже если мне станет страшно, у меня есть то, что заставит меня забыть об этом... Это... Это...

Георгий поднялся, размял ноги и сказал:

— Уже совсем скоро... Сегодня...

Он смотрел в зеркало, смотрел как-то странно — угрюмо и напряженно, но вместе с тем самодовольно. Ощупывал свой подбородок. Аня подумала, что Юрочка, наверное, не слишком удачно побрился. Но Георгий все смотрел и смотрел. И она не выдержала:

— Что ты там увидел... дядя Юра?

Он оторвался от зеркала и глянул на Аню. У нее был такой невинный вид, что взгляд его смягчился.

— Как, по-твоему, что такое харизма? — спросил он.

— Не знаю... Наверно, лекарство какое-нибудь?

— Нет, не лекарство. Это слово происходит от греческого charisma — то есть милость, божественный дар, исключительная одаренность. Харизма основана на исключительных качествах личности — мудрости, героизме, святости. Поняла?

— Да.

— Ну и молодец...

На улице пахло недавним дождем, но скоро солнце должно было уничтожить этот запах...

Незнанский, Ф.Е.

Н44   Пробить камень : [роман] / Фридрих Незнанский. — М.: АСТ: Олимп, 2007. — 316, [4] с.

ISBN 978-5-17-043031-4 (ООО «Издательство АСТ»)
ISBN 978-5-7390-2035-2 (ООО «Агентство «КРПА «Олимп»)
С.: Возвращение Турецкого.
Серийное оформление А.А. Кудрявцева
Компьютерный дизайн В.С. Петрова

ISBN 978-5-17-047876-7 (ООО «Издательство АСТ»)
ISBN 978-5-7390-2127-4 (ООО «Агентство «КРПА «Олимп»)
С.: Обл.
Компьютерный дизайн В.С. Петрова

Едва не погибший от взрыва в детском доме Александр Турецкий лежит в госпитале, но жаждет действия. Он предлагает своему шефу, заместителю генпрокурора Меркулову, разыскать бывшего «солдата удачи» Плетнева, воевавшего в Анголе, который может подсказать происхождение и значение амулета, найденного после взрыва на куртке Турецкого. В этом Меркулову помогает жена Турецкого. Плетнев неофициально включается в расследование, но неожиданно Меркулова отстраняют от дела: оказывается, он привлек к расследованию «оборотня в погонах».

УДК 821.161.1-312.4
ББК 84(2Рос=Рус)6-44

Литературно-художественное издание

Незнанский Фридрих Евсеевич

ПРОБИТЬ КАМЕНЬ

Редактор *В.Е. Вучетич*
Художественный редактор *О.Н. Адаскина*
Компьютерная верстка *О.В. Бочкова*
Корректор *Л.Ф. Уланова*

Общероссийский классификатор продукции
ОК-005-93, том 2; 953000 — книги, брошюры

Подписано в печать с готовых диапозитивов заказчика 14.09.07.
Формат 84×108$^1/_{32}$. Бумага газетная. Печать высокая с ФПФ. Усл. печ. л. 16,8.
С.: Возвращение Турецкого. Тираж 8000 экз. Заказ 2848.
С.: Обл. Тираж 5000 экз. Заказ 2849.
Санитарно-эпидемиологическое заключение
№ 77.99.60.953.Д.007027.06.07 от 20.06.2007 г.

ООО «Издательство АСТ»
170002, Россия, г. Тверь, пр. Чайковского, д. 27/32
Наши электронные адреса:
WWW.AST.RU E-mail: astpub@aha.ru

ООО «Агентство «КРПА «Олимп»
115191, Москва, а/я 98
www.rus-olimp.ru
E-mail: olimpus@dol.ru

Издано при участии ООО «Харвест».
ЛИ № 02330/0056935 от 30.04.2004.
Республика Беларусь, 220013, Минск, ул. Кульман,
д. 1, корп. 3, эт. 4, к. 42.
E-mail редакции: harvest@anitex.by

Открытое акционерное общество
«Полиграфкомбинат им. Я. Коласа».
Республика Беларусь, 220600, Минск, ул. Красная, 23.

РЕГИОНЫ:

- Архангельск, 103-й квартал, ул. Садовая, 18, т. (8182) 65-44-26
- Белгород, пр. Хмельницкого, 132а, т. (0722) 31-48-39
- Волгоград, ул. Мира, 11, т. (8442) 33-13-19
- Екатеринбург, ул. Малышева, 42, т. (3433) 76-68-39
- Калининград, пл. Калинина, 17/21, т. (0112) 65-60-95
- Киев, ул. Льва Толстого, 11/61, т. (8-10-38-044) 230-25-74
- Красноярск, «ТК», ул. Телевизорная, 1, стр. 4, т. (3912) 45-87-22
- Курган, ул. Гоголя, 55, т. (3522) 43-39-29
- Курск, ул. Ленина, 11, т. (07122) 2-42-34
- Курск, ул. Радищева, 86, т. (07122) 56-70-74
- Липецк, ул. Первомайская, 57, т. (0742) 22-27-16
- Н. Новгород, ТЦ «Шоколад», ул. Белинского, 124, т. (8312) 78-77-93
- Ростов-на-Дону, пр. Космонавтов, 15, т. (8632) 35-95-99
- Рязань, ул. Почтовая, 62, т. (0912) 20-55-81
- Самара, пр. Ленина, 2, т. (8462) 37-06-79
- Санкт-Петербург, Невский пр., 140
- Санкт-Петербург, ул. Савушкина, 141, ТЦ «Меркурий», т. (812) 333-32-64
- Тверь, ул. Советская, 7, т. (0822) 34-53-11
- Тула, пр. Ленина, 18, т. (0872) 36-29-22
- Тула, ул. Первомайская, 12, т. (0872) 31-09-55
- Челябинск, пр. Ленина, 52, т. (3512) 63-46-43, 63-00-82
- Челябинск, ул. Кирова, 7, т. (3512) 91-84-86
- Череповец, Советский пр., 88а, т. (8202) 53-61-22
- Новороссийск, сквер им. Чайковского, т. (8617) 67-61-52
- Краснодар, ул. Красная, 29, т. (8612) 62-75-38
- Пенза, ул. Б. Московская, 64
- Ярославль, ул. Свободы, 12, т. (0862) 72-86-61

Издательская группа АСT

Издательская группа АСT, включающая в себя
около **50 издательств** и редакционно-издательских объединений,
предлагает вашему вниманию **более 20 000 названий книг** самых
разных видов и жанров.
Мы выпускаем классические произведения
и книги современных авторов.
В наших каталогах — интеллектуальная проза,
детективы, фантастика, любовные романы,
книги для детей и подростков, учебники, справочники,
энциклопедии, альбомы по искусству,
научно-познавательные и прикладные издания,
а также широкий выбор канцтоваров.

В числе наших авторов мировые знаменитости:

Сидни Шелдон, Стивен Кинг, Даниэла Стил, Джудит Макнот, Бертрис Смолл, Джоанна Линдсей, Сандра Браун, создатели российских бестселлеров Борис Акунин, братья Вайнеры, Андрей Воронин, Полина Дашкова, Сергей Лукьяненко, братья Стругацкие, Фридрих Незнанский, Виктор Суворов, Виктория Токарева, Эдуард Тополь, Владимир Шитов, Марина Юденич, Виктория Платова, Чингиз Абдуллаев; видные ученые деятели академик Мирзакарим Норбеков, психолог Александр Свияш, авторы книг из серии «Откровения ангелов-хранителей» Любовь Панова и Ренат Гарифзянов, а также любимые детские писатели Самуил Маршак, Сергей Михалков, Григорий Остер, Владимир Сутеев, Корней Чуковский.

Издательская группа АСT

129085, Москва, Звездный бульвар, д. 21, 7-й этаж
Справки по телефону: (495) 615-01-01, факс 615-51-10
E-mail: astpub@aha.ru   http://www.ast.ru

Книги издательской группы АСT вы сможете заказать
и получить по почте в любом уголке России. Пишите:

107140, Москва, а/я 140

Звоните: (495) 744-29-17

ВЫСЫЛАЕТСЯ БЕСПЛАТНЫЙ КАТАЛОГ

Звонок для всех регионов бесплатный
тел. 8-800-200-30-20